巧妻戲呆夫 3 完

文創風 306

半生閑 著

目錄

第六十五章

吃過晚飯洗好碗筷，林語覺得今天真的變化太快了。

就這麼短短半天，天下掉下了一個大男人，砸得她還沒有來得及想要怎麼對他，他又給了她一個措手不及。

泡在浴桶裡，她還是覺得自己吃了虧。這男人來這一套，讓她想拿拿喬的機會都沒了。就算自己愛他，可女人要是太在乎男人，一定沒好下場，以後找到機會，一定要讓他知道她的厲害。

等林語泡好澡回房一看，頭又開始疼了。

只見四、五個大男人坐在她床前與肖正軒說話，看到她進來，軒轅博立即說：「你們問她好了，要是語丫頭同意了，那在京城的時間，你們愛住這兒就住這兒。」

林語吃驚地瞪大雙眼問：「什麼？你們要住我家？」

慕容楓含笑點頭。「弟妹，二弟他身子還是這樣，我們做兄弟的真的不放心離開，所以都想留在妳這院子看著他。」

怎麼一個個都這樣呢？當年軒轅博也是老無賴一樣地賴在她這兒，現在這群弟子又來這一招，難道有什麼樣的師傅就有什麼樣的徒弟？肖正軒不也正是學了他師傅這一招耍無賴，讓自己無法趕走他嗎？

就算是自己沒有真心要趕，但是一點拿喬的機會都沒撈著，這幾個人又來這一招？林語心中的懊惱又起，不客氣地說：「你們是說不放心他？」

唐瑞立即點點頭。「對。二哥的傷勢還很重，不能用力更不能動氣，要是再吐血的話，真的後半輩子都得吃藥了。」

林語的專業比起唐瑞，除了把脈差了，其他的地方可強多了，她才不信他們的鬼話呢。她對唐瑞就是不服氣，於是手一指說：「既然如此，那你們把他接走好了。」

唐瑞本想不在意這林家的女人說話的，可是這女人也太狠心了吧？沒看到自己二師兄為了她，命都不要了？一聽到林語的話，他又跳了起來。「妳這個惡毒的女人，自己相公都不要了？為了不讓我們住下，相公都可以讓人接走？妳這心是什麼做的？」

下午，葉蝶的臉色不對勁，林語想定是這唐瑞欺負她了，於是她捺住心中怒火，冷冷睨了唐瑞一眼。「你管我什麼做的？你不是警告過我，你這高貴的二哥不是我能妄想的嗎？怎麼？今天我如你的意了，你跳什麼跳？我是個村姑怎麼了，是個村姑就要受你的指揮了？」

唐瑞知道自己說錯話了，被林語這麼一頂，他紅著臉，不服氣地低下了頭。當年他也只是個大男孩，看走了眼不也正常？女人就是這麼小氣，一點點事都斤斤計較。

不過，大師兄說的對，自己進了這林家小院子，變得完全不像自己了，看來林家女子天生就是他的冤家，否則他怎麼就會如此沈不住氣呢？

慕容楓想笑不敢笑，只好裝著生氣的樣子，指著唐瑞狠狠說：「我就知道是你搞的鬼，要不然這麼好的弟妹，怎麼就會躲了好幾年不見人呢？原來是你這臭小子。師傅，今天我可得行使師兄的權力，我要好好教訓教訓他。」

軒轅博看著這一屋子相親相愛的師兄弟，心中很是欣慰，見慕容楓為了圓場子，特意裝出一臉恨鐵不成鋼，也點頭說：「嗯，楓兒說的對，老六這小子就是嘴巴臭，一會兒你好好教訓教訓他，看他還敢不敢輕視我的姪女。」

明知道大家都是故意打趣，可唐瑞還是委屈地說：「當時我不也是為了二哥好嗎？」

肖正軒笑看著兄弟們與媳婦的爭吵，坐在床前理也不理。反正今天下午媳婦讓兒子叫他爹了，這會兒媳婦在發洩呢。要是講起說歪理，這麼多人加起來也說不過自己媳婦，他才不操心。

就讓媳婦發洩一下好了，只是對不起兄弟了，但誰要你們是我的兄弟呢？

吵死了。林語想睡了，煩躁地說：「要吵出去吵。我要睡了，至於你們要怎麼著，自己看著辦。我家可沒這麼多地方。」

慕容楓立即說：「不吵著弟妹了，妳趕緊休息。過幾天師叔來後，二弟的傷怕是要我們幾人聯手才能用推宮過血的法子，所以這幾天大家都得在這兒住著，打擾弟妹了。」

等眾人出了門，林語用力關門。剛要上床，肖正軒癡癡看著正在脫衣服的她，情不自禁喊了聲。「媳婦，快上來。妳今天很累了，快來休息。」

看著臉色蒼白卻神情亢奮的肖正軒，明明病得都起不了床，為什麼這會兒像打了雞血似的？林語猶豫了。這樣睡在一塊兒，對他的身體康復會好嗎？

林語想上床休息，可肖正軒那表情讓她猶豫了。但沒等她來得及思考，一隻手伸出來，就把她摟進了溫暖的懷抱。

林語想要說什麼，肖正軒以為她不願意讓自己摟，於是緊緊摟著她哀求說：「媳婦，讓我抱著妳睡，我保證不會亂動。我作了好幾年的夢，夢裡都是妳乖乖睡在我懷裡，輕輕叫我呆子，我總是開心應著。只要晚上有妳入夢，那一天我就覺得全身有勁。」

肖正軒這些既真心又感性的話，終於讓林語像個小女人一樣，趴在他胸前落淚了。「你這個壞傢伙，你總惹我難過……」

肖正軒抓起她的手在自己臉上輕輕拍了兩掌。「別難過，相公惹妳難過了，我給妳打好不？妳狠狠打吧，直到妳不難過了為止。」

林語仰起小臉賭氣地說：「我才不打呢。你皮粗肉厚的，打你痛了自己的手，吃虧的還不是我？我不睡你懷裡了，我還在生氣。」

「傻媳婦兒，別生氣了啊。妳不是怕手痛不打我，我知道妳是捨不得打相公。我也一樣，就是妳掉一根頭髮，我也是捨不得的。以前我從來沒有真正瞭解過，什麼叫喜歡一個人，遇到妳我才懂。以後相公什麼都聽妳的，妳叫我往東我絕對不往西，再也不會惹妳生氣了，好不好？」肖正軒心滿意足地摟著胸前的柔軟。

聽了肖正軒似誓言的話，說林語心中不感動是騙人的。這個男人的性子是古板又忠厚的，但是為了以後，她故意仰起淚汪汪的雙眼，問：「你不會騙我？以後你真的什麼都聽我的？」

哪裡會捨得惹她生氣呢？聽到林語的詢問，肖正軒趕緊保證。「媳婦，相公向妳保證，我以後一定什麼都聽妳的。」

可是就算林語相信肖正軒，但她還是怕這個時代與父權至上的社會，有銀子的、有地位的男人，哪個不是朝三暮四、左擁右抱的？

未來誰能預料？但有一份承諾總比什麼都沒有來得好吧？

不是她怕自己的男人跟別人跑了，而是更擔心以後的那些不得已。

為了將來順心的日子，林語終於帶著淚水賊賊地笑了。「那好，明天我要跟你訂一份疼妻守則，要是你違反了守則上的約定，我就再也不理你了。」

肖正軒深情地說：「我一定遵守。」

林語故意撒嬌。「那你可得在守則上簽字，有字為證，我才相信。」

肖正軒憨厚地笑著說：「行。只要有媳婦抱，什麼字我都簽。」

真是個呆子，把自己賣了都不知道？

睡夢裡，林語露出奸笑。

「疼妻守則：

第一條：媳婦開心了，也要跟著開心，媳婦不開心，必須哄著她開心，不能不理她，不能跟她發火。

第二條：媳婦的話就是命令，媳婦叫我往東，我絕對不能往西走半步，永遠覺得媳婦的話才是對的。

第三條：一生只會擁有一個媳婦，而且永遠都覺得自己的媳婦是世上最漂亮的女子。對三至八十歲的女人都不可以看上第三眼。

第四條：所有的銀子都要交給媳婦管理，口袋裡不可有多於一兩銀子的花用，不可不經過媳婦同意亂買東西。

……

第十條：媳婦無聊時要搏命唱歌和表演，媳婦想聽什麼就唱什麼，不得以任何藉口推辭，直到媳婦聽夠為止。

以上十條疼妻守則，我在此承諾，謹以赤誠之心，給我媳婦立此誓言，如有違背，終身沒有女人愛。」

當唐瑞搶到肖正軒手上的疼妻守則讀了出來時，幾個大男人笑得前仰後合。

陳爭指著紙說：「二嫂，這真是妳給二哥列的？」

唐瑞睜大眼睛問：「妳不覺得妳很幼稚？」

林語故意淡淡地看了他倆一眼。「是又如何？還是你們覺得我寫得不夠周全？」

其實林語也知道自己很幼稚，可是她就是想要這麼幼稚一回。有人說過，女人不管多大年紀，在愛人面前，永遠都是個孩子。

她是想體驗一把這種幼稚的任性吧？還是故意讓他的幾個師兄弟看看，她在肖正軒心中的地位？

反正她自己也釐不清自己的心情，人不幼稚枉少年，幼稚一回又如何？

唐瑞搖頭晃腦地看著肖正軒說：「二哥，以後你就慘了。這個女人是個妒婦呢，男人三妻四妾正常得很，可她說你只能娶她一個女人，而且對別的女人看都不能看一眼，這樣的女人你還要？」

林語蔑視著唐瑞。「種馬。」

而肖正軒坐在床上，嘿嘿笑著說：「反正我這輩子只會喜歡我媳婦，當然也就只會娶她一個了。這些算得了什麼？媳婦，妳要是還漏了什麼，以後再補上好了。」

唐瑞看到林語眼中的得意就是不舒服，故意氣她。「二哥真是沒出息，這世上好女人多了去了，如果我媳婦這個樣子，我早就休了她。」

林語知道他想氣她，冷冷一笑。「休了？你能不能娶到媳婦還很難說呢。你別以為這世上就只剩你這棵歪樹了，就算是這樣，難道女人就得在你這棵歪樹上吊死？別自戀了，這世上還有大片的森林呢，沒了你這棵歪樹，森林照樣綠油油。」

肖正軒微笑地看著。當年他說了讓她生氣的話，有機會了，他當然得讓她找回來。欺負他的媳婦，就是兄弟也不可以。

怕兩人再爭下去會把氣氛弄僵，陳爭故意指著第十條問：「二嫂，妳確定要二哥唱歌給妳聽？」

聽到陳爭故意提出這一條，林語突然心生懷疑，可是寫出來就不能改了，她臉一仰。「怎麼？別人唱歌要銀子，難道你二哥唱歌會要命不成？」

「噗！」

「二哥唱歌要不要命我不知道，我就怕妳聽了會想哭。」

肖正軒見兄弟拆他的臺，立即發誓說：「媳婦，我現在唱得不好，可只要妳願意教，我一定認真學。」

張志明不客氣地說：「二哥，你堂堂一個漢子，怎麼能這麼怕媳婦呢？」

肖正軒憨厚地說：「老五，二哥我跟你說，我這不是怕媳婦，這是媳婦重視我才要我遵守的規矩。媳婦不是用來怕的，媳婦是用來疼的，以後你娶了媳婦，就會知道不要說十條，就是百條你也會願意做到。」

陳爭涼涼地問：「二哥，你確定你這是在疼媳婦，不是在寵女兒？你這種疼法，會不會太過了？難道你真把二嫂當孩子在養？」

肖正軒傻笑著說：「四弟，我媳婦比然兒也大不了多少。」

「啊！」頓時暈倒一大群。

看著眾人不滿的樣子，林語哼了聲問：「怎麼？你們幾兄弟是不是有意見？」

慕容楓可是個成熟睿智的男人，他從字裡行間看出了她對男子的霸道。確實如此，要是能娶得如此妙妻，一生都怕她又何妨？

他趕緊笑應。「弟妹這守則寫得好。二弟，以後你可得好好遵守，要是違反了，我們眾兄弟都不依了。」

眾兄弟鄙視地看著慕容楓。大哥，你這馬屁也太會拍了吧？

軒轅博聽到屋內笑得震天響，他過來搶過唐瑞手中的紙一看，立即哈哈大笑。「語丫頭，我這二徒弟是個呆子，以後我就把他交給妳了。要打要罵、要殺要剮都由妳。」

這下子，眾人雙眼睜得比銅鈴還大。「師傅，你不會也這麼偏心眼吧？」

眾人笑過之後才吃早飯。飯後，林語就開始忙碌，家裡實在是人太多了。

肖正軒很是心疼林語，等眾人出去後，他找慕容楓商量。「師兄，這麼多人要吃要喝都沒什麼，可這麼多的活兒讓兩個女子包了，這也太累了。我媳婦昨晚醒都沒醒過來一次，看來是真的累著她了。」

慕容楓打趣地問：「二弟，你這麼疼媳婦，就真的不怕她騎到你頭上來？」

肖正軒幸福地笑著。「師兄，你不瞭解我媳婦。她是那種你強她更強，你弱她越弱的女子。」

慕容楓羨慕地說：「二弟，師兄我長得明明比你好看呀，怎麼我就找不到個這麼好的媳婦？」

肖正軒促狹地說：「師兄，可是對大嫂不滿意？」

慕容楓想起自己家裡那個令人頭痛的媳婦，立即投降。「好了好了，我不再說了。我這就去找兩個傭人過來，你就慢慢在床上疼你的媳婦吧。」

肖正軒好笑地說：「師兄，你說要是大嫂跟我媳婦碰到一塊兒，她們會不會相處得好？」

慕容楓大叫一聲。「二弟，你難道想翻天不成?!這兩人要是湊到一起，只怕你我都沒好日子過了。」

肖正軒得意地說：「師兄，我媳婦可不是你媳婦，她的好別人不知道，可我清楚得很。要不試試，我們會難過到哪個地步？」

「你敢！你要是讓弟妹教壞了我媳婦，我就再也不幫你管著莊裡的雜事了，讓你滾回去繼續做你的總管。」慕容楓惡狠狠地威脅。

肖正軒坐在床上不服氣地喃著。「我媳婦教壞你媳婦？大哥你可真敢說，我媳婦比大嫂乖一百倍都不止。」

慕容楓出門前還不服氣地說：「我才不相信呢！」

林語進來看到他嘟嘟囔囔的，立即問：「呆子，你在說什麼？」

肖正軒立即回過神來說：「沒，沒說什麼。我剛跟大師兄說讓他找兩個婦人來幫忙，家裡人太多，妳和大嫂太辛苦。」

確實是忙不過來，自己嫂子還有一個奶娃要帶，葉蝶也才十五歲，雖然很聽話，但畢竟是個大姑娘，做不了力氣活。於是林語點點頭。「那行，你讓人去找兩個臨時幫工的婦人來吧，省得嫂嫂連餵奶都沒空。不過我覺得你剛才說的不是這些，是不是第一天就有事瞞我了？」

肖正軒有點哭笑不得。媳婦能不能糊塗點呀？可是媳婦剛剛哄好，哪能讓她再次心中鬱悶？肖正軒偷偷附在林語耳邊，輕輕說起大師兄的光榮歷史。

瞬間，林語笑語如花。「相公，這個大嫂我喜歡。」

突然出門去找人的慕容楓在路上不禁打了個寒顫。誰在算計我了？

第六十六章

慕容楓不愧為一莊之主，辦事速度就是快。上午，就請回來了兩個三十七、八歲的婦人，做事做飯都還不錯。有人幫忙，林語就輕鬆多了，她把家中的事交代給葉蝶後，就專心照顧肖正軒。

葉蝶拿著手上的菜單，見林桑準備出門，叫住他說：「叔叔，姑姑說讓你到城裡藥鋪買一枝高級人參回來。她說姑父昨天吐了太多血了，今天弄個人參雞湯給他補補。」

林桑邊出門邊應答。「行，妳去跟妳姑姑說，還要買什麼先列好，下午我還要出門的，到時再去買。」

「嗯，一會兒等姑父起來了，我再去問姑姑好了。」

唐瑞聽到葉蝶的話，返身進了屋子，從包袱裡拿出一枝人參遞給正在算帳的葉蝶，說：「喏，拿這個燉雞湯去。不過今天不能燉太多，我二哥身子太虛不可大補，放一半的一半好了。」

葉蝶拿著筆畫了一下已準備好的吃食，睨了唐瑞一眼就再也不理他，繼續寫著家中還要置辦的東西。

唐瑞看自己竟被一個小姑娘鄙視，抓起葉蝶的手，把人參塞在她手中說：「妳這是什麼態度？這人參又不是給妳的，妳憑什麼不收？」

葉蝶甩開他的手，斜了他一眼。「誰說不收了？你沒見我在忙嗎？只不過一枝人參罷了，搞得好像是個什麼稀罕寶貝似的。這裡這麼多桌子，你不會自己放在上面？難道還得我擺香爐來接不成。」

還真是有林語的毒舌，唐瑞差點沒被葉蝶的話給噎著。「妳就跟妳那姑姑一樣嘴毒。像妳這樣嘴毒的女子，看妳怎麼嫁得出去！」

葉蝶想不到一個大男人竟然跟小姑娘計較，一股火直往上竄。「我嫁得出去還是嫁不出去，關你屁事？我又不吃你一斤米半斤糧，你操個屁心呀？我嫁不出去，我就跟著我姑姑過一輩子不行嗎？哼，我才不要嫁人呢，這世上除了我叔叔和姑父，哪裡還有什麼好男人。」

唐瑞一聽葉蝶說世上男人都不是好的，可他哪裡不好了？「世上哪個男人不好了？還是哪個男人負過妳？小小年紀這麼偏見，娶妳做媳婦的人那才倒楣呢！」

葉蝶突然想起小時候，父母爭吵，那時家裡日子還算好過，可是父親覺得母親的性子太木訥，常跟村裡的小寡婦糾纏到一塊兒，母親只有一個人掉眼淚的分兒。

她還記得，每當父親把家裡銀子送出去被母親阻攔時，父親嘴裡最愛罵的一句就是：「娶妳當媳婦才真的倒楣，妳就是個妒婦！」

唐瑞無意間戳中了葉蝶的痛處，立時，眼淚湧上眼眶。她抬起頭，冷冷盯著唐瑞，一句話也不說，嚇得唐瑞心中突然害怕起來。

「別、別，妳別哭，算我說錯了行不？」

葉蝶硬生生把眼淚逼了回去。「滾。」

莫名其妙的唐瑞只得訕訕地把手中的人參放下，默默走了。他邊走邊迷惑，不知道為什麼，明明還是個小孩子，而且還是個動不動就流眼淚的孩子，只是她的眼淚卻讓他覺得心裡堵得慌。

林語並不知道葉蝶跟唐瑞槓上了。有了這個小管家婆的打理，她很放心，只是當她發現葉蝶眼睛紅紅地跑過去，很納悶這個一直很堅強的小女孩怎麼了？

見葉蝶進了自己屋子，林語追了進去。葉蝶坐在炕邊的凳子上，低頭發呆。

「蝶兒，怎麼了？哪個惹妳生氣了？」

「姑姑。」葉蝶抬頭，啞著嗓子叫了她一聲。「我沒事。」

林語看著這個從又乾又瘦的小叫化子，長成現在明眸善睞、顧盼生輝的樣子，自己覺得很有成就感。

她看著葉蝶說：「是不是唐家那臭小子惹了妳？」

這兩天，因為之前唐瑞用劍指著林桑，林語知道葉蝶對他就是看不上眼，而這唐瑞的性格也是倔強，她怕是這會兒兩人又槓上了。

葉蝶被林語問中了心事，羞澀地說：「姑姑，真沒什麼大事，剛才就是兩人都說了些難聽的話，沒說過他，心裡氣不過罷了。」

林語知道葉蝶不是個愛哭的女孩子，但這個年紀的女孩子她理解，容易害羞、容易動感情、容易惱羞成怒，於是她不再問，只是笑笑說：「蝶兒，妳可是個主人喔，別計較這頭蠻牛的話。當兵當久了人都傻了，咱們把他當個隱形人好了。」

葉蝶紅著臉說：「我知道了，姑姑。」

林語又問：「我讓妳叫妳叔叔買人參回來，妳說了沒有？」

葉蝶這才想起正事，拿出剛才唐瑞塞在她手上的人參，說：「姑姑，這是那個姓唐的拿來的，他說這是上好的人參，一會兒讓我放四分之一到雞湯中燉。」

林語對藥材熟悉得很，拿起這枝人參對著光線一照，讚許地說：「這姓唐的臭傢伙雖然毛躁了一點，可眼光真不錯。這枝參，藥鋪裡可買不到，是上等血參。如果要到外面去買的話，沒得幾百兩銀子是買不來的。」

葉蝶驚訝地睜大眼睛。「姑姑？這東西值得這麼多銀子？那不是姑父這一碗湯喝下去，就能喝了窮人家十年的零用錢？真沒想到這個鳥人為人這麼差，出手倒這麼大方。」

聽到葉蝶對唐瑞的形容，她轉身暗笑。這唐瑞也是二十出頭的人了，怎麼還玩些小男孩的把戲？她記得小學的時候，有的男孩子就是因為喜歡某個女孩子，才故意去招惹她。

難道唐瑞還在青春期不成？

她也不想再管年輕人的事了，只是專心照顧肖正軒。

到了第三天，肖正軒能下地慢慢走了。他靠在林語身上說：「媳婦，扶我到外面走走好不好？」

林語讓他把手搭在自己肩上。「那只能走一會兒，外面天還很冷呢，你要是無聊，我讓壯壯來陪你。」

說起兒子，肖正軒欣慰地說：「媳婦，妳把兒子教得很好。他講給我聽的那些故事，都是妳講給他聽的吧？真好聽。昨天他還說了，看在我生病的分上，把妳借給我了。」

林語對小壯壯鄙視了一番才說：「那傢伙就愛賣弄。什麼借給你？他十個晚上有九晚跟著葉清睡，每次我讓他陪我，他就振振有詞地說：娘，我可是男子漢，怎麼能跟女子睡呢？」

肖正軒不敢大笑，只得輕笑兩聲。「真是我的好兒子，知道把娘留給爹爹。媳婦，以後相公每天都陪妳睡，一直陪到老。」

林語聽了，雙眼濕潤。「這是你說的，可不是我強求的。」

肖正軒喘了一口氣才接著說：「媳婦，這是我說的。我這個人不大愛說話，也不大會說什麼，可是我就是想跟妳說，我只想跟妳睡。每當自己睡不好時，我就跟自己說，找到媳婦的那一天，我一定要摟著她安心睡一覺。」

「呆子！我不稀罕你說什麼甜言蜜語，但我希望你以後不管有什麼事，都能坦誠相待。因為那種相互猜測的日子，過起來很累。」幸福滿滿的林語發現自己越來越愛在肖正軒面前撒嬌了，這與前世的她差得太多，難道她真的更適合做個小女人？

肖正軒依著她輕聲答應。「好，媳婦，相信我。」

走了一會兒，肖正軒不想進去躺著。快過年了，師兄弟都忙著準備，明天師叔會來，他想等自己的病好了後，就陪著媳婦幹活去。

無可奈何，林語讓林桑搬了一張椅子，抱了兩床棉被墊好後，再在他腳下放了一個爐子，然後端了一杯熱茶放在他手上。「你先坐會兒，我去隔壁把壯壯叫回來，一會兒他得寫字了。」

肖正軒看媳婦把他裹粽子似地按在椅子上，哭笑不得地說：「媳婦，我只是目前舊傷發作了，不能動力氣而已，又不是得了什麼大病，裹成這樣？一會兒要是兄弟們回來了，還不笑話我？」

林語眼睛一瞪。「哪個敢笑話你，我縫了他的嘴巴。」

「咳、咳……」看媳婦維護自己的樣子，肖正軒心裡一高興，一口氣岔著了，林語連忙走過去拍著他的後背說：「你少說點話，原本就傷著了，這一咳要是傷加重了，我可不想下半生跟著個病鬼過日子。」

肖正軒伸手摟住身側的人，在她耳邊說：「媳婦，妳放心。我絕對不會讓妳守活寡。」

林語的臉脹得通紅，她伸手在他腰上擰了一把。「你再亂說，我閹了你！」

肖正軒含笑而望，意味深長地說：「我媳婦才捨不得呢。我媳婦一輩子的性福就全靠它了。」

林語一聽他這曖昧的話，杏眼圓睜，嬌嗔地罵著。「不要臉！」

肖正軒委屈地問：「媳婦，妳真的不喜歡它？它可想陪著妳一輩子呢。」

林語銀牙輕咬。「你再說我就不理你了。」

肖正軒拉著她的手，不捨地問：「媳婦，我陪妳一輩子好不好？」

林語嬌嗔地說：「就你這破身子，還不給我好好養著。我告訴你，別說一輩子，就是一個月都難說了。」

肖正軒立即笑意盈臉。「媳婦說的是。我一定乖乖聽媳婦的話，把身子養好。」

兩人正在你儂我儂，突然門外有人高叫。「林家娘子、林家娘子，在不在家呀？」

林語朝肖正軒笑笑。「我去開門，你自己先坐坐，看來家裡有客人來了呢。」

門一開，一個笑咪咪、胖乎乎的中年女子站在門口。「可是林家小娘子？」

林語客氣笑著。「正是林語。不知大嬸您前來何事？」

胖大嬸笑呵呵地問：「林娘子可否讓嬸子我進去再說？」

一個婦女也沒什麼威脅，林語笑盈盈地說：「大嬸，妳請進。」

胖大嬸剛一進院子，就東張西望地開始誇讚。「我說小娘子，妳這兒也就一般人家吧？怎麼就這麼好命呢？讓大戶人家的嫡公子看中讓我來提親呢。哎呀，好命的女子不用愁呀！」

林語一愣。「大嬸，妳說說清楚，哪個什麼大戶人家來提親？給哪個提親？」

胖大嬸見林語發愣，以為她是高興壞了，於是笑容滿面地恭喜說：「林家小娘子，您大喜了，老身提前給您道喜了。」

林語更加莫名其妙，急忙說：「等等，大嬸，妳有沒有弄錯？我哪來什麼大喜，定是大嬸找錯人家了吧？」

這段時間，金宇真沒有再來糾纏她，別人她更是沒有接觸過，怎麼會有什麼大喜？

胖大嬸一個勁兒地說：「沒有沒有，只要您是林家小娘子林語，大嬸我就沒弄錯。託我來提親的，是京城裡有名的金錦酒樓金家三少爺，他可是親自來託老身的喲！」

胖大嬸一句話直把林語擊暈。這金宇真原來不是放棄她，這麼久沒動靜，原來是為了這一招？

哭笑不得的林語看著胖大嬸難為情地說：「大嬸，妳真的弄錯了。」

好不容易接了大戶人家的提親大事，這事成了，她胖大嬸的謝媒紅包還能少？

胖大嬸以為林語不相信有這麼好的事落到頭上，於是連聲說：「林娘子，老身雖然有了一點年紀，但是這麼大的事，我老婆子還是弄得清的。您不要不相信，這可是千真萬確的事，您就安心地等著做新娘子吧！」

說話間，兩人不知不覺就走到了肖正軒身邊，他一聽媒婆的話，立即沈聲問道：「大嬸，妳剛才說什麼？金家三少爺託妳來給我媳婦提親？還讓她等著做別人的新娘子？」

肖正軒一句話把胖大嬸打暈了。她睜大雙眼，吃驚地看著坐在椅子上的肖正軒問：「這位爺，您說的您媳婦是哪個？」

肖正軒陰沈著臉說：「我媳婦就是妳要提親的林家小娘子林語。」

這一句好比晴天霹靂，炸得胖大嬸呆若木雞。

胖大嬸明白過來後問林語。「林家小娘子，這位真的是妳相公？」

林語肯定地點點頭說：「是呀，我們成親五年了，還有一個四歲的兒子。」

胖大嬸「哎呀」一聲。「金三少欸，您可把老身給弄糊塗了。這可是怎麼回事呀？對不起，林小娘子，老身給您賠禮了，請您當家的別計較老婆子的錯，我這是老糊塗了！」

第六十七章

等胖大嬸走後，肖正軒盯著林語問：「媳婦，金家三少是不是壯壯嘴裡的三舅舅？」

林語坦然地說：「對，就是他，一個讓人頭痛了幾年的小屁孩。你不會是懷疑我跟金三少吧？要是你懷疑的話，那我也懶得解釋。要嫁人，兩年前我就嫁了。」

看她坦然的模樣，肖正軒放心了，他感激地說：「媳婦，謝謝妳。」

林語不高興地問：「謝我什麼？」

「謝妳一直等著我。這一生有妳，拿天下來換我也不要。」肖正軒拉著林語冰冷的雙手貼在臉上，動情表白。

「你還真是個呆子，有了榮華富貴，什麼樣的女人沒有？不過你能這樣說，我真的很喜歡。也許你不是天下最好、最出色的男人，可咱們是有兒子的人，怎麼還能喜歡上別人呢？」林語雙手從背後摟住了肖正軒，把下巴頂在他的頭上，悠然說出了心中所想。

「對，咱們是有兒子的人，他是我與妳的兒子。世上女人也許很多很多，可是都不是妳。」笑容立即布滿了那張方才還烏雲密布的臉。

看來今天真是個熱鬧的日子。胖大嬸沒走半個時辰，兩人正靜靜依偎著，這時，院門又響起來，夾雜著一個含糊的叫喊。「林語、林語，妳開門。」

林語無可奈何看了肖正軒一眼，戲謔地說：「來了，你的情敵。」

肖正軒寵溺地笑笑。「讓這小情敵進來給我看看。」

「怎麼？還想較量一下？」

「嗯，是有此意。我想看看打我媳婦主意的人有幾斤幾兩。」

林語無語，搖了搖頭笑笑。男人都像窩裡的公雞——好鬥。

林語先把肖正軒扶進去，剛走到院門口，還沒來得及開門，就聽到門口又冒出金宇真的聲音。「大哥，你不要攔著我。母親已經同意讓我娶林語了，她為了拒絕我，竟然連假的相公都搬出來了！我要親口問問她，為什麼要這樣對我？」

林語苦笑著打開院門，看到金宇成拖著喝了酒的金宇真，不讓他拍門，她笑笑說：「金大哥，你和三哥進來吧。」

三人坐定客廳裡，金宇真赤紅著雙眼，指著林語問：「我就這麼不好？讓妳這麼不想嫁給我？我跟妳求了三次婚，一年一次，妳總是說我沒長大，可我也二十二了。」

金宇成拉著他坐下勸說。「真弟，你聽聽林語的意見行不行？她拒絕你總是有她的理由的，你怎麼能強求呢？」

金宇真甩開他的手，指著金宇成說：「大哥，你不要以為我不知道，你也喜歡林語。如果不是她說過永遠不會給人做妾，你怕是早就說出來了吧？可是我不會讓她做妾的，我只要她做妻，做我唯一的妻，我一生唯一的女人！」

金宇成頓時面紅耳赤。弟弟這話說出來，讓大家彼此都難為情了。但作為一個成年人，他清清嗓子說：「真弟，你坐下來。我知道你沒喝醉，你想借著酒勁來找林語，是因為你怕她再次拒絕你。你說的對，我是喜歡林語，可我知道我沒有這個資格，我早就在心裡把她當妹妹，我不強求。」

金宇真確實沒喝醉，聽了大哥這義正詞嚴的話，他安靜坐了下來。「林語，妳今天給我一個拒絕的理由。別再說妳有相公，也別說我娘不喜歡妳，我娘已經不再阻攔我們了，我只想問問，到底為什麼妳還要拒絕我？」

看他真的清醒了，林語真誠地面對金宇真。「三哥，我們認識好幾年了吧？你知道我從不撒謊，就算你不相信我有相公好了，可兩人成親是雙方的事，應該是你情我願的事。我問你，我有沒有說過我愛你，我願意嫁給你？」

「可是我愛妳！妳不愛我沒關係，讓我愛來妳好了。我能保證一生一世一雙人的承諾。」

林語說她不愛他，讓金宇真的心痛得揪在了一塊兒。可是就算她不愛他，他也不在乎。

林語搖搖手，再次說：「你聽我說完吧。我早跟你說過，我是有相公的人，不管你信也罷，不信也罷，但我確實是有相公的，不可能再嫁給別人。而且我早就跟你說過，我只把你當朋友，當兄弟。假如我沒有成過親，也無法嫁給一個朋友和兄弟當妻子。」

一聽又是這個託詞，她有相公，她沒有愛上他。

金宇真雙眼通紅地跳了起來。「妳說只把我當朋友、當兄弟，我認了，可是就算是我們目前只是朋友和兄妹，但我相信，總有一天妳會慢慢接受我成為相公的。但妳每次都說妳有相公，這個理由真的難以讓人信服，既然妳有相公，那他在哪兒？妳讓他站出來給我看看。」

「我在這兒。」金宇真話音一落，肖正軒立即在門內回答。

什麼？真的有這個人存在？金氏兄弟坐在廳子裡面面相覷。

林語苦笑著說：「金大哥、三哥，我相公幾天前回來了。只是因為身受重傷，一直在治療當中，我還沒來得及跟你們說。真對不起，三哥，我真的一直都把你當兄弟的，如果我哪裡讓你誤會，很抱歉。」

當林語扶著肖正軒從屋內出來的時候，金宇成感受到一種壓迫感。在死人堆裡爬過無數次的肖正軒，眉宇間的戾氣無形地湧上來。

受到深深打擊的金宇真已毫無理智，當他看到肖正軒虛弱地扶著門才能走出來時，心中更是大亂，死死盯著林語問：「林語，這就是妳相公？一個走路都要人扶的男人，就是妳相公？難道我就比不上一個看上去快要死的男人嗎？為什麼，妳為什麼要這樣對待我？」

金宇真的瘋狂讓林語既害怕又生氣，她害怕他真的做出更瘋狂的事，正想向金宇成求救。只是還沒等得及她開口，頓時客廳裡多了不少人。

「這是誰呀？弟妹。是誰在胡說八道，說我二弟快要死了？他信不信，只要我一抬手，我二弟死不了不說，他倒是會先躺下。就算我二弟現在要人扶著走，可一般人也不是他對手。當年身中三箭照樣殺死十餘個敵軍、突出重圍的人，是這麼容易讓人作踐的？」慕容楓等人冷冷看著廳裡的金氏兄弟。

上過戰場殺過人？難道林語的相公是上過前線的將士？金宇成驚愕地看向林語。

四兄弟一字排開，陰冷地盯著金氏兄弟，頓時，林語頭痛了。

林語見肖正軒一幫兄弟回來了，怕他們與金家兄弟真的起衝突，她長嘆一聲，打圓場地說：「金大哥，金三哥，這是我相公的師兄弟。這是相公的大師兄，後面的是他四弟、五弟、六弟。」

接著又向眾人介紹。「這兩位是我的義兄，從南到北一路北上，都是我義祖母一家照顧著我們。而且這麼多年以來，也是我大哥和三哥幫著我們一家才過得平平安安。」

肖正軒知道林語的意思，她無意於這金家三少，可是也不想與他們翻臉，這麼多年的情誼讓她感恩。

明白自己媳婦心意的肖正軒坐在凳子上，故意笑著打岔問：「師兄，你和師弟們都採購什麼好東西過年了？」

慕容楓一愣。沒想到這關鍵的時候，二弟還有心思問年貨的事，這情敵都追上門了，他還有閒心管這些？

雖然心中很是不平，可他知道自己的師弟就算不是個狡猾的人，可腦子並不笨，他也只得順著肖正軒的話回答。「就是一些平常的年貨，沒什麼特別新奇的東西。」

唐瑞一直對二哥有歉意，見大哥二哥這時還在談什麼年貨不年貨的事，心中的怒火就爆發出來了，拔劍指著金宇真的臉問：「剛才是你說我二哥是個半死人了？」

剛被安撫下來的金宇真也不是個怕死的人，他臉色一僵，又要發作，金宇成趕緊抱住了他。「真弟，別讓妹子為難。」

原本氣氛緩和，可是唐瑞這一出劍，又差點弄僵了。林語懊惱地瞪了唐瑞一眼。這人怎麼就愛惹是生非呢？

慕容楓一看林語生氣了，立即喝止。「老六，可不許胡說。把劍放下。」

看唐瑞還不大服氣，林語沒好氣地問：「我說唐老六，你這是不是世上僅此一把的名劍？要不你怎麼老愛拿出來顯擺呢？」

「妳——」一句話氣得唐瑞說不出話來。自從林語把他的愛劍說成破銅爛鐵被兄弟們取笑後，他就記在了心裡，今天她又拿他的劍說話，氣得他連話都說不出來。

面對有氣不敢發作的唐瑞，金宇成對林語佩服極了。這個義妹，確實不是自己兄弟配得上的。

「金三哥，這是我相公的六師弟，是個衝動的小屁孩，你別計較。我相公因為受了重傷，一時身子不大好，明天他的師叔就會趕過來給他治傷，只要休養好他就會沒事的，到時我們再去金家探望老夫人。」林語真誠地對金宇真解釋。她與金家來往多年，不能為這些雞毛蒜皮小事讓關係弄僵。

可金宇真還沈浸在林語的相公回來的打擊之中，根本聽不進林語的話，也不跟那幾個瞪眼的男人回話，只是一臉悲愴地看著林語問：「為什麼？為什麼不選我？我是真心喜歡妳的，我願意為了妳一生一世都只守著妳一人，妳為什麼還是不選我？」

當著人家相公的面說喜歡人家媳婦，再一看肖正軒那陰沈的臉，金宇成心中很是不安地勸說：「真弟，你別這樣。林語就是我們的妹妹，她再三告訴過你，她只做我們的妹妹，你別為難她了。」

金宇真只顧自言自語。「我不想為難她的，只是我情不自禁……我喜歡她這麼多年，她為什麼不喜歡我一點點？大哥，我真的好難過……」

再坐下去，林語會為難，金宇成扶著嘟囔著的金宇真對眾人說：「今天打擾妹夫和各位兄弟了。明天金某作東，在金錦酒樓等候各位光臨，給妹夫和各位兄弟接風。」

在門外的林桑進來，讚許地看了金宇成一眼，故意笑著打趣說：「金大哥，明天可得擺大桌啊，我家人多。」

「一定一定，再多的人也不怕，反正酒樓你家也有份的。各位明天見。」金宇成見林桑給他臺階下，立即拖著金宇真出門。

「哎呀，兩小子又過來看你們義妹了？明天是什麼好日子？你要請客？」軒轅博一進來，只聽到金宇成最後一句。

林桑難得幽默。「大叔，明天是小年的前三天。」

「哈哈哈……」難道這也是個好日子？軒轅博看著林桑大笑起來。

金宇成見氣氛緩和了，到了門口，他放開金宇真，拱手說：「告辭了。前輩，各位兄弟，明天不見不散。」

等金氏兄弟出了門，軒轅博看著滿屋子的人臉色嚴肅，特別是小徒弟一臉難看，詫異地問：「你們這是怎麼了？」

唐瑞見大家都不開口，就不服氣地指著林語說：「問她，招蜂引蝶還追到家裡來了。」

慕容楓臉色一沈。「老六，你怎麼說話的呢？她是你二嫂。」

「喔，瑞兒你是說金家三少追到家裡來的事？語丫頭，這小子又來找妳了？」軒轅博滿不在乎地問。

唐瑞輕哼了一聲。「不是他是哪個？他竟敢說二哥是個連走路都要扶、是個快要死的人，配不上她。哼，要不是二哥舊傷發作了，一根手指頭就能按死他。就算二哥是個要人扶才能走路的人，可也比他這個小白臉強。今天要不是看在二哥的面子上，我一劍就了結了他。」

張志明也被金宇真的話挑起了怒氣。敢咒他們兄弟，這不是找死嗎？要不是自己二哥緊張二嫂，不計較那臭小子說的話，他早就一拳頭捶扁他了。不過他還是最直接的人。「二哥，這小白臉以後再要來糾纏二嫂，兄弟們幫你把他扔出去。」

慕容楓沒有看輕金宇真，從家世家財才學方面來說，也許這金三少都不錯，也許他今天真的是受了太大的打擊、失了態。可是不管這姓金的如何好，能比自己二弟強？跟自己這個戰功累累的二弟相比，他差得不是一點兩點。

可是自己兄弟的好，別人也許看不見，於是慕容楓對林語說：「弟妹，妳可不能嫌我們兄弟都是大老粗，雖然我們讀書沒讀得比別人多，可仁義道德也沒比別人知道得少。特別是我二弟，為人實在又死心眼，對妳絕對是一等一的忠心。」

被瞪得不敢亂說話的唐瑞聽了大師兄的話，不解恨地說：「我看這金三少不像是第一次來提親吧？搞得我二哥家成了他家菜市場似的，想來就來，也不怕影響女人的聲譽。」

肖正軒知道師弟是為自己鳴不平，可是再怎麼著也不能侮辱林語。他開口道：「六弟，這金少爺是我媳婦的義兄，是小壯壯的義舅，跟你們一樣，都是我們的親人。親人之間走動，哪有什麼名譽可影響？六弟別生氣了，有人來給我媳婦提親，那是因為我媳婦真的好。俗話說，一家好女百家求，應該為你二哥有個這麼出色的媳婦高興才是。」

軒轅博也笑了起來。「六小子，你二哥說的對。林語這丫頭，可不是什麼女子都比得上的，只要是真男人、心中又沒有人的，我想很少會討厭她的。再說這金三少來求婚又不是什麼新鮮事，他一直盯著語丫頭呢，一年不來求一次婚，他是不會甘休的。之前不管語丫頭怎麼說都不聽，這次他得死心了吧？哈哈哈，太好了！當年要是知道語丫頭是軒兒的媳婦，我早把他趕得遠遠的。」

「唉，說來咱們也是緣分。語丫頭妳還記得不？當年妳救我的時候，我叫妳小姑娘，妳強調妳是小婦人。我還說要不是妳有婆家了，我就打算讓我手下的人娶妳做媳婦呢。妳說，這世上的事是巧還是不巧？」

看得出軒轅博要緩和氣氛，林語也立即笑著說：「是是是，不是事有碰巧，而是大叔你是神算子。我看過了年你就改行算了，我讓嫂嫂給你繡塊帆，你好每天拿著去走街竄巷。」

張志明最憨厚，傻傻地問：「二嫂，妳讓師傅改行做什麼？」

「算命。」

「哈哈哈……」

一臉氣憤的唐瑞臉上也浮現了訕笑。

一場求親風波帶來的不快，終於在眾人的故意打趣中釋然。

大家笑過後，軒轅博問徒弟們。「我讓你們去準備東西，都準備好了？」

慕容楓立即回答。「師傅請放心，老六說明天要用到的東西都準備好了。明天師叔來時會帶一隻碧血蟾蜍來，等二弟的血脈打通後，到時用它來補血。」

聽到小說中傳說的打通血脈，林語擔心地問：「大叔，明天師叔來給相公療傷，真的要用什麼『推宮過血』嗎？」

這兩天聽肖正軒說了所謂的「推宮過血」，就是把體內一些廢血引出來，然後再用特殊的方法來補血。這個時代又沒有輸血的機器，就是有，林語也不敢用，因為沒辦法測出血型啊。

可是把身體裡三分之一的血引出來，真的會沒事？

林語心中沒有把握，所以再次聽到他們眾兄弟提出這治療之法，還是禁不住擔心。醫學界有一句話：醫者不自醫，這就是林語心中不安的原因。

肖正軒知道她問出這句話的意思，雖然安慰過她許多次，但是這個小女人還是不放心，那就說明了自己在她心裡的分量。

大手悄悄把小手握在掌心，他朝她露出了一個微笑。

唐瑞的性子雖然有時候很急，但也是個為人直爽、講兄弟情誼的人，聽到林語問到師叔絕技，還帶著擔心的神情，他得意地開了口。「不要看不起這『推宮過血』的法子，那是我師叔的絕技，他能集我們兄弟的內力，把人體內無用的血引出。等師叔把二哥體內的廢血引出，我運功把碧血蟾蜍的丹仁送進去後再化解，那樣就能快速為二哥補血，這是萬無一失的治療方法。要是治別人，我師叔可不會用上這技法，除非是我們自己人。」

唐瑞是高手的徒弟，而且他這一臉得意的樣子，等於保證了肖正軒無礙，於是林語真心地說：「林語在此先謝謝唐公子。」

看到這六徒兒終於變得正常了，軒轅博直爽地說：「什麼唐公子、果公子的，語丫頭，妳應該叫他六弟。雖然他年紀比妳還大一歲，可他是軒兒的師弟。」

唐瑞不服氣地喊。「師傅，以後能不能規定，師兄們不能娶這麼小的師嫂。」

慕容楓故意瞪了他一眼。「怎麼？師嫂年紀小，就不是你師嫂了？你大嫂不比你二哥三哥都小，他們還不照樣尊她為師嫂？」

這一竿子又把大師兄給打到了。唐瑞心中一陣冷汗。

他們兄弟誰不知道，當年自己大哥可是糟蹋了個幼女。

喔，不，是十四歲的少女。

想到此，唐瑞只得認命地說：「大哥說的對。師嫂再小也是師嫂，誰讓你們都是老牛吃嫩草的好命。哪一天我也去找個比我小上不少的媳婦，讓師姪們為難去。」

軒轅博好笑地拍了一下小弟子的頭。「瑞小子，要不師傅去給你找個剛出生的？」

「哈哈哈……」頓時廳裡爆笑。

第六十八章

這一天真是發生太多的事了。

睡覺前，林語給肖正軒泡了一碗紅糖水。「呆子，你把這碗糖水喝了再睡。」

肖正軒搖搖頭說：「媳婦，我洗漱過了，再喝甜的對牙不好。」

林語又端來一碗清水，說：「沒事，喝過再漱下口就可以了。紅糖水能促進紅血球的分裂，使身體內的血液品質變好。身子好的時候，睡前是不能喝的，可你這情形要多喝幾天吧。」

雖然不明白什麼是紅血球，但肖正軒聽林語說這紅糖水他喝了好，知道是媳婦擔心自己的身體，於是依言接過，幾口喝了之後才睡了下來。

他看到站在炕邊脫衣服的林語，趕緊掀開被子說：「媳婦，妳快上來，地上太冷了。」

北方的冬天確實冷，雖然燒了炕，可不比現代的暖氣，能讓整個屋子都溫暖，於是林語三兩下脫去外衣，鑽進被子裡。

只是剛一進被窩，林語立即被拉進了肖正軒的懷裡，他伸手解去她的中衣說：「媳婦，睡覺別穿這麼多。昨天晚上，妳背上都冒汗了。」

林語紅著臉不肯。「不要，我就穿著它睡。」

肖正軒知道媳婦害臊，可他知道她裡面只有一件小肚兜似的東西，脫去中衣後，她的豐滿就能頂上他的前胸了，真的好舒服。

「妳最聽話了，要是晚上出了汗、濕了衣服，容易感冒。妳知道相公現在什麼也不能做，就抱抱妳，不要害怕好不好？」肖正軒引誘著懷裡的人。

確實晚上穿多了睡覺很熱，當肖正軒邊說邊伸手脫她的中衣時，她沒再掙扎。不一會兒，一件中衣在床角跟牆壁作伴了。林語伸手擰了肖正軒一把。「壞人。」

肖正軒嘿嘿傻笑。「媳婦，這樣睡覺多舒服？相公還只有一條褻褲呢，可沒讓妳吃虧。要不，我幫妳把這肚兜也脫了？」

說著，手指有意地劃上頂峰，林語嬌弱地喊。「呆子，你不許動我這裡。」

肖正軒親住小嘴。「那我動這裡好不好？」

嬌吟聲起。「呆子，明天你得治傷……」

肖正軒緊緊頂著她說：「媳婦，等我傷好了，一定把妳餵飽。」

林語又羞又怒。「餵你個大頭鬼！」

肖正軒悶笑。

躺在肖正軒懷裡，感覺得到他的寵愛，林語雙手摟著肖正軒。「呆子，今天的事，你一定不舒服吧？」

肖正軒低頭親親林語的額頭，專注而又深情地看著她，溫柔地說：「傻媳婦，我沒有不舒服。有這麼年輕的公子追著我媳婦想娶，說明我媳婦真的很好。再說，妳都說過了，你們認識這麼多年，也是熟人了，妳都沒嫁給他，那我還有什麼好不舒服的？這就說明我媳婦只願意嫁給我。」

林語嘟著嘴問肖正軒。「呆子，誰說你不會說話？這麼一篇大道理，一般人可說不出來呢。謝謝你相信我。雖然我很氣你，也有點恨你，可我也想了你很多很多次，算來算去，還是想你的次數比恨你的次數多，所以我給了自己一個期限，要是十年內你還找不到我，我就找個人嫁了。」

肖正軒摟著她，深情地問：「媳婦，妳說我是不是個有福氣的男人？雖然失去了妳好幾年，可是以後我們還有一輩子是不是？我真的很慶幸找到了妳和兒子，要不然我這一生怕是得孤苦伶仃了。」

林語盯著眼前男人的臉，伸出手摸了摸。「呆子，我可以說你臉上沒了那道疤痕很帥嗎？」

「是不是嫌我以前很難看？」肖正軒好心情地笑著反問懷裡的媳婦。

「那倒沒有。呆子，要我說呀，其實有道疤也沒事，這樣你就少了很多桃花，省得我一天到晚操心有女人上門來要做姨娘。」

「只有妳才那麼沒眼光，看得上我呢。」

「那是我眼光獨特。」

「媳婦，謝謝妳。」肖正軒把臉貼在林語的脖間。

林語拍拍他的背，說：「呆子，以後咱們夫妻之間不說謝。」

「好。以後我只說愛。」

「嗯，這我喜歡聽。以後你每天醒來，第一句就得跟我說：媳婦，我最愛妳。」

「媳婦，我最愛妳。我想天天都愛妳。」說著說著，大手又伸進了衣內。

林語假裝狠狠瞪了他一眼說：「不知死活的傢伙！你又來了，腦子裡就只長精蟲是不？」

肖正軒委屈地說：「媳婦，這麼久都沒嘗過滋味了，它想妳想得全身都痛。」

林語無奈地瞪了他一眼。「既然幾年都挨過來了，難道再挨不了十天半個月？明天大叔要給你治傷了，今天給我好好休息，什麼都不許想。」

肖正軒抱住她，悄悄地說：「媳婦，等我傷好的那一天，妳可真得讓我吃個夠。」

林語睨了一眼哈巴狗似的男子，伸手輕輕擰了他的腰一把，嬌嗔地說：「睡覺。」

剛吹滅的燭心映出了一張傻笑的大臉。

一盆盆的血水換出來、一碗碗的參湯送進去，林語總算見識到古代所謂的內力。原來這世上還真有這樣的功夫。

經過三天的推血，軒轅博、劉至兼師兄弟筋疲力竭地出了房間。看到林語擔心的小臉，軒轅博笑著說：「丫頭，讓妳嫂子做幾頓好吃的來孝敬我們。」

林語含著熱淚感激地說：「謝謝大叔。今天讓嫂子燒了五香肘子、娃娃魚，您二老好好喝兩杯。」

慕容楓打趣說：「弟妹太偏心了。這幾天我們兄弟可沒閒著，怎麼心裡就只想著師傅呢？」

小壯壯跑過來說：「師伯，壯壯告訴你，娘今天燒了叫化雞，你要是不想吃，我就跟瑞叔叔吃光了。」

唐瑞高興地抱起壯壯說：「這才是瑞叔叔的好姪子！明天叔叔再教你金針飛花。」壯壯拍著手說：「太好了！瑞叔叔，明天我叫舅母給你燒好多好吃的。還有，我蝶姊姊做的溜肥腸，可是這世上最好吃的。」

融洽的氣氛讓林語心中快樂，她真心地說：「謝謝你們大家。」

慕容楓狡猾地說：「要是弟妹真心想謝的話，趕緊給我生個兒媳婦吧。」

「大哥，你太奸詐了！大嫂生了兩個兒子，就想拐個二嫂生的女兒做兒媳婦。五哥，看來我們也得趕緊成親，讓壯壯給我們做女婿去。」唐瑞憤憤不平地指責大師兄看到好的就想占。

張志明抓抓頭髮問：「老六，要是咱們也只生兒子怎麼辦？」

唐瑞一臉恨鐵不成鋼的樣子。「再接著生唄！總能給壯壯生個媳婦兒的。」

林語笑得腰也直不起來，還不忘取笑唐瑞。「六弟，那就不要在這裡浪費時間了，趕緊去找媳婦吧，然後抓緊時間造人去。」

唐瑞被打趣得臉紅了，瞪了林語一眼，恨恨地說：「妳看看妳還像不像個女人？什麼話都說得出口，等二哥好了，我定叫他收拾妳，到時別哭就是。」

陳爭看著唐瑞搖搖頭。「老六，不是四哥打擊你，是誰收拾誰還真難說。我看你還是按照二嫂說的話，趕緊找媳婦去吧。還有，你得打開眼睛好好找，別把好媳婦錯過了，到時是哪個哭更不知道。」

慕容楓瞥了陳爭一眼，意味深長地說：「還是老四有眼光啊。」

下午，兩位師兄的話讓唐瑞呆了很久。晚上的時候，他坐在凳子上，眼前不斷浮現出葉蝶那張欲哭強忍的臉。他煩惱地甩甩頭，懊惱自己為什麼會去想一個蠻橫無理的小丫頭。

正在洗腳的張志明不解地問：「老六，你這是怎麼了？」

唐瑞知道自己失態。他看到張志明腳上不大一樣的足衣，故意岔開話題問：「五哥，你這是什麼東西？這也是足衣？」

張志明詫異地問：「咦，老六你沒收到這足衣嗎？這是葉蝶送給兄弟們的謝禮，她說感謝大家給二師兄治傷。」

唐瑞一聽葉蝶的禮物沒有他的分，一生氣，就一把奪過張志明手上的襪子一扔。「這又不是什麼好東西，一塊粗布而已，誰稀罕它了？」

張志明不知道他為什麼生氣，撿起被唐瑞扔了的足衣穿上，又踩了踩地才說：「嗯，雖然是粗布做的，不過這足衣真的很新鮮，還有腳跟的呢！哈哈，這下足衣就不容易滑到靴子裡去了。平常那足衣，穿著穿著就得到靴子裡去找。等葉蝶有空，我得找她再做幾雙去。」

聽到張志明自言自語地誇足衣，唐瑞一臉陰沈地套上鞋就出去了。

他覺得心裡有一股氣沒法出去，今天他比五哥辛苦多了，為什麼這小丫頭不給他做足衣？

唐瑞是幾兄弟中最小的，一直都是師兄們照顧著，所以性子沒這麼沈穩。

當他看到葉蝶從林語房間出來時，一把抓住她的手問：「我的足衣呢？」

葉蝶甩開他的手，冷冷睨了他一眼。「我不知道你在說什麼。」

唐瑞生氣地問：「妳給師兄們都做了足衣，為什麼沒有我的分？」

葉蝶涼涼地說：「我怕唐六爺嫌它有霉氣。」

唐瑞氣憤地說：「我就說錯了一句，還給妳道歉了，妳就死記在心中，太不公平了。」

葉蝶扭身看了他一眼。「怪不得姑姑說你是個小屁孩，果然不錯，動不動就發脾氣。」

說完，頭也不回往自己的房間而去。

留下一臉懊惱又不解氣的唐瑞站在院中發呆。

第二天早上，林語笑咪咪地看著葉蝶問：「小蝶兒，那個氣呼呼的蝦蟆找妳的事了？」

葉蝶噗哧一笑。「姑姑，妳可真會形容。這唐六爺可真像妳說的蝦蟆一樣，動不動就喜歡吹鬍子瞪眼，我覺得他還沒有壯壯懂事。」

林語輕輕拍了她一巴掌。「小傢伙，我跟妳說別惹他，小心他跟妳急了。」

葉蝶撇撇嘴說：「我才不跟他一般見識呢。」

正要出門的慕容楓聽到姑姪倆的談話，立即笑著搖頭，回頭對一臉脹紅的唐瑞說：「老六，我看你真有問題了。在戰場上被稱為冷面聖手的你，竟然成了她們姑姪眼中的蝦蟆？你慘了。」

隨後而來的陳爭只聽到最後一句，不解地問：「大哥，你說誰慘了？」

慕容楓哈哈大笑。「總有人慘了的。」

唐瑞一臉尷尬和憤怒，跟著眾人出了門。當他出去之後，回頭深深看了院子一眼，臉上有了一絲不明的神情。

轉眼又是新年。

軒轅博身為皇親，必須進宮過年，這也是讓皇帝放心的一種表現。慕容楓則帶著幾個兄弟滾回了山莊，臨走前還不忘打趣。「弟妹，可記得大師兄要的謝禮，否則我也得讓我媳婦生個女兒來搶壯壯了。」

林語取笑他說：「我看大師兄還是先把大嫂找回來再說吧。聽說有人去找了三回，都沒把媳婦找回來。這女兒什麼時候能出來，可得看大師兄的本事呀。」

慕容楓一聽林語的打趣，立即狠狠盯著能出門的肖正軒說：「二弟，你太不夠義氣了，在媳婦面前就把哥哥給賣了，看來年後還是讓你回山莊的好。」

肖正軒笑著說：「大師兄，小弟可是好意，怕大嫂一發狠把你給休了，那小弟就罪過了。」

慕容楓被揭了短，故意裝出一副懊惱的樣子。「我堂堂正正的男子漢，會被一個女人休了？我可不像你這個沒出息的傢伙，在自己媳婦面前就是個軟蛋，我在媳婦面前可是說一不二的人。」

林語樂了。「大師兄，下次弟妹一定好好問問大嫂，你在她面前說了什麼。」

「哈哈哈……」林語這句話讓一旁的幾個師弟放聲笑了起來。自己那大師嫂可是個有趣的人。

林語聽肖正軒說起，當年他們師妹給這大師兄下了藥，自己沒落到好處，倒讓這大師兄糟蹋了人家上山進香的大姑娘，他一開口說要負責，可姑娘只是睨了他一眼。

「就你？你確定負得了責？」

當時慕容楓氣得發狠。「我怎麼就負不了責？我堂堂棲鶴山莊的莊主怎麼就配不上妳？」

「喔，棲鶴山莊的莊主呀？好大的來頭，不過小女子是個鄉野村姑，配不上你。算了，就當我今天倒楣被狗咬了。本來來上香就是因為我爹逼我嫁給不喜歡的人，這下好了，我出事了，看他還敢不敢娶我。」哪知人家姑娘根本就雞同鴨講。

既然人家姑娘都不在乎，聽說慕容楓本想一走了之的，可是他還真不服輸了，就偷偷跟著姑娘回家，然後派人守著。後來有人來報，說姑娘家人要把姑娘浸豬籠，他跳進水裡把她偷了出來。

哪知人家第一句話是：「喂，你是不是有毛病呀？我好不容易借個死遁去闖蕩江湖，竟被你搞砸了！真是陰魂不散！」

這性子讓慕容楓頭痛了很多年，還真把瀟灑的大師兄給剋住了。聽說這大嫂生下第二個兒子滿三周歲之後，說要出去完成心願，於是拍拍屁股走了。

當時林語不禁佩服道：「這才叫灑脫。」

肖正軒害怕地問：「媳婦，妳不是也想跟大嫂學吧？」

林語反問：「如果是呢？」

半晌，肖正軒才鬱悶地說：「那妳把我給帶上。」

林語故作思考了一下，才狡黠地說：「算了，還是家裡比江湖舒服，我就做個宅女吧。」

其實林語最怕的是古代的馬車。幾年前，從湘城到京城搭了一路馬車，只差沒把她骨頭給震散了。

家裡清靜了，林語在過年夜時專心地為肖正軒燒了幾個補血的菜，他感動地說：「媳婦，我其實已經全好了。身體裡有碧血蟾蜍的丹仁，加上師傅和師叔的內力，我的傷只要暫時不再受重擊的話，已經能打得過一隻虎了。」

林語才不信有那麼神奇的東西。她指著紅豆雞湯說：「你那又不是小傷小痛，是吐血呢。如果實在是不想吃，那這個喝一碗好了。別的我就不強求，你愛吃什麼就吃什麼。」

林桑也趕緊說：「肖二哥，語兒說的對，你這可不是小傷病，得好好養著身子，要不然小傷不除成大病就麻煩了。」

肖正軒真誠地說：「謝謝大舅兄，這麼些年來照顧語兒母子，以後我都會留在家裡，我們一起讓家裡過得更好。」

小壯壯爬到他身邊，拿起調羹舀起一勺雞湯，學著林語的口氣說：「爹爹你最乖了，喝了這湯，明天壯壯就有大馬騎了。」

噗一聲，葉清取笑他。「難怪壯壯一天到晚說要給姑父做好吃的呢，原來是想騎姑父的大馬了。」

小壯壯摟著肖正軒的脖子悄悄地說：「爹爹，清哥哥笑話我，以後不讓他騎你的大馬。」

葉清一聽，臉一紅。「我才不想騎大馬呢，我都是大人了，只有你這小屁孩才想這麼幼稚的事。」

想著這個調皮兒子總是欺負老實的葉清，林語在他小屁股上拍了一巴掌。「你以為你清哥哥像你這麼沒出息呀？坐好去吃飯，一會兒給你們發壓歲錢。」

壯壯一聽歡呼起來。「喔，有壓歲錢了！我可以去買那把銅劍了！」

女孩子愛絨娃娃，男孩子愛刀劍，不管哪個世界的孩子都一樣，而壯壯更是喜歡這些東西，只要看到做成玩具的刀槍棍棒，想方設法都要到手才行。

林語故意打擊他。「明天是正月初一，鋪子不開門。」

壯壯臉一垮，沒一分鐘又神氣起來。「花燈節就開門了。花燈節上東西更多，我留著銀子到時候買個夠！」

孩子們拿過壓歲錢後就開始打呵欠了，守歲倒成了林語與肖正軒的事。

兩人端了張桌子在炕上，放上幾盤果子，倒一杯茶，坐在炕上開始守歲。

喝了兩杯酒的林語俏臉泛粉，肖正軒解開外袍把她摟進懷裡，林語坐在他腿間，伸手拿了一個果子塞進肖正軒嘴裡。「呆子，過年好。」

肖正軒一口把她手指也咬住了，沿著小手就親上了手腕，逗得林語直想笑。

軟香在懷，他還傻得只是守歲？肖正軒心急火燎地解開了自己的衣服，伸手脫下了林語的外衣，讓她穿件小肚兜蜷縮在自己懷裡。

他拿起桌上的果子輕咬兩口，便送進了另一張小嘴裡。

「呆子，你不講衛生。」林語氣嘟嘟地指責他。

「媳婦，不管在哪兒，我每天都漱口的，真的很衛生。媳婦，妳是不是真的不喜歡我才嫌棄我的？」

「嗯，我不喜歡你。」

「媳婦……」失落與難過的聲音在耳邊響起。

「傻呆子。你真沒有幽默感，我不喜歡你，我只愛你。」

「媳婦……媳婦……謝謝妳，謝謝妳。」狂喜從心間湧起。媳婦說她愛他？也就是說，不僅是自己單方面地愛她，她也愛他了？瞬間，一種幸福的感覺充塞了他空虛的心，讓肖正軒語無倫次起來。

「呆子，說過了不用謝，我是你媳婦。」

「嗯，妳是我媳婦，妳是我媳婦，我是媳婦的呆子。媳婦，我們睡覺。」

男人的直接讓林語小臉燒了起來……

「呆子，不行，你身子還沒有好。」林語推開他。

肖正軒含糊地說：「媳婦，一會兒妳就會知道妳相公行還是不行。」

「你不要騙我，我可以等的。」

「我不會騙妳，媳婦，妳摸摸，它要發怒了。妳能等，可它不能等了，它想死妳了。」

什麼話都是多餘，肖正軒的心激動得快要跳到喉嚨。他控制住自己的急切，低頭含住了那張嬌豔的小嘴。

林語的小手也情不自禁地開始撫摸男人結實的胸肌……火熱的夜晚才開始。

第六十九章

正月初二，一家三口帶著禮物到了金府。已七十餘歲高齡的金老夫人看到肖正軒，欣慰地說：「語兒，祖母總算放心了。」

林語坐在老夫人身邊，摟著她的手笑著說：「老夫人，您說這孫女婿是不是入得了您老的眼？」

金老夫人疼愛地說：「祖母我就知道，我的孫女兒是個有福氣的人。這個孩子相貌上一看就知道是個秉性忠厚的人，好，語兒真的有福氣呀。」

林語故意嬌笑著。「人家說丈母娘看女婿越看越歡喜，可語兒怎麼覺得老夫人看孫女婿也越看越歡喜似的？」

一句話逗得金老夫人哈哈大笑。「還是語兒會說話。這世上又沒有人說不准祖母看孫女婿不能越看越歡喜的，我就是歡喜又如何?兒媳，妳說語兒這小嘴是不是越來越甜呀？」

坐在一旁的金夫人聽到金老夫人問話，只得應付地稱讚起林語來。只是她的表情有點複雜，想起前不久一回來後就沈默寡言的兒子，心裡不知道是什麼滋味。

金夫人承認，林語確實不是一般的大家閨秀能比得上的，就算她已是一個孩子的母親，可無論從外貌還是才情上來說，都是一等一的好。

此時她的內心有著淡淡的後悔。

可更濃的是怨恨。

為什麼要勾引她的兩個兒子？

林語並不知道，金宇成在跟小妾親熱時，曾經情不自禁地喊了林語的名字。

有一次，小妾因事與金宇成的正妻發生爭執，她說溜嘴，弄得家裡氣氛不好。

因此，今天林語與肖正軒上門時，金夫人既放下了心又有了怨氣，所以對著林語並不是真的歡喜。

聽到金老夫人欣慰的口氣，她也只能強裝笑臉附和。「母親說的極對，林語不但會說話，而且是個好命的孩子。」

看到金夫人這不鹹不淡的臉色，林語知道她不喜歡自己，但這時候也只能陪笑著。

金宇成陪著肖正軒坐在另一邊，看著林語問：「肖老弟，這次回來不再走了吧？」

肖正軒遠遠看著自己巧笑嫣然的媳婦，聽到金宇成的話中有話，真心地說：「我不走了，金兄。當年小弟就答應過她的，只要我能回來，就要陪著她一輩子，此生唯娶她一人為妻。」

一個男人對自己媳婦寵到了如此地步，看在金宇成的眼裡很是動容，他也真心地說：「肖老弟，林語值得你這麼對她。」

肖正軒知道眼前這個男人也喜歡自己的媳婦，他不是不在意，可他也佩服金宇成的大度。明知道不可求時，能夠真正把一個心愛的女子當妹妹來對待，這樣的人也是能成大事的人。

如果是自己，怕是做不到吧？

肖正軒站起來，真誠地對著金宇成鞠了一躬，說：「金兄，小弟感謝你對林家這麼多年的照顧，以後有用得上小弟的地方，我一定盡力而為。」

金宇成客氣地說：「現在你可是我妹夫，再說這麼客氣的話，可就見外了。這些年，也不是說只有我們金家照顧林家，其實我們金家也沾了不少林家的光。」

「你客氣了。」

林語跟金家女眷聊著，發現肖正軒與金宇成出去了，這時金老夫人為難地說：「語兒，有件事我想託妳幫個忙。」

老夫人這遲疑的模樣，讓林語心中起了疑問。「老夫人，您有什麼事只管吩咐語兒好了，不必為難。」

金老夫人苦笑著說：「能不能請妳見見真兒？」

聽金老夫人說起金宇真，他從林家回去後，再也沒有聽到他的消息了，也不知道他怎麼樣了。

聽老夫人的話，怕是金宇真還沒有放下自己。林語一愣，立即擔心地問：「老夫人，金三哥怎麼了？」

「也沒怎麼，就是成天睡覺喝酒，什麼事也不管了。祖母知道為難妳了，可他是老身的小孫子，我真的很擔心他。」金老夫人感嘆地說。

林語立即真心地說：「老夫人，如果林語的話，三哥能夠聽得進去，林語並不為難。他是林語的三哥，一直以來我就把他當親兄長看待，我這就去看看他。」

金老夫人欣賞地說：「好孩子，那就拜託妳了。」

金宇真的院子就在老夫人院子邊。林語走到院子門口，王嬤嬤立即說：「姑奶奶，老奴在這兒等著您好了。」

林語為難地說：「王嬤嬤，我一個女子孤身到一個男子院子裡，怕是不大好吧？」

王嬤嬤笑笑說：「你們是兄妹不是嗎？您是姑奶奶，他是三少爺，兄妹之間哪有這麼多講究？再說金家是商人之家，也不是那些個大門大戶，過分講究那些個死規矩。老夫人已吩咐過了，請姑奶奶好好勸說勸說三少爺。」

林語無奈地說：「那請王嬤嬤轉告我相公一聲，一會兒我再去尋他。」

「姑奶奶請放心，大少爺怕是已經跟姑爺說過這事了。」

林語無奈地笑了。「有勞王嬤嬤了。」

金宇真的院子簡單整齊，卻是一個下人也沒看到。林語正想舉手敲門，突然，裡面傳出了兩人的說話聲。

屋子裡，金宇成看著死氣沈沈的弟弟，真的有點無奈。「真弟，大哥跟你說了這麼多，你真的就沒聽進一點嗎？」

金宇真有氣無力地說：「大哥，你說的大道理我也懂，可是我就是放不下林語。我這裡很疼很疼，你教我怎麼辦？」

金宇成責備地說：「男子漢拿得起放得下。為這麼一點小事，你就把自己變成這個樣子？這要是讓林語看到了，她心裡會好受？剛才我看她在祖母那兒，母親看她時那責備的眼神，讓她很不自在。」

金宇真悲傷地說：「大哥，她說她從沒愛過我……」

金宇成無奈地說：「真弟，林語不是個亂來的女子，她再三告訴我們，她是有相公的人，怎麼還會去愛另一個男子呢？如果你真的愛過她，那你就要多為她想想，難道愛一個人就真的一定要得到手才成？」

金宇真喃喃地說：「大哥，可我真的愛她呀……」

金宇成有點恨鐵不成鋼。「我知道，沒人懷疑你是假的。可是林語說的對，愛是雙方的，她對你只有兄妹之情，你不能強加給她。我再說一次，如果真愛她，就把她放在心裡吧，別給她添為難。」

林語苦笑後退了幾步，不想讓他們知道自己偷聽了他們談話，彼此尷尬，於是故意弄出聲響，重新回到了門口，才舉手敲了敲門。「金三哥，你在嗎？」

金宇成看到是林語來了，立即站起來說：「妹子來了？是不是來看真弟的？他在的，妳進來坐坐，聊一會兒天好了。」

林語訕訕地笑說：「金大哥，林語想跟三哥說說話。」

金宇真一看到林語站在門口，就癡癡望著眼前嬌美的容顏，直到林語坐在他對面，他才失神地喊。「林語……」

對這莫名其妙的桃花債，林語知道不讓他完全死心的話，以後她恐怕無法再入金家。於是她盯著金宇真的眼睛，問：「三哥是不是在恨我？」

金宇真呆呆看著她，只是癡癡叫著。「林語，林語……」

林語舉手朝他肩上重重一拳。「知道我為什麼要打你？」

金宇真搖搖頭。「林語為什麼要打我？」

「因為你不尊重我。」

「林語，我沒有不尊重妳！」金宇真紅著眼，急忙叫了起來。

林語認真盯著他的眼睛問：「好，我相信。既然三哥說沒有不尊重我，那我就信了。看著我，回答我一個問題。」

金宇真看到林語如此認真和嚴肅，也只得打起精神。「林語，妳問吧，只是能不能別叫我三哥，那樣讓我難受。」

林語故意想了想，才一臉嚴肅地說：「好吧，宇真，我就這麼叫你了。這麼叫你，表示我把你當作真正的朋友，所以我問你一句真心話，一直以來，我有沒有告訴過你，我是有相公的人？」

林語的問話讓金宇真一愣，但還是老實地回答。「妳說過。」

「好，既然你知道我是有夫之婦，為什麼要傻傻地愛上我？你難道不知道這對我來說是不公平的嗎？你一廂情願的愛，我不是沒感覺，而是我心中有要愛的人，不能分出心愛你，所以你讓我很辛苦。」

金宇真沒有想過自己的愛會給心愛的人帶來困擾，難過地問：「林語，我的愛真的讓妳感到很累？」

林語委屈地點點頭說：「是的。宇真，你喜歡上了我，可我不能喜歡你，所以我只覺得壓力很大，好像欠了你很多，每次都怕碰上你。而且除了我是真的有相公之外，再說我是農村裡長大的孩子，你的家庭也不是我能接受的。」

金宇真心中大驚。他一直以為他愛他的，又不關林語什麼事，從來沒有想到會給她帶來壓力。今天林語把心中真實的想法說出來，讓他一時難以接受。

心碎的金宇真聽林語說不喜歡自己家，更是不解地問：「我家不好嗎？多少女子都想進金家的門。」

林語自嘲地笑了笑，才真心地說：「宇真，你的家不是不好，在一般的人眼中看來，可以說得上是很好，特別是對我這個嫁過人還帶著兒子的女人來說，你能喜歡上我，你家能接納我，應該說是天上掉下來的福分。可是我自己知道，它不適合我。

「我是農村女子，從小在鎮子裡長大，接觸的人都是一群直來直往的人，有事就直說，有架就開打，很少有人在背後做小動作。所以我們這些人最怕的就是軟刀子殺人，當面叫得如親骨肉一樣，可背後時時想著如何謀害你。

「宇真，我不是故意要貶低你的家人，而是我感覺你們後宅裡，讓人活得很累。你仔細想想，你娘跟你爹的妾室之間，你嫂子跟你哥的妾室通房之間，是不是每日都在想著如何壓過另一個人？還有你娘看我的眼光，我能活得開心嗎？我知道你最疼我這個妹妹的，也最知我的心思，你不會想我活得不快樂，是不是？」

金宇真看她說得那麼真實，是的，自己家裡是什麼境況，別人不知道，他還能不知道？他怎麼捨得讓她過得不開心呢？

只是他真的很納悶，她又沒在大戶人家的後宅待過，怎麼瞭解得這麼清楚。他不解地問：「妳怎麼知道這些？」

林語苦笑著說：「這還要親身體驗不成？每次來你家，你那些姨娘們與你娘親不都是戴著面具過日子？哪個不是當面笑呵呵，轉個身就一臉嫌棄？宇真，這種日子我想想都害怕。」

大戶人家的後院確實是這樣，不僅是他家這樣，那些有權有勢的人家後院如戰場。想到林語把這個當成拒絕他的理由，金宇真心中有點明白她了。於是他認真地問：「那妳不愛我，不是因為我不好，而是真的有其他原因？其實妳對我也有感覺的對不對？」

看來是想法鬆動了，就算自己真的沒有愛過他，也不能一下子把他推到死角。

於是林語違心地點點頭。「宇真，你很好，風度翩翩、文采出眾，是女人眼中的偉男子。如果我們相逢得早，我不能保證還能拒絕得了你。我感覺得到你對我的好，可是我更知道，這份感情是多麼可貴。所以我告訴自己，有這樣的一個好男人喜歡我，應該感謝珍惜他，把這份難能可貴的感情好好記在心裡。但是我也明白，你的這份感情真的不是我能承擔得起的，因為它太重太重了。」

金宇真起初一聽林語說心裡有他，心底開始雀躍，可聽了她後半句，開始不安了。「林語，我真的沒想到對妳會有這樣的負擔——」

林語打斷他。「宇真，聽我把話說完。我感覺到了你的好，就早早打定了主意，要好好珍惜這份情。因為我知道男女之間不僅有愛情，還有友情，愛情可以刻骨銘心，可是真正的友情同樣能讓人幸福一生。」

「不，我對妳的不是友情。」聽林語把他的感情理解成了友情，金宇真急切了起來。

「我知道。我知道宇真給我的不僅是友情，還有很多的親情和真情。可是宇真，你知道嗎？其實友情有很多種，你有沒有聽說過男女之間還有一種叫知己的情誼存在？」

「知己？」既然林語不能承受他的真情，那他怎麼能強加於她？聽到林語的問話，金宇真就算是心中很疼很難過，還是誠實地搖搖頭。

硬起心腸，林語微笑著向他解釋。「所謂知己，就是指男女之間除了愛人之外，在自己心裡最重要的異性。我有了想要過一生的人，可是我也願意有一個知己。他是朋友，是那種可以相互想念，但又不會影響生活的人。宇真，都說人生難得一知己，得一知己此生足矣。所以我一直保持著對你的距離，就是想把你當成知己放在心裡，就是不知道我是否有幸擁有你這樣的知己？」

金宇真被林語新鮮的說法弄得暈頭轉向。她是他情竇初開時，第一個放進心裡的女人，就算明知道她有相公，還是愛上了她，所以當她相公真的回來了後，這打擊讓他一時接受不了。

「我……」

「宇真，我這一生只會跟我相公過，也只準備愛他一個，所以你能不能把我當成最好的朋友放在心裡？如果你以後有什麼不能跟自己妻子說，但又想不明白的事，可否願意來跟我說說？我如果與我相公之間產生了矛盾，想找人傾訴的時候，你能不能借點時間給我，讓我把心裡的不滿倒出來？」

「我不知道。」已經暈乎乎的金宇真老實地說出了自己的想法。

林語稍稍鬆了口氣，又說：「宇真，我是真心想跟你做朋友。如果你願意，那我們今生都是好朋友。從今以後，我們做好朋友，快快樂樂地過日子好不好？」

快快樂樂過一生？金宇真難過地想：要是沒有妳，我真的能快樂嗎？

看出了金宇真心底的猶豫，林語趕緊添一把火。「宇真，人生真的很短，只有快快樂樂過日子，才不枉費來過這世上。我會把你放在心底，也請你把我當作最好的朋友記在心上，快快樂樂過日子。」

面對自己心愛女人的請求，金宇真就算再不認為自己真的還會快樂，也只得答應。「好。」

林語知道，感情的事不是別人能夠左右的，只有他開始了另一段感情，才會真正放下。另一段感情是他最好的療傷藥，她也只能做到這樣。於是她感激地笑著伸出手說：「宇真，從此，我想看到一個開心、進取、認真生活的你。」

金宇真看著眼前的容顏，渴望地問：「林語，能不能讓我抱妳一次？」

既然他想得到一個擁抱，林語也不是一個這麼不大方的人。

她伸開雙手說：「宇真，其實我早就想像個妹妹般擁抱你這個哥哥，想當一個有哥哥疼愛的小妹妹。謝謝你成全了我的心願，從此，你就是我林語的三哥。」

金宇真低頭不語，只是緊緊摟著林語，好半晌才鄭重地承諾。「好，以後要是妹夫欺負妳，我幫妳揍他。」

想起肖正軒那高大的身影，林語輕輕推開金宇真，禁不住笑了。「那三哥可不能打他的臉喔，他本來就不怎麼帥。」

金宇真帶著一種難以說明白的心情回話。「反正妳也是個沒什麼眼光的女人，他再難看點也沒什麼。」

聽了金宇真帶氣的話，林語心中嘀咕：我哪裡沒有眼光了？我家呆子可是隻忠犬呢，跟你們金家這批種馬不是一個層次的！

第七十章

回程的路上，林語坐在馬車上，伸伸懶腰。「呆子，作客真累，做個說客更累。」

肖正軒寵愛地看著她。「媳婦，妳真的不喜歡過大宅門的日子？」

「不喜歡。我覺得還是過咱們小家小戶的日子好，沒有後宅之爭，也沒有滿天的規矩。這金家還是商人之家就這樣，這要是真到了大門大族裡去，還不把人給悶死？我還是過我自由自在的日子。」林語毫不猶豫說出了自己的心裡話。

世上也只有她這樣的女子才不慕虛榮。肖正軒寵溺地說：「那好，只要妳喜歡，那我就陪著妳過一輩子這樣自由自在的日子。」

林語故意問：「呆子，你知道我剛才去了哪兒是不？」

肖正軒一愣。他沒想到媳婦這麼直率，於是誠實地點點頭說：「知道。」

「那你就不想問問我去做了什麼？」

肖正軒搖搖頭。「不必問，我媳婦是去幫著金家勸慰人。俗話說解鈴還須繫鈴人，我自己的媳婦，我相信。」

「呆子，我想告訴你，我真的從來都沒有去招惹過金三少。你不在家的這幾年，我去金家的次數，用手指頭都數得過來，除非是非去不可，否則都是由哥哥代替。」

一個男人對女人的信任，那份感動無法用言語形容的。但是，有的話必須說在明處。「小傻瓜，有眼睛的男子都能看得到妳的好。不用妳去招惹，只要接觸過妳，都會喜歡上妳。」

沒想到這個呆子能說這樣感性的話，林語抱著睡著了的壯壯移了移身子，坐到了肖正軒的背後，把臉貼在他的背上。「謝謝你，呆子。我知道自己沒有你說的這麼好，可是你這樣說，我真的很開心。」

肖正軒騰出一隻手拍拍林語。「還說相公呆，我這媳婦才是個小呆子呢。我是妳相公呢，我不是為了討好妳而誇妳，妳在我的心裡，就是一個如此可愛又值得人喜歡的女人。」

幸福溢滿心頭，感激不需要言語，林語暗暗想，不管未來會怎麼樣，但現在她真的覺得好幸福。她真的沒想到，掉入這個異世裡，雖然與以前的世界不能相比，可是在這父權的社會裡，她能得到這樣一個深情的男子，也許真的是老天眷顧。

她想，定要好好珍惜這份平淡而幸福的生活。

林語像隻小狗似地在肖正軒的背上蹭了又蹭，閉上眼睛，深深吸了口氣。

二月一過，終於有了點春意。這天天氣很好，菜園裡，林語像個大將軍似地指揮著肖正軒說：「呆子，你來挖，我來整地。」

肖正軒一臉笑意。「嗯，妳慢慢來，我挖好後再來幫著整。」

這時壯壯拎著小鋤頭跑過來說：「爹、娘，我也要來幫你們種菜。」

這小屁孩什麼事都開始學了，到哪兒都少不了他插一腳，林語指著腳下的一小塊地說：「行，這塊地就包給你了。好好挖，到時娘幫你種大甜瓜。蝶兒，妳去搖水井，一會兒讓妳姑父來挑。」

葉蝶趕緊說：「姑姑，今天早上我們洗衣服的水還留著呢，嬸嬸說那水很肥的，昨天妳說要挖菜地，她就讓我留起來了。」

林語聞言高興地說：「那太好了，一會兒我跟妳去抬。」

一家人開始為春播大計而努力，頓時，小菜園裡熱火朝天，小燈燈拿著燒火鉗找著土裡的蚯蚓，與壯壯兩人在地裡跑得歡，一會兒笑得前仰後合，一會兒追得哈哈大笑。

林語看這兩個一身泥的小猴子笑罵著。「再在地上滾，小心我揍你們兩個臭傢伙。」

壯壯理直氣壯地說：「娘，我們可不是在玩泥巴，我和弟弟在勞動。我們要撿蚯蚓去給我們家的小嘎嘎和小啾啾吃的，牠們會生蛋給我和弟弟吃。」

小嘎嘎和小啾啾是林語給兩兄弟買回來的四隻小鴨子和四隻小雞，壯壯根據牠們的叫聲，給四隻小鴨和小雞取名嘎一到嘎四、啾一到啾四。林語不得不汗顏兒子取名字的水準。

這拿著雞毛當令箭的小子，還真是有理了。「就你們倆成天把牠們拎來拎去的，能長大已是大幸了，還生蛋給你們吃呢！」

葉蝶也笑話兄弟倆。「姑姑，妳不知道，壯壯昨天還學隔壁的孫奶奶，拎起小鴨子的屁股摸蛋呢。」

「哈哈哈……」這一下讓院子裡的人都笑翻了。

正在歡樂中，突然院門很有節奏地響了起來。林語停下笑聲，詫異地問：「這是哪個來了？這敲門聲好像不是熟人呢？蝶兒，妳把壯壯和燈燈他們鞋上的泥巴敲掉，一會兒省得他們帶到廳裡，我去開門。」

說完，林語放下手中的田鏟出了園子。大白天，家裡人又多，現在世道也算太平，所以她沒多想就打開了半扇院門。

只是沒有想到，她門剛一開，一道身影就撲了進來。

林語嚇了一跳。

「是娘親，真的是娘親……」

沒等林語接話，懷裡的人哭了起來。「娘親，妳真的好壞……妳說過會來追然兒的，可是我等了好久好久都不見妳來，然兒好害怕，怕今後再也見不著娘親了。嗚嗚嗚……」

林語扶住撲到懷中的身影，這才發現是個十歲左右的美麗少女。聽到少女的哭訴，她終於知道，這是然兒。

林語緊緊抱了抱然兒，然後才拿出手帕，給她擦去了臉上的淚水，歉意地說：「對不起然兒，是我不好，我騙了妳，以後讓妳處罰。不過然兒都這麼大了還愛哭，弟弟們看到了要笑話妳的呢，乖，咱們不哭啊。」

可然兒抱著林語不管不顧，就是哭著。「我不管，我不管，誰讓娘親騙我的？娘親就是個騙子，還有五叔跟六叔都是大騙子！我就是要哭，要不然妳又會找不到了……」

林語聽到小然兒的委屈，低下頭親親她，拍拍她的後背，溫柔地說：「好，是我不好，一會兒罰娘親給然兒燒好吃的。娘親以後再也不會騙然兒了。然兒乖，咱們不哭了，妳看弟弟們都在菜園子裡看著妳呢。」

肖正軒聽到然兒的哭聲過來了，驚訝地看著她問：「然兒，妳怎麼到這兒來了？」

然兒沒有回答他的話，只是氣憤地說：「爹爹最壞，早就找到娘親了，還偷偷藏起來不讓然兒知道。要不是我聽六叔說起，然兒還被蒙在鼓裡。更討厭的是外公，明明早就知道娘親在這裡，還讓爹爹找得這麼苦。」

被然兒指責的肖正軒哭笑不得地說：「然兒，現在妳有自己的親爹親娘。」

然兒立時哭了。「我不要他們！我只要你們這個爹爹和娘親。他們太討厭了，每天不是爭就是吵，我不喜歡他們。」

壯壯見一個女孩子抱著自己娘親又哭又笑，他跑過來站在林語身邊，好奇地問：「娘親，昨天晚上妳給我生了個姊姊嗎？」

在場的人噗一聲笑了起來，抱著女兒聞聲出來的莫琴音打趣他說：「壯壯，這真的是你姊姊喔。不過，你要問問你爹，是不是昨天晚上他們給你生的。」

林語瞪了莫琴音一眼。「嫂嫂，妳這是故意的？」

壯壯聽了舅母的話，轉身拉著然兒的手說：「姊姊，我以前都沒有見過妳，妳是不是真的是娘昨天晚上生的？」

然兒牽著壯壯的手說：「你是我的弟弟壯壯嗎？天呀，你跟爹爹長得真像。大伯說你最可愛了，我可想你了，要不是他們這幫壞蛋瞞著我，我早就想來看你們了。可是……」

壯壯抬頭告訴她說：「姊姊，我告訴妳喲，是我們爹爹跟我長得像，妳是不是也跟爹爹長得很像呀？」

莫琴音笑著說：「對，咱家壯壯最聰明，就是你們爹爹長得像你。」

林語不知道然兒話中的可是是什麼，只是很詫異她跟誰來的，正想問她，只見一個美貌少婦款款而來。

「死丫頭，這麼多年來妳不叫我娘親，就是因為這個女人？」少婦看著然兒，指著林語氣憤地問。

肖正軒看到眼前的人，一怔。「師妹，妳怎麼跑這兒來了？老三呢？」

「二師兄，這是你的家，我就不能來嗎？趙恒之又不是屬我管的，我哪知道他死哪兒去了？」少婦眼裡的不滿和張揚，看得林語直皺眉頭。

然兒看也不看少婦一眼，只是一個勁兒地抱著林語直說：「娘親，以後我要跟妳住。」

林語沒有直接回答她的話，只是拍拍懷裡的然兒，對她笑了笑，給了她一個安心的眼神，然後才看著肖正軒問：「相公，這位是你的師妹？長得真好看。」

聽到林語誇她長得漂亮，少婦的嘴角不由得高高翹起。「哼，算妳還有眼光。」

聽了師妹得意洋洋的話，肖正軒不自然地點點頭，對林語說：「媳婦，這是我師妹，師傅的獨生女兒軒轅憐夢。師妹，這是我媳婦林語，以後妳要叫她二嫂。」

軒轅憐夢抬眼打量林語，不屑地問：「二師兄，這就是你心中那個念念不忘的女人？原來你藏著掖著、為了不讓別人知道的，就是這樣一個女人？也不怎麼樣嘛，怎麼值得你尋找這麼久。」

肖正軒聽師妹如此不尊重自己媳婦，立即臉色一沈。「師妹，這是我的媳婦，值得不值得，不是妳能評說的。只要我認為值得，不要說找兩年，就是找二十年我也甘之如飴。」

好！呆子，你算個好男人，知道在舊愛面前保全自己老婆！

心中暗誇肖正軒的林語沒理會軒轅憐夢的冷譏熱嘲，只是微笑著說：「相公，師妹遠道而來，一定路上辛苦了。我看她臉上的妝也花了，衣也髒了，一定不大舒服，請她進來洗漱一下，喝口茶吧。」

肖正軒走近林語，看了軒轅憐夢一眼才凜然地說：「然兒，妳娘剛才挖了不少的菜土，身上全是汗，讓她先去洗洗再來跟妳說話。師妹，要是妳不嫌這院子太小，家裡太簡陋的話，就進來坐會兒吧。」

軒轅憐夢一聽林語話中有話，不客氣地盯著林語問：「妳的意思是說，我好看是化妝化出來的？」

林語依舊笑笑。「不管怎麼來的，好看就行。」

肖正軒看師妹來者不善的樣子，十分不高興地問：「師妹，是不是妳嫌家舍簡陋？要是妳不想進來，我帶妳去客棧好了。」

聽到肖正軒要趕她走，軒轅憐夢心中很是生氣。當年她下藥都沒把這二師兄留下，其實她並不是看上二師兄，只是想試試自己的魅力罷了。

再說花了好幾年時間都沒讓親生女兒開口叫自己娘親，所以她得知這二師兄找到了媳婦時，立即帶著女兒跑了過來，她要讓女兒看看，她哪裡就比林語這個土包子差了。

看肖正軒這不高興又不安的樣子，林語拉拉他的手，溫柔地說：「相公，我好久才看到然兒，好想跟她說說話呢，我們進去屋裡好不好？蝶兒，妳去打兩盆水來，讓這位阿姨和妹妹清洗一下。」

葉蝶應聲而去，然兒拉著林語的衣服問：「娘親，這個姊姊是哪兒來的？」

林語親親她說：「等有空娘親再跟妳講，這個姊姊還有一個弟弟，都是娘親和舅舅捉來的。」

「啊？捉來的？娘親和舅舅從哪兒捉來的？妳快給我說說。」一句話就挑起了小孩子的興趣，只有十歲的然兒興奮地看著林語，情不自禁地叫了起來。

軒轅憐夢看自己女兒跟別的女人這麼親熱，不高興到了極點，她狠狠拉過然兒說：「死丫頭，妳看清楚，我才是妳的親娘。」

然兒憤然甩開她的手。「妳才不是我的親娘呢！我才一出生妳就把我扔了，要不是我爹爹和我娘親要我，我都不知道還有沒有命在。妳走開，我不要認妳。」

「什麼？妳不要認我？妳不認我，也是我生出來的，不是這個不要臉面的女人生出來的。自己不會生女兒，就想來搶我的女兒，真的太不要臉了。二師兄是我不要的，妳撿了就撿了，可女兒是我親生的，妳休想搶過去。」軒轅憐夢被女兒的話氣得口不擇言了。

聽到師妹這剜人心的話，肖正軒立即怒目而視。「師妹，看在師兄妹的情分上，我這次就不跟妳計較了。要是妳再這樣一而再再而三地侮辱我媳婦，不要說我這個二師兄不再認妳了。」

說著，肖正軒走到林語面前，緊緊摟著她說：「對不起，媳婦，師妹她發瘋了。」

林語微微一愣。這個男人在外人面前，從不做如此親密的動作，此時卻在以前一直愛護的師妹面前表現出來，看來他心裡真的沒有師妹的存在了。

欣慰的林語靠在他懷中，鼻尖聞著他淡淡的男人味，這種熟悉的味道讓她覺得安心和幸福。她閉上眼睛，伸手抱住了肖正軒。

「相信我。」肖正軒輕聲說。

「傻呆子，我哪裡不相信你了？如果你真的對她是求而不得，那個雪夜，你就不會拚命跑回來。你不要難過，你師妹說不要你，是因為你是我的，沒她的分。還有，男人，你要記住，你是我一個人的，以後不許代表任何女人跟我道歉。」林語霸道地宣示所有權。

林語的話讓肖正軒心中不僅感動，還有那份信任和霸道帶來的幸福。

他轉頭對著軒轅憐夢說：「師妹，我不知道妳為什麼要這樣破壞我和我媳婦的感情。師傅讓我娶妳，我也是真心願意娶妳，可是妳覺得我配不上妳，我認了。現在我心裡只有我的媳婦，不是一時的，那是我這一輩子都要的人。請妳高抬貴手不要為難她。

「我知道妳心裡並不喜歡我，只是覺得被人搶走了一件玩意兒，自己還沒捨得扔了，讓別人撿走，妳才不服氣。還有，對於然兒，她永遠是妳的親生女兒，沒人會搶，孩子的心都是最柔嫩的，只要妳真心對她好，她終究會認妳。」

軒轅憐夢驚愕地看著眼前相擁的兩人。肖正軒那漆黑眸光裡如水的溫柔，那是她認識二師兄這麼多年，從來沒有看過的眼神。她一直以為他是塊木頭，根本不懂得什麼叫溫柔，可這一刻，她心裡有一種酸酸的滋味。想起她與三師兄這麼多年的爭吵，一滴淚水終於從她倔強的眼裡流出……

「我才不會在意呢！我從來就沒有喜歡過你，是爹爹非要把我許給你。只是現在這個女人要想搶我的女兒，她是作夢！然兒是我親生的，只有我才有資格做她親娘，她這樣的身分怎麼配做她親娘？她不配！」軒轅憐夢被刺激得言語刻薄，眼淚掛在眼角，神色張揚凶狠。

肖正軒被軒轅憐夢的話氣得臉色鐵青。如果這個站在面前侮辱自己捧在手心裡的媳婦的人，不是自己師傅的女兒，這會兒早已成了一具屍體。

肖正軒氣得想罵不能罵、想打不能打，一股氣憋在心中，林語正想開口反擊幾句，突然一聲怒吼從門外傳來。

「住口！軒轅憐夢，妳到底想鬧到什麼時候？我看妳真的是沒有一點自知之明，自以為是，別以為人人都不如妳。女兒不認妳，是哪個的過錯？還不是妳自作自受？也不掂量一下自己有多少分量，敢在這裡妄言。二嫂是妳能罵的人嗎？她不配讓然兒喊娘，難道妳配？我看妳連給二嫂提鞋都不配，都一把年紀的人了，說話沒個輕重，真是越活越回去了！」

第七十一章

林語轉身一看，只見一個二十七、八歲的男子怒視著軒轅憐夢。

肖正軒一看。「三弟，你什麼時候來的？」

趙恒之脹紅著臉說：「二哥，對不起，昨天晚上才發現她們母女到京城來了，這才急急趕了過來，還是沒來得及制止，給你和二嫂添麻煩了。」

肖正軒立即親熱地說：「三弟，沒你說的那麼嚴重。我們都是親兄弟一般的人，師妹也是我們大家的師妹，她這性子，我也不是不瞭解。雖然她說的話不好聽，但哪裡是添麻煩了？既然來了，就在這裡住幾天，讓然兒跟我媳婦好好敘敘。這孩子你也知道，這幾年一直不忘記有這麼一個娘親。」

軒轅憐夢被肖正軒批評，不服氣地說：「我這性子怎麼了？我是她親娘，不管我什麼性子她都得認。」

然兒一跺腳。「我就不認！你們兩個真討厭，碰到一塊兒不是吵就是打，我才不喜歡你們呢！我只喜歡我肖家的爹爹和娘親。」

然兒固執的話弄得軒轅憐夢又要發火，林語歉意地朝她笑笑。「孩子還小呢，等她長大了，她就會知道誰是親娘的。」

聞言，軒轅憐夢氣憤地點著然兒的額頭。「我看妳就是跟妳親爹一樣的笨。」

林語對這個做娘的人真是無語了。哪有做親娘的會在別人面前口口聲聲說自家孩子不好？何況是在一直不願意叫她娘的孩子面前？

肖正軒看一大群人站在院子裡也不是辦法，於是拍著趙恒之的肩膀說：「三弟，你們一家都沒看過我媳婦置辦的院子吧？你別看這圍牆看著普通，今天你們好在是從大門進來的，要是跳牆進來的話，那就要出事了。上一次我跳牆就差點栽了。」

軒轅憐夢不相信地說：「我才不信有這麼危險呢。」

反正這個師妹從來就不是個說理的人，肖正軒看著林語說：「媳婦，三弟和三弟妹來了，今晚妳可得跟嫂嫂一塊弄幾個拿手菜，讓他們嚐嚐妳的手藝。」

林語微笑著說：「三弟和三弟妹第一次來，沒什麼好的招待，不過我嫂嫂做的雙色魚頭可是一絕，晚上一定讓你們嚐嚐。」

趙恒之看二哥二嫂為眼前的窘境打圓場，有禮地說：「初次見面就給二嫂帶來不快，小弟給二嫂賠禮了。」

說完，他立即鞠躬。林語推拒地說：「三弟，你說錯了，咱們都是一家人，哪來的什麼這不快那不快的？你和弟妹能來我們這裡，我高興還來不及呢。進去吧，我家的菊花蜂蜜茶味道還真的不錯。」

眾人立即往裡面走，林語看著眼前難過的孩子，她拉著然兒的手指著菜園子，笑著問：

「然兒，娘親準備在那兒種蔬菜呢，妳說種什麼好？」

「種黃瓜。娘親，我最喜歡吃黃瓜了。只是好可惜，我們老屋裡的黃瓜都沒吃到就走了。」

「嗯，那這次我們種多點，讓然兒吃個夠。」

趙恒之回頭，羨慕地看著親密的兩人。自己這個女兒從來沒有跟他們這對親爹娘親近，等他知道有個女兒後，她已經五歲了。

肖正軒明白師弟的感覺，安慰著說：「三弟，然兒這孩子是個真性情的，哪個對她好，她就永遠記在心裡。她才十歲，真的還小，總有一天，她會理解做父母的真心。」

趙恒之歉意地說：「二哥，我不怪然兒，是我們做父母的沒有做好。如果是我，有一個真正親你愛你疼你的人可以選擇，我也不會選一對每日爭吵不休的人做父母。」

軒轅憐夢又不高興了。「趙恒之，難道是我要跟你爭吵嗎？」

想起是第一次來二哥家，趙恒之沒有理會她的話，只是與肖正軒說：「二哥，這二嫂配得上你。」

肖正軒傻笑著說：「三弟，不是她配不配得上我的問題，而是我配不上她。」

趙恒之驚愕地看著他。「二哥，你是如此優秀的男人，怎麼配不上二嫂？」

肖正軒幸福地笑著。「以後有空，我再跟你說說你二嫂的事。今天你們也累了，先洗洗休息一下。」

等三人清洗過後，林語立即端上了三碗雞湯麵，說：「怕你們餓過了頭，就先給你們做了點軟食物，你們先嚐嚐我做的麵，先頂頂餓。」

然兒聽說麵是林語做的，立即拿起筷子就要往嘴裡送，林語馬上制止說：「然兒，慢點吃，剛起鍋的麵很燙，小心燙著妳。」

軒轅憐夢狠狠瞪著她說：「是不是幾十年沒吃過麵？用得著這麼急嗎？」

然兒虎著臉睨了她一眼，說：「妳肯定沒有吃過這麼好吃的麵，因為妳什麼都不會，連縫個補丁都得三叔自己來，妳沒有資格說我。我娘做的東西最好吃，她才是我的娘親。」

看軒轅憐夢又要發飆了，林語趕忙走到然兒身邊，撫摸著她的頭說：「然兒，我一直都知道，妳是個最乖的孩子。只要妳喜歡吃我做的東西，妳愛吃多久都可以。但是記著，娘親不喜歡不講理、不講規矩的孩子。不管爹娘有什麼不對的地方，都不可以這樣說他們。」

然兒噘著嘴說：「可是他們真的很煩人。」

看趙恒之一臉通紅，林語心中再次暗暗搖頭。只是她是真的喜歡然兒，如果真的讓她以後在這樣的家庭長大，怕是難以長成一個人見人愛的好姑娘。

她沒有那麼寬容大度，只是畢竟是自己男人的師弟妹和姪女，然兒跟她有過一年的母女情分，為了今後的日子，她笑著問：「三弟、弟妹，我跟然兒很有緣，很想很想她，能不能讓她留下來陪我一些日子？」

趙恒之從林語的笑意裡看出了善意，於是點點頭說：「這沒有什麼不可以的，我們夫婦也難得來趟京城，還想在二嫂這兒打擾幾天呢。」

林語真誠地說：「只要你們不嫌我這兒簡陋，住多久都沒事。」

晚飯過後，安排趙家一家三口住在了軒轅博旁邊的屋子裡，然兒死活不願意跟他們住一塊兒，林語只得讓她跟葉蝶住了自己隔壁的廂房。

躺上炕後，肖正軒拖著她坐在炕上，開始幫她捏背、捏腳。

「呆子，我不累的。」

肖正軒低下頭親親她的額頭。「我知道我媳婦累的，這麼一大家子的人要吃飯，就妳跟嫂嫂兩人做，哪能不累？剛才我還想到澡堂裡幫妳捏捏呢，可我怕妳不同意。」

到澡堂裡捏？這可太曖昧了。一屋子的人呢，要是被哪個不小心知道了，那她還要不要見人呀？不過他有這份心，說明他真的關心自己呢。

林語用臉貼了貼他的臉，才喃喃地說：「呆子，你對我真好。」

肖正軒深吸她身上的清香，疼愛地說：「媳婦還說我呆，我看我媳婦才是個小傻瓜呢。妳是我媳婦，是要跟我過一輩子的人，是我兒子的親娘，我不對妳好，對哪個好？」

說起媳婦兒女，林語不禁問道：「呆子，你這三弟夫婦是怎麼回事？」

肖正軒力道輕柔地捏著林語的雙肩，幽幽嘆口氣才說：「上次我不是跟妳說過，當年我將與師妹成親時，她給大師兄弄出的那事嗎？我們六個師兄弟，長得最好的就是大師兄，他比我大了三歲，懂事比我們早，為人又聰明，師妹到了山莊後，只有她一個女孩子，所以大家都寵她，可是只有大師兄不大喜歡接近她。」

林語嘿嘿笑了。「這就叫遠的香、近的臭。你師妹看來是具有挑戰心的人，大師兄越不喜歡接近她，她倒越愛去追著他了吧？」

肖正軒傻笑。「我媳婦真的聰明。就是這樣，師妹給大師兄下了藥後，大師兄還是跑了，而她自己追出去時，被正從外面回來的三弟碰上了。三弟知道我們是訂了親的，只是當時師妹給自己下手太狠，要是不在一個時辰內救她，她要七竅流血而死。

「當師妹醒來後，看是三弟救了她，她跟三弟發生了什麼，也沒有哪個人知道，就離家出走再也沒有回來。三弟回來後，跟師傅稟報了這事，師傅也知道師妹的性子，反正三弟也是他的徒弟，因此就要三弟把師妹找回來成親。一年後，師妹回來了，可是把剛出生兩個月的然兒扔在山莊又跑了，師傅氣得要跟她斷絕關係，是三弟跪在地上苦苦哀求，師傅才放過她。

「那年我帶然兒回了山莊，師妹和三弟都回來了，師傅說，要麼兩人成親，要麼讓他們與山莊脫離關係。在很多人的勸說下，他們兩個成了親。只是……」

林語嘻笑著問：「只是什麼？怕是這兩個綁在一塊兒也是很勉強吧？是不是每天都跟然兒說的一樣，不是打就是吵？」

肖正軒無奈地說：「正如然兒說的一樣，反正兩個人沒有一天安靜過。除了三弟上戰場那兩年沒有機會吵，安靜了，等他回來之後，又跟以前一樣，家裡熱鬧極了。」

聽了這對奇葩夫妻的相處情況，林語不解地問：「是不是他們倆之間真的沒感情？話說強扭的瓜不甜，要是兩人真的相看兩相厭的話，還不如分開的好。」

肖正軒也迷惘地說：「要說兩人真的沒感情，也不好說。當年三弟什麼事都讓著師妹，有什麼好吃好玩的，只要他出去了，回來都給她帶回來。」

林語心中有了數。「看來三弟還是喜歡他媳婦的，就是不知你那倔強的師妹當年說了什麼傷了他，這才不再讓著她了。不過，他還是喜歡她的，要不然絕對不會同她鬧。如果真的不喜歡一個人，要成親是實在沒法子的事，但他可以無視她呀，再說你三弟沒有納妾置外室吧？要是真心討厭一個女人，男人不會死守著她的。」

肖正軒想了想。「也許媳婦說的對，三弟應該是喜歡師妹的。這些年來，不管師妹怎麼鬧，捅出什麼樓子，還是三弟心甘情願去給她收拾爛攤子，就是不知師妹的想法了。」

也許師妹還真的不知道什麼叫愛情呢？林語想了想，奸笑著問：「要不我們幫著試探一下？」

肖正軒看著狐狸似的小媳婦，不禁好奇地問：「媳婦想怎麼試探？有什麼好法子不成？」

林語溫柔地看著肖正軒，得意地說：「這種小菜一碟的事就看我的，不過到時你可得幫忙喔——」

閉著眼睛伸個懶腰，林語發現昨夜睡得真好。在她倒頭入睡的記憶裡，是那個呆男人小心憐愛的額吻。她懷疑他給她吃了安眠藥嗎？不然怎麼會一夜睡得這麼死，連夢都沒作過？

「姊姊，妳看娘親醒了，她肚子裡是不是有了小妹妹？」壯壯撲閃著大眼睛問站在炕邊的然兒。

然兒看林語睜開了眼睛，立即捂住壯壯的嘴說：「弟弟，爹爹說了不能讓別人聽到的，要不然小妹妹就不來我們家了。」

「啊？姊姊，真的是這樣嗎？那怎麼辦，我剛才都說出來了。娘親，壯壯不是故意的。」壯壯一臉做錯事的樣子，看得林語哭笑不得。

小然兒安撫著壯壯說：「別怕別怕，反正剛才也沒有別人聽到，當然不算數的了。」

林語聽了兩姊弟的對話，不禁滿頭黑線，心中暗自嬌罵，這呆子給孩子亂七八糟的說什麼呀？

為了避免孩子再問，她故意當作沒聽到姊弟倆的對話，傻傻笑著說：「壯壯、然兒，今天你們怎麼起得這麼早？」

壯壯指著窗外的太陽，翻翻白眼說：「娘，妳看看早不早？太陽都要曬屁股了，舅母說妳再不起來，早飯就要蒸爛了。」

被兒子這麼一指責，林語紅著臉說：「啊？這麼遲了？娘睡過頭了。」

看娘親不好意思了，壯壯大方地說：「娘，妳只管睡好了，爹爹說了妳昨天辛苦了，今天讓妳多睡睡，好早點給壯壯生個小妹妹。」

聽了兒子又童言童語地重提話題，氣得林語差點咬碎銀牙，對著肖正軒又是一陣臭罵：「臭呆子、傻呆子！在兒子面前亂說些什麼，看我晚上怎麼收拾你！」

林語拉著被子坐起來，訕笑著對兒子和然兒說：「娘親馬上起床，大家肯定都肚子餓了。壯壯和姊姊去給娘打洗臉水，再幫娘把柳枝青鹽拿出來喔。」

然兒是個十歲的大姑娘了，雖然在山莊沒人教她人情世故，可是畢竟長大了，知道娘親難為情了。

不過她真的很喜歡爹爹跟娘親這麼相親相愛的樣子，於是親熱地拉著壯壯的手說：「弟弟，我們先出去打水，娘親就起來了。」

姊弟倆剛一出去，肖正軒就進了門，看到林語醒了，立即走到床前問：「媳婦，睡醒了？」

林語恨恨地看著他問：「你跟兒子說什麼了？你這樣會教壞孩子的你不知道？」

肖正軒憨憨地說：「兒子總問娘親為什麼不起床，我只得跟他說讓妳多睡睡，好早日給他生個小妹妹。」

「生你這個大頭鬼！」林語羞紅著臉笑罵。

「媳婦，娘……子……」肖正軒故意拖長聲音叫。

林語瞪著坐在身邊的傻漢子說：「我才不做你娘呢。」

肖正軒附在她耳邊說了一句話，林語的臉立即紅了起來。「不要臉！再說，晚上你跟壯壯、清兒睡去。」

肖正軒委屈地說：「媳婦，又不是我說的，那幾年在戰場上，一群爺們天天在一塊兒，什麼講不出來？」

林語紅著臉，掄起拳頭捶了他兩下。「不要臉的臭呆子！」

小媳婦的拳頭好似給肖正軒撓癢，他覺得全身舒服，邊給林語穿著外衣，邊憨笑著說：「可我媳婦喜歡。」

第七十二章

等林語洗漱好坐上桌時，那還微紅的臉看在眾人眼裡，立即曖昧起來。

看著肖正軒臉上幸福的樣子，軒轅憐夢極為不舒服，再看趙恒之那一臉的羨慕，她冷冰冰地說：「我就不知道二師兄看上了她哪一點，又沒姿色又懶惰，還值得你把她當個寶貝似的。」

肖正軒憨厚地笑了笑沒接話，趙恒之皺起眉，正想喝斥這個不識相的女人，林語則笑吟吟地說：「我想，師妹肯定沒有真正喜歡過一個人。」

一句似真心實諷刺的話讓軒轅憐夢臉色大變，就要發火，林語不緊不慢地又接著說：「如果妳真正喜歡過一個人就知道，喜歡一個人根本沒有理由，不需要有姿色，更不需要多勤勞，只要是妳心底的那個人就好。」

軒轅憐夢不屑地撇撇嘴，道：「妳能確認我二師兄心底那個人就是妳？」

林語淡淡地笑笑。「當然。他心底的人是不是我，只要從他對我的寵溺和縱容就知道。這世上除了父母之外，真正能縱容妳的人，才是真正愛妳的人。」

說完，林語很有深意地看了低頭吃飯的趙恒之一眼。

軒轅憐夢是那種高傲自戀又白目的人，林語故意刺激她，而她聽了林語的話之後，還想打擊林語。「只有妳才會把二師兄這個傻大個兒當個寶。」

趙恒之臉色一變，林語怕兩人在飯桌上鬧起來，笑著打趣。「嘿嘿，師妹還真是有洞察力。妳說的真對，我相公就是我的寶。別人不知道他的好才是好呢，最起碼有朝一日我相公發達了，我不用擔心後院起火，更不用操心今晚相公在哪個院子裡睡。他說過，我是他這輩子唯一的媳婦。」

林語高調曬幸福，說自己是任性而為的人，可是她的話讓軒轅憐夢輕視起來。「哼，一個真正賢良淑德的女子，應該是一個大方為自己相公納妾的女子，積極為夫家開枝散葉，妳這話表明了妳就是個妒婦。」

林語大方地說：「是呀，我就是個妒婦。在對待我相公這件事上，哪個女人要來搶他，我就遇妖除妖、遇怪斬怪，我的刀子沒長眼，可不認人的。壯壯、然兒、蝶兒、清兒，我告訴你們，以後一旦選定了你們喜歡的成親對象，就得一心一意對他好，而且千萬不可一廂情願地強求什麼。」

幾個坐在下首吃早點的孩子被點了名，不管有沒有聽懂，都不自覺地點點頭。

沒等孩子們說話，林語又開口了。「我想軒轅師妹真是我等女子學習的榜樣，這麼賢良淑德，能大度地替三弟的後代著想，我想妳定是已經替三弟納了不少女子，積極為夫家開枝散葉了吧？」

軒轅憐夢本想諷刺林語善妒，哪知一句話被她捉住了把柄，頓時氣得粉臉通紅，咻地站了起來就要動手。

小然兒見她一臉戾氣，心中很是不滿。說不過自己娘親就想動武，真的太差勁了！她站了起來，衝軒轅憐夢叫了起來。「自己不想吃就出去好了，反正我爹娘又沒請妳進來，妳橫什麼橫，不要以為我娘親怕了妳！」

正要發作的軒轅憐夢被小然兒的怒氣驚呆了，她高舉著的手就這麼定在了空中。

「然兒，可不能這麼說大人。來者是客，妳可是小主人，得有主人的風範，不能如此沒禮貌。」林語看著軒轅憐夢暗自搖頭，無奈地起身走到小然兒身邊，撫著這隻逆毛的母豹子。

林語的話音一落，小然兒看了笑容可掬的娘親一眼。她說自己是小主人，那就是說她真的要自己當女兒了？想起以前那快樂的日子，她委屈又乖巧地坐下來認真吃飯。

女兒從沒有出現過的乖巧讓趙恒之深深看了林語一眼，沒有說話。肖正軒見氣氛太沈悶，可如果不是看在自己師傅的面子上，他早就把師妹趕了出去，為了以後的日子，他只得拿過林語的碗說：「媳婦，再喝一碗。妳昨天累了，今天多吃點。」

一句曖昧的話讓林語的脖子都紅了起來，莫琴音為了緩和氣氛，立即打趣地說：「對對對，我小姑子昨晚特別累。」

「嫂嫂！」

莫琴音聽到林語又氣又急且懊惱的叫聲，噗哧一下笑了出來。「嫂嫂哪裡說錯了？昨天晚上這麼多人的飯都是妳燒的，還燒了那麼多鍋熱水讓大家洗漱，妳哥昨天晚上還跟我說，昨天妳可是真的累了一天呢。」

林語俏臉通紅地說：「哥哥，你看來是讓嫂嫂太閒了。」

林桑笑著說：「媳婦，妳別再逗語兒了，一會兒要是她逗妳了，我可不敢相幫。」

一家美好的氣氛讓趙恒之很是羨慕，想起自己這十年來的生活，二師兄的日子讓他羨慕。難道他真的還要繼續過那樣的日子？要是換一種生活，師妹會不會願意試試？

趙恒之若有所失的神情看在林語眼睛裡。

看大家都放下了飯碗，她笑著對林桑說：「哥哥，一會兒你送清兒去書院後，去一趟金府吧。」

林桑答應說：「語兒有什麼事只管說，一會兒反正要送鮮味劑到樓裡去。」

林語看了看葉蝶和然兒，說：「哥哥，你叫金大哥有空來一趟，就說我想請一個針線功夫好的娘子進來，教教蝶兒和然兒針線。嫂嫂帶著妞妞，要教她們兩個太累了。可蝶兒和然兒都不小了，過個幾年就得找人家，要是現在再不教起來，以後再教就倉促了。」

林桑看看自己媳婦懷裡的小女兒，點點頭說：「行，一會兒我就跟金大哥說。」

這時肖正軒開口了。「大哥，一會兒我和媳婦去一趟樓裡好了，要找什麼樣的人，有什麼要求，一會兒讓媳婦親自跟金大哥講。」

趙恒之見肖正軒夫婦真正把自己女兒當親生的看待，對著林語兄妹一躬到底。「在下替然兒謝謝二嫂和她大舅了。」

林桑還禮說：「三弟說得太客氣了。然兒好歹也叫我一聲舅舅，這點小事哪裡值得謝了?語兒，一會兒我再來接你們好了，我先送清兒去書院，一會兒得開課了。」

然兒聽林語說要請人來教她針線，知道一時半會兒是不會回山莊了，她興奮地問：「娘親，妳真的要讓人來教我做針線?」

林語含笑而問：「然兒喜不喜歡?」

然兒高興地點頭說：「我一定會喜歡的。」

軒轅憐夢見他們幾人不把她這親娘放在眼裡，厲聲大喊。「我不同意!」

院子裡的眾人一愣，心中真是詫異極了。有人願意出錢替妳教導女兒，而且還是那些妳不在行的事，竟然有做娘的不同意?

林語心中對軒轅憐夢無話可說。要不是看在小然兒的面子上，這樣的蠢女人她也懶得理。

看著小然兒憤懣的表情，林語真是頭痛極了。她轉向軒轅憐夢，肯定地問：「妳是說妳不同意然兒學些針線功夫?」

林語的問話更加刺激了軒轅憐夢，她憤然地指著小然兒說：「我的女兒，我會請人教她，用不著妳這個外人瞎操心。」

趙恒之聽了軒轅憐夢蠻不講理又毫無禮貌的話，勃然大怒。「妳的女兒?妳什麼時候當她是妳女兒了？妳好意思在這裡呼三喝四地叫鬧，妳是餵過她一頓飯？還是給她縫過一件衣？妳要是會請人教她，她也不至於到現在連個針都不會穿。」

自己的男人開始維護別的女人，軒轅憐夢頓時更是氣得怒目圓睜。「我的女兒就是不會穿針又怎樣？難道還非得自己縫衣補布不成？她不會做這些，我請人給她縫。我女兒又不是個村姑，生來就不是操勞命！」

「剛才說別人不知什麼叫賢良淑德，我看妳才是個什麼賢德都沒有的女人。一個女子可以不做縫衣補布的事，可是不能不會做。妳給她請人？妳有多大本事，掙得了多少銀錢？如果沒有師傅，妳能養得活自己才叫本事。二嫂，然兒就交給妳幫我管教了，以後她的事就拜託妳操心了。妳就把有些人的話當作屁話，十來年，她什麼時候操心過這個女兒？」趙恒之冷若冰霜地看著軒轅憐夢，眼中充滿了鄙視。

這個他喜歡了十幾年的女人，原來真的是空有一張臉蛋，腦子比豬還蠢。

林語從趙恒之與軒轅憐夢對然兒的態度判斷，這兩人怕是並非真的無情，要不然趙恒之不會一臉恨鐵不成鋼的表情。只是她可憐這個男人，一腔熱情灑到頑石上了。

心中有了主意，林語也不打算真的跟軒轅憐夢弄僵，一來她是趙恒之的妻子，二是畢竟她是軒轅博的女兒。

於是林語笑著說：「弟妹，我可不是要搶妳的女兒，女孩子學些針線上的功夫，並不是非要她以後就自己縫衣補布。我是想，要是她們以後遇到了自己真心喜歡的人，又生活在他的身邊，那個時候，自己相公的褻衣褻褲，她會想自己做罷了。反正妳現在也不急著走，就在我這兒多住些日子，跟我一塊兒督促這兩個孩子學學針線如何？」

林語的話讓趙恒之心中一痛，臉色更加黯然。看看二師兄身上整齊合身的穿著，再看看自己這身全由成衣鋪子裡買來的衣服，雖然外表上看著沒有什麼差別，可缺少的東西太多了，心中很不是滋味。

肖正軒見師妹的臉色有所和緩，立即打圓場說：「對呀，三弟和師妹都在這兒多住些日子，等然兒學會針線，就可以給你們做衣服了。反正我媳婦這院子裡也不是住不下，我大舅兄夫婦也都是熱情的人，一會兒我就去找兩個婦子進來幫著做些雜活，這樣你們也可以安心住些日子了。」

趙恒之明白二哥二嫂是在替他們解圍，真心地說：「那就給二哥二嫂添麻煩了。這段日子我在京城裡也還有很多事，怕真的一時也回不了山莊，每天能回二哥這裡，三弟我真的很開心。」

「哼，你還把一個破院子當寶了。」軒轅憐夢就是看不慣林語被人表揚。趙恒之說他住到這裡很開心，不就誇讚林語很賢慧嗎？

「既然妳不稀罕這個破院子，妳走好了，沒有人拖妳留在這裡。妳是高貴的大小姐，住不慣我們粗野鄉下人的地方，那就請吧。」趙恒之又被軒轅憐夢不識好歹的話激怒了。

不識抬舉的人最是讓人討厭。趙恒之對軒轅憐夢真正懊惱起來。

「別以為我稀罕這裡，是因為我女兒在這裡，要不，請我來都不會來。只要然兒跟我走，我馬上就走。」軒轅憐夢還不知死活。

「女兒？妳還會要女兒？如果妳真的會想著女兒，當年就不會扔下才兩個月的她走了。她不認妳，是妳活該。」趙恒之狠狠看著軒轅憐夢。

「什麼？你說我不配做她的娘親？可你又配做她的親爹嗎？我畢竟還懷了她十個月，你呢？你又做了什麼？我看你更不配！」氣得跳腳的軒轅憐夢又開始口不擇言。

「我是不配。正因為我不配，所以我不強求她叫我爹爹。就是她能開心地叫我一聲三叔，我也高興得不行。妳呢？憑什麼理直氣壯讓她非叫妳娘不可？」趙恒之雙眼通紅。女兒直到五歲才見到人，而且只肯叫他三叔，是他一直以來的痛。

林語真的對這麼一對夫婦無語了。這還算作客嗎？有在親戚家鬧起來的夫妻嗎？難怪然兒會這麼不喜歡這兩個人，小時候肖家的氣氛，她小小年紀也是刻骨銘心呀……

苦笑著看著肖正軒，讓他想想辦法讓兩人停下來，不然當著一堆孩子的面這麼火爆，可不是好的教育。

然兒大概是看慣了他們的爭吵，沒好氣地說：「我說你們口乾不口乾呀？要是口乾了，我端杯水給你們喝了再接著吵，讓爹娘看看，我是在什麼樣的家裡長大的。」

趙恒之被女兒諷刺的話弄得面紅耳赤，他訕訕地停下了嘴，說：「對不起，二哥、二嫂，我……」

肖正軒無聲地拍了拍他的肩膀才說：「三弟，一家人不說這麼多對不起。不過二哥跟你說，師妹是個女子，有什麼事多讓讓她好了。她這人也就是嘴壞，其實心眼是不壞的。好了，我們得出門了，你是不是跟我們一塊兒走？」

一行人出了門，分道而行。林語與肖正軒到了金錦酒樓的城東樓，這家離她家最近，而且是金錦酒樓的總部，平常逢雙的日子，金宇成都在這裡待著。

看到他們夫妻來了，金宇成熱情地問：「妹子、妹夫是不是想來嚐嚐樓裡的新菜式？」

林語高興地問：「樓裡又有新菜式了？」

金宇成笑著說：「上次妹子不是說最愛吃什麼泡椒鳳爪嗎？樓裡的廚子按妳說的法子改進了幾次，終於試製出來了。昨天當作涼菜的主打菜，點過的人都讚好呢！一會兒我讓人給你們送一份上來。」

林語興奮地說：「金大哥，給我弄兩份帶走吧！我跟嫂嫂說雞爪子那樣弄也會好吃，可她卻說什麼那東西涼的做來吃，不會屎臭吧？」

「嘿嘿，這可不能怪妳嫂子，我當時一聽也懷疑它們會屎臭呢。好，一會兒我讓朱二給妳包好。今天妳來這兒，是看看還是有事？」金宇成樂呵呵地說。

林語笑笑說：「金大哥，妹妹找你是有別的事呢。我啊想找一個繡娘，能教孩子一些針線功夫，當然最重要的不是這些。」

「那是什麼？」金宇成不解地問。

林語未說先笑了。「最重要的是，我想找個相貌好，還會演戲的女子呢。」

金宇成驚訝。「不僅是要相貌好、會針線功夫，還要是個會演戲的女子？妹子，妳在打什麼鬼主意？」

林語故意眨眨眼說：「這可不是鬼主意，是和諧主意。」

金宇成被她的狡辯逗得大笑。「看來有人惹毛妳了。」

等林語把自己夫妻的打算跟金宇成講完後，他張著大嘴，邊搖頭邊嘆息說：「妹夫，你這三弟和三弟妹可有苦頭吃了。不過我妹子說的也對，家和萬事興，他們這天天在你家院子裡吵來吵去，趕不得就只能幫幫了。行，我下午就去茶樓讓敏娘去找人，她這方面的人脈很廣，我想一定會找得到妳想要的，找到了我就讓人送過來。」

出了酒樓，肖正軒擔心地問：「媳婦，妳說真的會有女子願意做這樣的事嗎？找來的女子不要太好了，否則真出了事，師傅也會不開心的。」

林語給了他一個放心的笑容。

「你放心，反正只是讓她配合我們作場戲，又不是真的要她做些什麼。在她來之前，我會給她簽個合約，絕對不會出問題。」

肖正軒半信半疑。

「如果是這樣，那就最好了。師妹與三弟這兩人，我覺得不可能一點感情都沒有，否則這麼多年就算是休不了，師弟也不會追著她跑。」

聽了肖正軒的擔心，林語暗想，她相信金成宇找的人定能勝任這份工作，任職期間定不會有事，只是以後要是出問題，那她也無法保證。如果趙恒之對軒轅憐夢有情的話，她相信，就是來了個天仙也沒有用。

嘿嘿，軒轅憐夢，妳接招吧！

第七十三章

第二天，金宇成送來了一個相貌秀雅、身材窈窕，年約二十二、三歲的女子。聽他說是剛從宮裡放出來的，年紀大了，一時找不到人家，想找些事做呢。

吃過飯，肖正軒帶著趙恒之還有壯壯、燈燈兩個小男丁在菜園子裡種菜。繡娘叫琳姑姑，看著是個勤快實在的人，一來她就帶著蝶兒、然兒坐在沙棗樹下的石桌邊，開始教她們基本功。

林語則搬了個小茶几，泡了兩杯茶，抱著妞妞坐在另一棵梨樹下。梨樹正打花苞，花香已飄浮在空氣中。

看到軒轅憐夢從屋子裡出來，她坐定後叫了聲。「三弟妹，在這院子裡坐著看看孩子們學針線如何？」

軒轅憐夢在屋裡睡久了，心情很悶，雖然她不喜歡林語，可是正想找地方消耗時間。聽到林語的招呼，她坐下後，冷冰冰地說：「這有什麼可看的？都是一群吃飽沒事做的人，是女人就非得學這東西不可？」

林語逗著妞妞，朝她笑笑說：「妳不覺得為自己喜歡的人做些力所能及的事，是件很開心的事嗎？男人在外面打拚是很累的，可是如果是為心中的親人打拚，就是心甘情願。可我們作為女人，在外面，我們不能為他們分擔什麼，在家裡儘量地讓他們感受溫暖，是不是更能讓男人想回家？」

軒轅憐夢從沒有那種為別人著想的觀念，娘親從來沒有教育她這些，所以她對林語的話嗤之以鼻。

心中不屑這些，嘴上也就不留情了。「男人想不想回家，那是他的事。他愛回來就回來，不愛回來，關我屁事。」

林語搖搖頭，笑著說：「那不一樣，男人愛回家說明他心裡記掛著妳，想著妳，才會在外面做完事後，第一個想到的就是自己的家。」

軒轅憐夢冷笑著說：「要他想著我做什麼？大丈夫志在四方，成天戀著一個家的男人，那還叫男人？我看娶到妳這樣的媳婦，就是好男人也會被妳變成懦夫。」

林語知道這女子是那種極度自我的人，只得岔開話題跟她套關係。「三弟妹，妳和三弟成親也這麼多年了，怎麼就只有然兒一個孩子？難道是不想生了嗎？」

問起孩子之事，軒轅憐夢頓時臉色大變，她橫眉怒目地看向林語。「關妳什麼事？我有一個然兒就夠了，又不是母豬，生這麼多孩子做什麼？再說我才不會跟這死人生什麼孩子呢！」

沒教養好的女人真不是能溝通的人。

可為了自家的安寧，只有讓軒轅憐夢去管自己的相公孩子，才沒精神來攪和她家的事。

想到此，林語也冷冷地說：「是不關我的事，只是我怕你們到老了，眼紅我們有兒有女罷了。不過就妳這樣的娘親，確實生下來還不如不生。從沒有一個做娘親的自覺，更沒有一顆疼愛子女的心，生了不養父母之過。」

「妳──哪個眼紅妳有兒有女了？我自己生的孩子，我愛怎麼樣就怎麼樣，哪容得妳一個外人來指指點點的。」軒轅憐夢被林語氣得蠻不講理了。

林語瞥了她一眼才說：「妳以為我愛管？我只是為然兒有一個妳這樣的親娘感到可憐。自視甚高，以為自己有多大的能耐，從來只為個人感覺考慮，妳其實真的不配做個母親。」

看著氣急敗壞的軒轅憐夢，林語指著她說：「妳別惱怒，我不是憑空指責妳。妳怕是從來都沒有想過，也不會知道，三歲多的然兒話都講不清，只要一看到年輕女人，她就拖著喊娘親。相公出門辦事的時候，她被她祖母用根背帶綁著，像隻小狗似地被拴在門角落裡，快四歲了還不知道自己的名字，別人問她叫什麼，她就只知道死丫頭三個字。

「當然，妳不會在乎，因為在妳心裡根本就沒有這個女兒。她只跟了我一年，小臉蛋紅了起來，笑容多了起來，會撒嬌、會講故事、會追著我叫娘。我愛她，我喜歡她，我把她當作自己的女兒來對待。妳呢？妳給了她什麼，讓她心甘情願叫妳娘？」

終於軒轅憐夢被林語的指責弄哭了。「我又不知道她是這個樣子……二師兄帶走了她，為什麼不好好帶？」

林語冷哼一聲。「相公是個男人，妳這個做親娘的都要扔了她，一個做師伯的大男人帶大她，還有什麼可埋怨的？我相公又不是她的親爹，能平安地把她帶大，比起妳這個生她的親娘來說，恩情比天大，妳還好意思埋怨？妳真是一個自私的女人，不就是因為然兒不是妳心中所想的那個人的孩子，妳才看都不想看她一眼？可那是她的錯？」

「我當時又沒有想要生她的，是她自己跑到我肚子裡來的，我為什麼要養她？我生下她已經仁至義盡了。」林語的指責讓軒轅憐夢失去了冷靜，雖然知道林語說的是真的，可是她怎麼可以認下這些？

看著淚流滿面的軒轅憐夢，林語知道自己這帖藥下得猛了點，可是對這種人不下猛藥，她根本不可能會清醒。於是她再度不留情地說：「妳竟然怪孩子自己跑到妳肚子裡來？妳真是個無可救藥的女子。如果她當時知道自己投胎的是這樣一個女人，她還會來嗎？再說，如果當時三弟不救妳，妳今天還會站在這裡無理哭鬧？孩子是老天賜與妳的，不管她是男是女，那都是福氣。既然妳這麼說然兒，為什麼還要緊逼她叫妳娘親？如果妳是這麼想的，就不要逼孩子了，我願意做她的娘。」林語的話中有了厭惡。

「妳敢搶我的女兒？我要殺了妳！」軒轅憐夢沒想到會被一個比自己小了好幾歲的女子說得一點臉面都沒有，狂妄的脾氣又上來了，舉手就要打林語。

軒轅憐夢的叫喊驚動了院子裡的人，葉蝶和然兒看到軒轅憐夢的樣子，想也沒想，立即奔跑而來擋在她前面。

「姑姑！」

「娘親！」

然兒瞪著雙眼，恨恨地看著軒轅憐夢說：「妳要敢動我娘親，我跟妳拚命！」

林語被兩人撞得後退了幾步，看軒轅憐夢的臉色變得瘋狂，林語怕做得太過，於是趕緊喝斥然兒。「然兒，那是生妳的親娘，不管什麼情況，都不能說要娘親的命。沒有養恩有生恩，為人要多想想身從何處來。我知道妳剛才是心急，但要記住，就是這個人生了妳，妳才到這世上來的。」

然兒委屈地說：「娘，可是她要殺妳……」

林語蹲下來親親她的小臉說：「那是生妳的親娘呢，是個妳在她肚子裡待了十個月的人，她是我們的親人，雖然她是一臉殺氣的樣子，可妳看看，她要是真的動了手，娘還能站在這裡跟妳們說話？所以，她這是氣話呢。乖然兒，去給妳親娘道個歉。」

然兒有點不樂意，可一看一臉微笑看著她的林語，只好抬起頭，無奈地說了句。「對不起。」

明知道然兒不願意跟軒轅憐夢道歉，可她畢竟還是做了，說明然兒是個聽話的孩子。林語心中很高興，小然兒還沒有被無理的軒轅憐夢帶壞。

其實林語知道軒轅憐夢雖然生氣，但不會真的殺了她。她雖然無理，但也不至於笨。她拍拍身邊的兩個孩子說：「蝶兒、然兒，我們沒事，只是想要切磋呢。妳們過去吧，不會有事的。」

兩個孩子不情不願地走了，但是僅僅走開了幾尺，再也不動了。

林語感到窩心。她覺得為了小然兒，就算眼前這鬥雞似的女人再毛躁，她也得好好勸勸。

「三弟妹，站著不會累嗎？坐會兒吧，這是我去年自己弄的蜂蜜菊花茶，喝了降火氣，來試試？」

心裡不服氣的軒轅憐夢哼了聲。「假惺惺的女人。」

林語嘿嘿笑了。「我可算不上是一個假惺惺的女人。我知道妳是個直接的牛脾氣，其實我也是個直接爽快的人，要不是看在我們是妯娌的分上，那些話我才不會對妳說。俗話說，忠言逆於耳利於行，真話都是傷人的。妳的事並不是真的不關我的事，所以我才在這裡瞎操心。其實人生苦短，何苦讓自己過得這麼不開心呢？」

軒轅憐夢喝了一口茶，不服氣地說：「誰說我活得不開心了？我好著呢。」

林語拿出身邊的銅鏡照著她問：「妳看，妳這樣子像是活得開心的樣子？雖然妳長得漂亮，可是要是不化妝，我看妳臉上都快要起摺子了。真可惜一張這麼好看的臉。我跟妳說，我沒妳長得好，我只比妳小五歲，可我們站在一塊兒讓別人說，妳會不會像我阿姨？」

林語最後這句話可夠刺激的，世上哪個女人不怕別人說自己老得快？

軒轅憐夢很不服氣，奪過林語手中的鏡子。一直引以為傲的外表，被林語這麼一批評，她也不得不認真看了一下。然而想要回嘴諷刺林語是醜八怪，可是她悲哀地發現，自己眼角確實有遮掩不了的疲倦和憔悴。

回頭再看眼前的林語，膚色白淨、氣色紅潤，那鮮嫩的樣子似掐得出水來，雖然不是絕色，可不能否認，這樣的女子很吸引人！

看軒轅憐夢那呆呆的樣子，林語心中有了數，真心地說：「三弟妹，從身分上來說我是嫂子，可是從年齡上來說，妳是姊姊。有的事我也許沒有妳知道得多，可是在對家庭上，我覺得自己比妳想得明白。」

看軒轅憐夢不說話，林語只得繼續說：「我們都年輕過，都有過情竇初開的年紀，我跟妳一樣也衝動過，當年我還為退我親事的男人上吊過呢。」

軒轅憐夢吃驚地看著林語，不相信地問：「妳？就妳這麼沒想法的人，還能為一個人上吊？」

林語笑笑說：「就因為衝動，我哥為了救我，放棄了林家的家產，搬回到林家的小院子裡。還不止這一樣，因為當年相公與師弟讓我生氣了，我就想著再也不見他了，讓哥哥帶著我跑了。可是後來有了壯壯，我又想著，他是孩子的爹，當年說的話是不是出於無奈？要是他找到了我們，能真心改錯，以後也只對我們好的話，我就原諒他，跟他好好過日子。如果他對我不好的話，我就跟著兒子過一生。反正沒有他，我們也過得好好的，是不是？」

軒轅憐夢瞥了眼小院。「妳這樣也算得上過好日子？」

「怎麼？妳覺得我這裡太簡陋？條件太差？還是我過得不開心？」林語明白她的心思。

「我不是沒有銀子，每年酒樓的收入大約有五、六千兩，就我們這幾個人過日子，只要不想著天天山珍海味、穿金戴銀的，想怎麼吃穿都行。」

軒轅憐夢嘲諷地問：「妳不是吹牛的吧？一年這麼多銀子，就不能換個大點、好點的院子？一個人真有這麼多銀子的話，我相信一定會買一個大院子、再買幾個下人，過著衣來伸手的日子。」

聽了軒轅憐夢的話，林語好笑地說：「我說妳純粹就是想炫富，哪裡是想過日子？一個有銀子沒內涵的人，就像妳說的那樣吧？」

軒轅憐夢臉色又變。「妳才沒內涵呢！我就看不出這破院子有內涵在哪裡？」

林語淡淡地睨了她一眼，臉上明顯表示了看不起她。「我這破院子？我看妳住得挺起勁的。被子是南方收來的桑蠶絲做的，茅廁是深山搬來的花崗石砌的，屋內地面全是實木地板，都刷過桐油的，我看是妳沒看懂。」

軒轅憐夢不服氣地說：「這用得了多少銀子？」

林語笑笑說：「用是用不了多少，一床被子用的桑蠶絲也就十幾兩銀子罷了，家裡也就置辦了十幾條而已，修這幾間茅廁也就花了百把兩銀子而已。這裡的一桌一椅都是上好的紅木打成，冬暖夏涼，結實耐用，還有四周的牆壁糊的都是糯米漿，牢不可破。看到這院子周圍的果子樹嗎？這是請人到山上專門挖來的，為的是讓孩子們常年有果子吃。雖然花不了多少銀子，可用的都是我自己掙來的銀子，我覺得用得很舒心。」

反正軒轅憐夢就是個死鴨子嘴硬的人。「掙了一點銀子，置辦了一個小院子有什麼值得得意的？我才不稀罕呢！」

林語諷刺她說：「妳當然不稀罕，因為妳就是個混吃混喝的官二代。妳掙過一兩銀子嗎？」

軒轅憐夢聽出了林語的諷刺，反擊她。「有人願意讓我混吃混喝，因為我有一個當將軍王的親爹。妳呢？」

這種死不悔改的性子，可見趙恒之的日子不會太好過。林語不屑地說：「別以為妳有多得意，妳爹對妳如何，我不相信妳不清楚。妳再要這樣下去，總有一天會落得個孤獨終老。」

軒轅憐夢臉色大變。「妳才會孤獨終老呢！」

林語緩緩揚起微笑。「我這一生別的不敢保證，但是孤獨終老是絕不可能的。我的兒子是個聰明有孝心的孩子，我的相公是個忠厚老實的男人，不管他們出不出色，但是我相信他們會陪我一輩子。」

看著軒轅憐夢漸漸蒼白的臉色，林語進一步刺激她。「也許妳覺得這個院子雖小，無法在別人面前顯擺，可是這裡親情滿滿，有可愛聽話的孩子、有重親情的兄嫂、有我們一手弄起來的菜園，還有這幾棵精心種植的果樹。妳不知道，到果子成熟的時候，孩子們圍著果樹摘果子吃得開心，這樣的院子，住的是一種心理上的滿足。」

越來越沒底氣的軒轅憐夢牽強地辯解。「妳這是自己分說罷了，哪有不想住大屋子，不想過奴僕滿屋、衣來伸手、飯來張口的日子的人！」

林語嘆息一聲。「其實，跟一個疼妳愛妳的人在一起，就算是住茅屋也幸福。我看妳是真的不懂，跟妳說了也是白說。我知道妳不相信，可是各人有各人的想法，要是跟一個嫌棄妳、仇恨妳的人住在一塊兒，我想就是住皇宮，妳也不會快樂。三弟妹，我看三弟對妳也很緊張的，其實試著去接受些什麼，也許就不會在意身外之物了。」

「哪個要他緊張？誰稀罕。」說起趙恒之，軒轅憐夢又蠻得像頭牛。

「嘿嘿，三弟妹，妳說妳不稀罕，恐怕稀罕他的人多著呢。要是哪天三弟真的不緊張妳了，去緊張別的女人，我怕妳哭都來不及。我看他這人相貌堂堂、成熟穩重有出息的樣子，找個十幾歲的大美女也不是難事。

「也許妳會說，妳還是不稀罕，可是我告訴妳，先仔細問問自己的心，是不是真的不稀罕。要是真的不稀罕，我覺得你們還是分開的好，各回各家，各自去過自己想要過的日子，也省得強扯在一起相看兩相厭。」林語說出了心底話，給她提出建議。

軒轅憐夢不甘心地說：「就算我試著跟妳一樣過日子，可是我又不愛他。」

林語一愣。她沒想到軒轅憐夢竟然直接說出這樣的話，於是試著問：「那妳愛的是誰？」

軒轅憐夢臉一紅。「我……」

林語心中長嘆一聲。這個女人真的知道什麼叫愛嗎？

看著軒轅憐夢忽然羞澀的臉，林語不禁對自己的想法有了懷疑。難道她真的愛的是慕容楓？

不能直接觸動她心底的往事，林語只得從側面引導。「怎麼了？是不是不好說？沒關係，妳可以不說。既然妳愛過，那我想問問妳，愛一個人的感覺是什麼？」

軒轅憐夢鄙視地說：「愛一個人的感覺是什麼都不知道？還虧妳口口聲聲說妳愛二師兄，我看妳根本就不懂得什麼是愛。」

林語暗笑，立即一臉請教的樣子問：「三弟妹，也許我真的不懂什麼叫做愛呢，妳能不能跟我說說，妳的愛是什麼樣的？」

剛才林語教孩子似地教訓了她一大通，軒轅憐夢正不服氣呢，聽到林語這真誠的口氣，得意地說：「愛一個人的感覺，就是妳會每時每刻都想著如何把他得到手。」

軒轅憐夢的話還真符合她的個性。

無可奈何，林語故意不解地問：「那要是得到手了，他不愛妳，而是恨妳呢？那怎麼辦？」

軒轅憐夢似乎從沒有想過以後的事情。在她的人生中，娘親教給她的就是自己要的就自己去搶。

可娘親沒有告訴她，搶來的會不會就是她的。

「什麼怎麼辦？到手不就行了？」軒轅憐夢覺得林語問得莫名其妙。

林語驚訝地張著大嘴問：「到手了就無所謂了？那要是他就是不娶妳，還娶別的女人，那妳以後怎麼過？這樣做是不是太不計後果了？這也能叫愛嗎？」

「那妳說什麼叫愛？妳喜歡不就是愛嗎？喜歡的妳不去搶，那還叫喜歡？」

林語搖搖頭說：「我聽人說過，愛是相互的東西，是兩顆心靈的相近。我想，愛應該是兩個人的事。如果說只是妳覺得喜歡，而不管別人的想法就去搶，那不叫愛，只能叫占有。」

「占有又如何？」軒轅憐夢輕哼一聲。

「占有會如何我不知道，因為我從沒有做過這樣的事。我還是覺得男女之間要有愛才能快樂，而愛，必須是兩個人的心靈相通，更是相互的關心和疼惜。我還聽人說過，愛一個人，可以去爭取，而不是要把他怎麼樣。如果爭取之後妳得不到，說明你們沒有緣分，這樣就只有放手，以後的人生中只要他幸福，就算妳心疼，可妳還是心安，那樣的愛才叫真愛。」

軒轅憐夢根本不認同林語的想法。愛一個人不搶能到手嗎？她嘲笑林語說：「爭取不到只有放手，只要他幸福妳就心安？這樣才叫愛？妳這是消極。我沒有什麼心安不心安，只有不甘。」

「不甘總比得來不幸要更好。搶來的人會不會就是妳的，還很難說，萬一搶來的人並不愛妳，而是恨妳入骨，那以後的日子還能過得下去？看來我是膽小的人，這樣的人我不敢要的。」

「妳不敢要，是因為妳沒有這本事。我敢想就敢做，做了就不後悔。」軒轅憐夢斬釘截鐵地說。

林語搖搖頭笑笑說：「這種本事我還真不想要。我不會說妳的想法到底是對或錯，我只提議三弟妹得自己去捉摸捉摸，到底是什麼樣的人和妳生活在一起才會幸福。如果有個人會疼妳、會關心妳、會緊張妳，妳開心了他就開心，妳生病了他會難過，如果這樣的人不是妳喜歡的人，那我也不多說了，畢竟我們的想法不同。」

感覺自己成了說教大師的林語，看著坐在樹下發呆的軒轅憐夢，給她加了杯茶說：「妳再坐坐吧，我回廚房看看。相公說他中午想吃我燒的豬油炒鹹菜，我看看飯熟了沒有，一會兒我得給他炒一盤。」

轉身離去的剎那間，林語暗中嘲笑這固執的女人。這種人不吃點苦頭是講不清道理的，反正她已幫忙，能不能接受那是她的事。

看著林語那歡快的腳步，軒轅憐夢心中開始嫉妒了。

第七十四章

莫琴音見林語進來幫忙，笑著問：「小姑，談得怎麼樣？」

其實林語有一種對牛彈琴的感覺，這個女人是那種不到黃河心不死、不撞南山不回頭的人，真要她醒悟，怕還是得刺激她一下，讓她知道自己心中對趙恒之的真實感覺。

聽莫琴音問起，她苦笑著說：「嫂嫂，這軒轅憐夢不知道是哪裡來的，她那思想個性，跟我完全不是一國的。妳說我這算不算得上是好管閒事？」

莫琴音同情地笑了笑。「要妳來勸說一個這樣蠻橫固執的人，真的是辛苦妳了。唉，怎麼能叫好管閒事呢，然兒這孩子真的很讓人心疼，妳這心腸呀，就是看不得別人不幸福，可有的人呢？根本是找死。」

林語被莫琴音那句「找死」逗笑了。「對，嫂嫂說的對。人都是不找死就不會死，她真的不好好想想我勸她的話，找死的那天總要來的。」

莫琴音朝著院子樹下的琳姑姑看了一眼，問：「那個就是妳請來讓這軒轅憐夢找死的引子吧？」

林語睜大雙眼。「嫂嫂，妳也太聰明了吧？這個妳都猜到了？」

莫琴音朝她好笑地看了一眼。「我們家裡還用得著請針線娘子來教蝶兒嗎？蝶兒的手藝比妳可強多了。既然妳請這麼一個可人兒進來，我想定是有目的的。」

林語佩服不已。「把嫂嫂配給我這老實哥哥，真的委屈妳了。」

莫琴音拍了林語一掌。「妳說什麼呢？妳哥哪裡差了？我能嫁給他，定是我那在天的娘親保佑我。否則就如妳所說，我這時躲在哪個角落哭都不一定呢。」

林語見自己引起莫琴音的傷心事，故意摟著她說：「嫂嫂，以後可不能甩了我哥呀，要不然的話，躲在角落裡哭的就是他了。」

對於這個古靈精怪的小姑子，莫琴音是對付不了。她瞪了林語一眼。「妳再說，我讓妳哥打妳。」

林語眨眨眼。「完蛋了，我哥成老婆奴了。」

姑嫂兩人有說有笑地做飯，而院子裡發呆的軒轅憐夢也在天人交戰，一時認為自己做得對，一時又認為林語說的話有道理。

葉蝶看她坐在那兒發呆，笑著看向然兒。「然兒，妳娘長得可真好看。」

然兒不以為然地說：「長得好看有什麼用？就她這德行，哪個人會喜歡她？算我三叔脾氣好還能容忍她，要是我啊，早就不理她了。我還是喜歡我娘，她笑得好甜好甜，做的東西也很好吃，小時候我們一起挖地種黃瓜，只可憐沒吃到我就走了。」

葉蝶偷偷觀察軒轅憐夢的臉色更白了，她想起姑姑的教導，於是當起了小然兒的導師。「然兒，其實姑姑說過，人心美才是真的美，蛇蠍美人那是最醜的人。她告訴我和弟弟們，心地好、人善良、有教養、識好歹，才會讓自己變得越來越美呢。」

小然兒似乎聽懂了地說：「蝶姊姊，以後我也要學著做一個最美的人。」

一旁的軒轅憐夢聽到兩個女孩子的對話，她們口中句句不離林語，讓她的心下覺得很是不舒服，悶悶地起身進了屋子。

沒有空管軒轅憐夢去做什麼了，侍候著一大家子的人吃過飯，幫著收拾好後，林語覺得全身都累了。

泡好澡剛一上炕，肖正軒就一把拉下她所謂的浴袍，前後左右看了一圈才放心地說：「媳婦，妳今天嚇死我了。本想過來罵師妹，可又怕師弟沒面子。不過我告訴妳，以後可不能這麼做了，師妹可不是個講道理講情面的人，真要讓她惱火了，我怕傷了妳。」

林語抱著肖正軒親了一口。「呆子，你媳婦就是一個這麼好欺負的人？你信不信，我的刀子也不會比她的手慢。再說，她不是你師妹嗎？雖然她狂了點、傲了點、不通人情世故了一點，可她又不是真的是瘋子。」

肖正軒想起師妹那凶神惡煞的眼神，還是心有餘悸。「媳婦，以後妳還是離她遠點。她要過什麼樣的日子，就讓她自己過去，好與不好是她自己的事，我們不管了。」

林語躺進他懷裡，摟著肖正軒的脖子問：「呆子，我真的不是想管閒事的。你說真心話，希不希望三師弟和師妹的日子過得好？」

肖正軒老實地點點頭。「當然希望。」

林語等他回答後，認真地說：「我不是想管他們兩個，而且我煩死你這師妹了，可我這是為然兒打算。要是他倆這樣過下去，我怕然兒會成為第二個軒轅憐夢。你沒看然兒那性格，跟她親娘有得一拚，如果不好好引導，她在這樣的環境裡長大，肯定不會成為一個讓人喜歡和疼愛的女孩。」

聽了林語的真心話，肖正軒感動地說：「妳真是我的好媳婦。師妹和師弟我可以不管，可是然兒我不能不管，她真的是個可憐的孩子。我打從心裡把她當成自己的女兒來看待。」

林語故意酸酸地問：「你這麼喜歡然兒，不是因為她是你師妹生的吧？」

看著吃醋的小媳婦，肖正軒心裡甜得不知東西南北，不過他還是知道要立即發誓。「媳婦，我說過了，我一輩子都只會喜歡妳一個，也只會娶妳這一個媳婦。」

聽肖正軒著急的口氣，林語小臉一仰。「那還差不多。要是你心裡還藏著你師妹的話，我可不饒你。」

肖正軒內心溢滿了幸福，他親了親林語的臉頰說：「媳婦總說我呆，我看我媳婦也是呆的，這樣好，我們是呆子配呆子，天生一對。我這樣的男子，不像大師兄那樣長得俊，也不像三弟四弟六弟那樣有書生氣，只是一個大老粗，哪裡會讓別的女子喜歡？只有我的傻媳婦才把我當作寶。媳婦，妳放心，我不會說什麼話，我要再次告訴妳的是，我一生只會成一次親。」

聽了肖正軒告白，這純樸的話讓林語對自己的小心眼很慚愧。這樣的男子，雖然少了浪漫，可那份忠心又有什麼可比？

林語抱著他的腰，把臉緊緊貼在他的頸間許久，才抬頭看著他的眼睛。「那你有沒有探探你師弟的心事？」

肖正軒親親那通紅的小臉，憨厚地說：「媳婦交代的事，我哪裡敢忘記？上午我跟師弟在園子裡聊了好一會兒，雖然他沒有直接回答，但我看他對師妹還是有情的，只是師妹的性子讓他無可奈何罷了。」

林語一聽，立即嘻嘻笑了起來。「這就好。過幾天，琳姑姑這劑藥我下了試探一下，要是軒轅憐夢真的不在乎，那我們就給他找次機會，重新找個好女人過日子。」

想起那嬌嬌柔柔的琳姑姑，肖正軒擔心地問：「媳婦，那這琳姑姑不會真的打師弟的主意吧？要是師妹弄明白了她對師弟的感情，而師弟又喜歡上了琳姑姑怎麼辦？」

林語眨了一下眼，開玩笑地說：「怎麼辦？那就讓他享受一下齊人之福唄。反正你師妹又不愛他，找個愛他的女子，讓他享受一下溫柔，也算是我這做嫂子的給他的見面禮。」

肖正軒大驚。「媳婦，這萬萬不可！師妹那性子，要出人命的！」

「哈哈哈……」林語笑得打滾。「那就讓你師妹跟三師弟弄出一個小人命來也不是不可。」

肖正軒被林語的話搞愣了，一時還轉不過來，傻傻地問：「媳婦，這琳姑姑明明是個大人，妳怎麼說讓師妹跟師弟弄出一個小人命來？」

聽了肖正軒憨頭憨腦的話，林語哭笑不得地說：「讓你師妹再給你師弟生一個，那不是個小人命那是什麼？」

肖正軒笑傻了，自己這媳婦的腦子裡怎麼會一下子跳得那麼快？剛剛明明說師妹會發瘋，這一下就跳到師妹生孩子了？

看著肖正軒的呆樣子，林語咬了咬他的鼻尖。「讓你師妹給你師弟生孩子，你發什麼呆？難道你有意見？」

肖正軒摟緊胸前的柔軟說：「我們不管師妹給不給師弟生孩子，還是我們自己生一個好了。媳婦，要不今天晚上再讓我射一次，看相公這箭法有沒有進步？」

「呸，臭呆子！別的事你裝傻裝呆，這件事我看你就從沒糊塗過。昨天晚上，你保證今天讓我休息的，要是你再讓我睡眠不足，明天你就立即去跟兒子睡。」想起昨天晚上的纏綿，林語就覺得此時還全身無力。

肖正軒看懷裡媳婦一臉怕怕的樣子，不禁哈哈笑了起來。「我要是在這事上都呆的話，那妳還不早跑得讓我永遠都找不到了？那不行，我什麼事都可以糊塗，這事不能糊塗。我媳婦常說：性福就好。」

林語假裝生氣地瞪了他一眼。「看把你得意的樣子。我不管，今天晚上我要好好睡一覺，誰要吵我睡覺了，明天我就跟他沒完。」

一句話把肖正軒說得哭笑不得。閉上眼睛，肖正軒微笑地拍撫著胸前的林語，幸福地睡了。

家裡請了兩個臨時的幫工，林語沒事也跟著琳姑姑學學針線，為了計劃，她邀請了軒轅憐夢。「閒著也是閒著，要不妳也來學學？」

軒轅憐夢依舊是一臉不屑。「我才不學這種低下的活計呢。」

這種人，說了也沒用。林語心中有一種失敗的感覺，只是淡淡地說了句。「評判一個女子是不是一個大家閨秀，德、言、容、功，這針線就是其中一條。」

既然不學，林語也就不勉強，自己帶著蝶兒、然兒一塊兒，有空就學著點。可是軒轅憐夢不學就不學，還在一邊諷刺，讓人真是厭惡。

為了給她一個教訓，林語決定把計劃提前。

這天，林語出了門買了不少布疋回來，軒轅憐夢嘲笑她。「妳那酒樓的分紅是不是沒了？改行開成衣鋪子了。」

肖正軒對這頑固的師妹基本是失望了，而林語聽了她的話，故意氣她說：「開成衣鋪子，我可不會花這麼多心血，就算酒樓分不到銀子，也用不著我操心，掙銀子的人在這兒呢，嫁漢嫁漢穿衣吃飯，還用得著我操心？我有相公呢。至於這布疋麼，是因為這季節要換了，我得給家裡人準備幾套舒適的衣服，也能體現出我是個賢淑的當家主婦不是？」

「哼，沒事瞎折騰。外面成衣鋪子裡要多少沒有？還用得著這麼辛苦來自己做？我看妳真是閒得慌。原來妳強求著要嫁給我二師兄，是為了貪圖他的銀子呀？哼，虧我二師兄還把妳當個寶似的。」

軒轅憐夢可不是一個輕易能氣得倒的人，雖然還是那種氣死人不償命的語氣，不過經由幾天的接觸，她對林語的輕視倒是越來越少了。

對付這種死鴨子嘴硬的人，就是無視她的話，並且當成笑話。於是林語笑著抱著肖正軒的手臂問：「相公，你有很多銀子嗎？」

肖正軒好笑地點點頭。「有點。」

林語小手一伸。「拿來，萬一我管不住你的人了，我也得管住你的錢。我這還沒貪圖到你的銀子呢，就被你師妹冤枉了，你再不把銀子全部上交給我，那我比竇娥還冤。」

肖正軒看著這張宜嗔宜癡的小臉，幸福從心中溢出，十分配合地說：「媳婦只管放心，等大師兄把我銀子帶來後，我定一分不少地全交給妳。」

軒轅憐夢一看肖正軒寵林語的樣子就很是吃味，她從未遇過一個男子這樣對自己好，因此故意不屑地說了句。「噁心。」

聞言，林語立即掩嘴裝出一副偷笑的樣子，對著正從屋子裡出來的趙恒之擠眉弄眼。「恭喜三弟了。」

林語這笑嘻嘻的樣子弄得趙恒之莫名其妙，他愣了一下才不解地問：「二嫂，恒之這喜從何來？」

林語朝他眨眨眼，指指軒轅憐夢的肚子才說：「三弟，剛才三弟妹說她噁心了，我想她肯定是有了，所以我恭喜你又要當爹了。」

一句話說得趙恒之滿臉通紅，看向肖正軒的眼神很是委屈，而肖正軒也只能無可奈何地憋住笑。

軒轅憐夢明白過來之後，滿臉通紅地指著她大罵。「無恥！這麼不要臉，怪不得引來這麼多男子上門！」

這人開個玩笑都開不得，張嘴就是侮辱人，趙恒之沈著臉看向她，眼中的憤怒和戾氣隨著她的話而越來越明顯。

終於，軒轅憐夢被看得停了嘴，破天荒地低下了頭。

不想與這種女人多說話，林語無視於他們夫妻的存在，朝著兩個小姑娘招招手說：「一會兒妳們自己去屋內選布料，我給妳們畫新樣子，把我們家兩個小美女打扮成大美女。」

然兒聽到院子裡有爹娘的聲音就出了房門，看到林語對自己招手，立即興奮地跑過來問：「真的嗎？真的嗎？娘親給我們畫新衣樣子？」

林語朝她眨眨眼。「當然是真的。我要讓這京城大街上的名流公子，一看到我家大美女，眼珠子都掉出來。」

喜得然兒圍著林語跳起來。「娘親，我要做一條世上最好看的裙子，誰也沒穿過的樣式！」

林語摟著她，在她小鼻子上擰了一把。「小臭美。」

軒轅憐夢看著自己親生女兒與別人這麼親熱，又吃醋又羨慕，可她還是放不下身段跟她們一塊兒打鬧，加上趙恒之在這兒，她突然不敢再說什麼，只是哼了聲就轉身進了屋。

趙恒之對自己這不識相的媳婦也是無可奈何。真不知道，當年怎麼就會喜歡上這個人呢？明明知道她這性子，這麼多年怎麼還死心塌地呢？

趙恒之歉意地說：「二嫂，妳別跟她計較，這種人不值得理。」

肖正軒則安慰他。「三弟，你也別在意，我媳婦就喜歡開玩笑。她老是說笑一笑十年少，剛才她真的是開玩笑的，你一會兒去哄哄師妹吧。」

林語也朝他會意地笑了笑。「三弟，女人是要哄的，不過這弟妹很考驗你的哄人功夫。」

趙恒之趕緊說：「二哥、二嫂，這東西交給我來拿吧，你們剛進門，讓然兒去給你們倒杯水喝，先休息一下，反正這會兒我也空著。」

小姑娘也是個聰明的孩子，知道剛才大家尷尬了，於是立即進了屋，把水送到了兩人手中。

把布疋全部卸下後，林語讓所有的人都來量尺寸，可軒轅憐夢看了眼桌上的布料故意說：「我才看不上你們做的衣服呢，我的衣服都是京城錦衣軒出來的，穿你們做的衣服，我可出不了門。」

林語故意說：「可我這衣服也是有牌子的，名叫溫暖牌，錦衣軒可做不出我們這牌子的衣服。」

趙恒之瞪了軒轅憐夢一眼，可是軒轅憐夢剛才被林語打趣的氣還沒出來呢，心一橫，也就不怕他了，賭氣地說：「哼，看我做什麼？我又沒說錯。只有你這大老土才稀罕這種粗布衣裳呢。什麼溫暖牌，不就是兩件鄉下婦人做的土布衣，還當個寶似的，誰稀罕？」

小然兒對軒轅憐夢就是看不過眼，見軒轅憐夢又開始無理取鬧，她走到趙恒之身邊，仰起甜甜的笑臉問：「三叔，然兒學會做足衣了，明天然兒給你做一雙可好？」

從來沒有看過女兒對自己這樣親熱和氣，更別說笑得這麼甜，看著這張笑語如花的小臉，趙恒之心中一痛，眼睛一濕，淚花就閃了眼眶。他哽咽地回答。「好，咱家小然兒手真巧，三叔先在這兒謝過，等妳幫三叔做好足衣後，三叔一定每天都穿著。」

這些天，葉蝶總是有意無意地教導然兒要有孝心有教養，然兒想來想去，這對親生父母雖然她不喜歡，可相比起來，親爹要比親娘好得太多，她也是為了氣軒轅憐夢，故意說：「那然兒給三叔做好多雙，讓三叔每天都有乾淨的足衣換。」

果然軒轅憐夢被刺激了，她扯過小然兒，說：「為什麼不給娘親做足衣？妳可是我生下來的。」

小然兒甩開她的手。「因為我的手藝比不上錦衣軒的老師傅，我要是做了，怕妳穿不出去會嫌棄。」

哈哈哈，太過癮了！可真是一物降一物，看著軒轅憐夢那張一會兒紅一會兒白的臉，林語差點笑出聲來。

這次過招以林語完勝，而這一招，才是她撒網的開始。

可能是受了林語給眾人做衣服的刺激，再加上自己女兒的輕視，軒轅憐夢開始每天往外跑，跑一次總要帶回幾套新衣，每天花蝴蝶似地跑進跑出。

林語躺在肖正軒的懷裡，格格笑著問：「呆子，你說這成衣鋪子是不是得感謝我呀？」

肖正軒寵愛地說：「媳婦是不是想去分點紅回來？」

林語大笑。「呆子，你還真瞭解我。」

肖正軒輕輕地問：「妳是不是真的很喜歡銀子？」

林語坦然說：「世上哪有不喜歡銀子的人？沒銀子沒得吃沒得穿，更不會像我當年一樣被人家退親。我當時要是有很多的銀子，就先拿個金元寶砸到王家人臉上，然後趾高氣揚地說：混蛋，現在是我休你！」

看著說起往事還樂不可支的媳婦，肖正軒悶悶地問：「妳是不是心裡還想著王公子？」

「王公子？王慶？你可別再提起這個人來噁心我了，這種人渣送我也不要。當初我要不是鬼迷心竅，我想我一定不會做傻事的。不過，我也感謝他，是因為他的退親，我才有機會嫁給你不是？嘿嘿，說來他還是我倆的大媒人呢。要是有一天回到了靠山屯，我還得好好感謝他。」林語心情舒暢地笑了起來。

肖正軒雙眼一亮。「媳婦，妳想不想回靠山屯？銀子我有的，我給妳做幾個金元寶好了，到時候妳想怎麼砸就怎麼砸。」

林語見肖正軒寵她真是寵得沒邊了，真誠地說：「呆子，我們家裡有銀子呢。你那點銀子自己留著好了，萬一要有急用也不會慌了手腳。」

肖正軒對這個有時精明得讓人害怕，可有時又迷糊得讓人心疼的小媳婦沒辦法。「媳婦，我的銀子真的全部都在山莊裡，過陣子大師兄來的時候，他會帶過來的，到時都交給妳收著，我要用再找媳婦要。」

林語故意嚇他。「那我可告訴你，銀子進了我的口袋就是進了保險櫃，進來容易，想要拿出來就難了。」

肖正軒嘿嘿笑了。「反正我媳婦管我吃、管我穿，我要銀子也沒什麼用，拿不出來就算了。」

「傻樣。」

「媳婦喜歡不？」

「嗯，還湊合……」

第七十五章

這季節彷彿跳過了春季，直接進入初夏。

等新衣做好後，然兒穿起公主似的紗裙笑得合不攏嘴了，葉蝶羨慕地說：「姑姑，然兒真好看。」

林語給她整理一下剛穿上的新衣，把她推到鏡子前。「別羨慕她了。妳自己看看，我家蝶兒是不是個大美女？嘿嘿，這個樣子，小蝶兒要被哪家公子哥兒看到了，怕是等不到過年，就有人來找姑姑提親了。」

看著鏡子裡明眸善睞的自己，葉蝶害羞地說：「姑姑，妳就會取笑蝶兒。」

幾年的相處下來，葉蝶已經把自己當成了林家人，對林語和林桑夫婦是打心眼裡地感謝。

看著葉蝶嬌羞的表情，林語想到了唐瑞。要是他看到葉蝶這副樣子，會不會產生搶親的念頭？於是她故意打趣著說：「姑姑哪裡說錯了？妳不信，走到大街上去轉轉，怕是明天就會有人來打聽這是哪家的美娘子呢。」

三人正在試著左一件右一件的新衣，突然門口傳來軒轅憐夢的一聲怒喝。「你們在幹什麼？不要臉的娼婦，我要殺了妳！」

「啊——」院子裡傳來琳姑姑的尖叫。

林語知道計策見效了，裝出一臉焦急奔了出去，只見軒轅憐夢用劍指著跪在地上的琳姑姑說：「我早就看出妳這個小娼婦不安好心，找藉口到這家教針線，到那家教手藝，我看妳是專門來勾引男人的！我的男人是妳能勾引的嗎？今天不殺了妳，我就不是軒轅憐夢！」

趙恒之脹紅著臉，握住軒轅憐夢的手說：「妳發什麼瘋？還不快把劍給我放下！妳哪隻眼看到琳姑姑勾引我了？沒有一天不發瘋，妳活不下去是不？開口就侮辱人，人家是憑手藝吃飯的人，哪裡就比妳下賤了？妳作為別人的媳婦，什麼時候為妳的男人做過一件衣服，縫過一次破洞？」

越說趙恒之越心痛。自成親以來，她對他有過一次好臉色嗎？不，不是成親開始，而是從他救了她開始，她對自己從來就沒正眼看過一次。

「怎麼嫌棄我了？又不是我強逼你娶我做媳婦的，要不是你多管閒事救我，你用得著娶我嗎？你竟然敢幫著這小賤人，我就要殺了她，讓你心疼死！」

「是，是我沒出息，是我強求了……既然如此，我們和離吧！」

「你……你為了這小賤人，要與我和離？你休想！」

趙恒之那臉上又愛又恨的樣子讓林語真心感嘆。真是讓人受不了他們這種相愛的方式。為了不出事，於是林語走過去，故意不解地問軒轅憐夢。「三弟妹，這是怎麼了？」

軒轅憐夢甩開趙恒之的手，用劍指著琳姑姑狠狠地說：「我怎麼了？妳去問問這個小賤人，她做了什麼？」

琳姑姑一臉氣憤地看了軒轅憐夢一眼，然後含著淚悲悽地對林語說：「肖夫人，您得替奴家作主，奴家憑手藝吃飯，為什麼要遭人侮辱？今天是您讓奴家拿做好的新衣給趙爺試穿的，奴家看趙爺穿的時候，有地方沒打理好，這門外又沒鏡子，奴家就伸手捏整了一下，哪知趙夫人一出門就要打要殺的，肖夫人，您可得為奴家說句公道話。」

這又是輕泣、又是說理，一副楚楚可憐的樣子看在林語眼中，不得不佩服金宇成的能耐，去哪裡找來這麼一個有表演天分的女紅師傅呢？

這樣子看在男人眼中，還不激起男人的保護和同情？

看看琳姑姑，又看看趙恒之，林語無可奈何地對軒轅憐夢解釋。「三弟妹，剛才確實是我讓琳姑姑幫三弟試新衣的。因為衣服是她做的，所以我讓她來幫著試，這樣她也好知道哪裡做得不合適。妳有什麼不滿意的，與我說就行了。」

明明剛才一臉的狐狸樣，現在就只是給他捏一下衣服？琳姑姑一解釋，更是讓軒轅憐夢暴跳如雷。

「呸！就只是伸手幫他捏一下衣服？妳還真說得出來。這個死女人的前胸都挨上這死人的胸上了，還使勁往上蹭，她這是巴不得整個人都貼上這死人的懷裡了吧？還不是故意勾引，那是什麼？真不要臉，還敢說是什麼宮裡出來的，如果宮裡出來的都是這種不要臉的人，那真是讓天下人笑掉大牙了！」

趙恒之見軒轅憐夢口無遮攔地議論起宮裡的是非，他厲聲道：「還不快給我住嘴！什麼能說，什麼不能說，妳會不知道？是不是不想要這條小命了？」

軒轅憐夢被趙恒之一喝斥，立即打住了話頭，可她還是不服氣地說：「我有說錯嗎？像她這種天生就一副狐狸精的模樣，不是想勾引別人的男人，那是什麼？你很爽是吧？有女人貼上來，是不是覺得很神氣？」

趙恒之見自己媳婦越說越沒邊，一甩手就出了門，理也不理還氣得鬥雞似的軒轅憐夢。

林語把手中的衣服交給了琳姑姑，示意了她一眼，拉著軒轅憐夢進了房。

兩人坐在炕上，等葉蝶泡過茶進來，她才開口。「三弟妹，其實我一直覺得這樣叫妳很拗口。從年紀上來說，我比妳還小了五、六歲，我又是妳的二師嫂，因此我一直叫妳三弟妹。其實，我們嫁給了一群兄弟，我們就是一家人，我很想叫妳一聲憐夢的，可是又覺得我們沒有親熱到這種地步。」

軒轅憐夢依舊一臉冷冷的表情，林語沒有等她的回答，繼續說：「我不知道妳憑著什麼在三弟面前如此囂張，聽相公說，當年是他救了妳，而妳也為他生下了然兒，應該說妳並不是真的恨他。」

看軒轅憐夢臉上閃了閃。林語接著說：「妳不恨他，又跟他過了這麼多年還是沒有分開，再從剛才妳對琳姑姑的反應來說，妳是愛著三弟的吧？」

林語眼神亮晶晶地看著軒轅憐夢，弄得她的臉頓時紅了起來，可聽林語說她愛趙恒之，她死活不承認。「我才不愛那個死人呢！」

林語笑笑說：「有人說，有愛才有恨，有愛才會吃醋。妳剛才吃醋了。如果不愛他，妳就不會在意他抱什麼樣的女人了。」

「我沒有！我才不會吃他的醋。」

固執的人見得不少，可固執成這樣的人還真不多。林語直接下狠手。「妳說妳不愛他，也不會吃他的醋，大叔早就說了不再強求你們倆的事了，那你們為什麼還一直這麼拖著？既然不相愛，也沒有必要綁在一塊兒吧？人生有多少個十年？妳摸摸心想一想，妳對三弟到底是什麼樣的感情。說句真心話，如果真的生活在一起不合適，還是早點分開的好。

「我不多說，夫妻如何相處會幸福，只有你們自己才知道。但我要告訴妳，妳好好想想，愛是有底限的，耐心也是有限的，想清楚自己要的是什麼。」

軒轅憐夢呆呆看著眼前不停嚅動的嘴巴。雖然她性格倔強，但也不是個孩子了，她知道林語說的有道理，可是她與趙恒之，還能過上她所說的平淡幸福的日子？

從小就沒有人跟她說過做人的道理，娘親教育她的也是想要就去搶。所以當年爹爹把她許配給二師兄的時候，她不敢明著反對他，可還是按著自己的想法做了。

只是她不明白，為什麼她的結果會與想像的差那麼遠？為什麼大師兄情願要一個不認識的女子，也不願意要她？為什麼三師兄要救她？

娘親那麼有本事的女子，她說的話怎會有錯？

這只是林語的看法，她一個鄉下女子，能有多大遠見？

想到這兒，軒轅憐夢的心裡又好過了點。她想，也許她以前的想法也不一定全錯。

林語看軒轅憐夢坐在炕上發呆，知道自己的話起作用了。聰明的人不用多說，所以她站起來說：「三弟妹，妳慢慢想好了。要是妳覺得我說的對，有空再來跟我聊天。我先去幫嫂做飯了，相公出了門，一會兒就要回來了。」

晚上，肖正軒回來後，進了房間才問：「媳婦，聽說師妹她生氣了？」

林語捂嘴偷笑。「她吃醋了。」

肖正軒偷偷地問：「妳找她談了？她有沒有說什麼？」

林語脫了外衣睡在肖正軒身側，轉身面對他，狡黠地笑著說：「她什麼也不承認。我說她吃三師弟的醋，她還愛著三弟，可她就是死鴨子嘴硬，就說她不是。嘿嘿，我從她的臉上可以看出一些端倪，她對三師弟絕對不是毫無感覺。」

肖正軒伸出手指拂了林語額前的碎髮說：「媳婦，辛苦妳了。這師妹不是個好相處的人，更不是個講理的人，從小就被寵壞了。明天我也找三弟談談，如果說他們之間還有情，讓三弟去哄哄她，也許兩人就和好了。」

林語伸手摟著肖正軒。「嗯，這夫妻吵架，女人是死要面子的一方，我想只要三師弟真的能跟你一樣對待他媳婦的話，我相信總有一天，你師妹會軟下來的。他們是你的師弟師妹，要是真能讓他們和好，那以後大家相處也就開開心心了。」

肖正軒愛寵地親親林語的髮頂。「媳婦，我也是發自內心地希望師兄弟們都跟我一樣幸福。」

林語仰起小臉，調皮地問：「你真的覺得跟我生活很幸福？」

肖正軒認真地盯著她的眼睛說：「當然。不過要是妳讓我每天晚上都愛妳一次，那我就會更幸福了。」

林語伸手在他腰上輕擰了一把，嬌嗔地說：「死相！」

林語的嬌嗔融了肖正軒的心，他伸手撫摸著她嬌嫩的臉孔，就這麼靜靜看著躺在懷裡那緋紅的容顏，心中那最軟的地方充滿了柔情……

第二天午飯前，肖正軒從外面回來了。

林語從沒有問他與趙恒之兩人常往外跑是在忙什麼，反正這個男人不會在外亂來，她也就不管這麼多了。

吃過飯回到房間，肖正軒看到床上嶄新的衣物，高興地問：「媳婦，這是妳親手做的？」

洗好臉進來的林語得意地睨了他一眼。「當然是我親手做的了。難道我相公的貼身衣物我還讓別的女人做，她想都不要想。」

「嘿嘿，媳婦，妳真好。」肖正軒放下手中的新衣，捧著林語的臉就親了一口。

林語嬌怪地罵他。「青天白日的，也不知道害羞。」

肖正軒樂呵呵地說：「我自己的媳婦，我想什麼時候親，就什麼時候親，哪個也管不了我。」

「得意。」

「媳婦，明天我就穿新衣，讓那幾個沒成親的師兄弟們看看，有媳婦的日子是多麼幸福。」肖正軒這會兒真是歡喜得找不著方向了，看了自己師弟與師妹那一對的彆扭，再看看自己面前的嬌顏，他覺得自己的一生就如作夢一般。

聽了他那得意的話，林語噗哧一笑。「你這是故意去刺激他們呢。」

肖正軒滿不在乎地說：「我就是要去刺激他們。一個個都老大不小了，就是不願意定下來，說是娶了媳婦不自由，那是他們沒福氣。看我多自由，我每天都出去老半天的，我媳婦從不問東道西的。」

聽肖正軒這語氣，林語心中暗笑。這男人……她嬌嗔地睨了他一眼。「你這是怪我不關心你吧？其實我是放心你，男人在外面做大事，女人管這麼多做什麼？只要你在外面不亂來，我才懶得管呢。」

肖正軒認真地說：「媳婦，我不保證什麼，但是我說過，此生我只會有妳這一個媳婦。不是我的媳婦，我看都不想看。」

林語內心甜蜜得似吃了蜂蜜似的，她轉身抱住肖正軒說：「我相信。」

肖正軒抱著她坐在炕上。「媳婦，妳真不想知道我在忙什麼嗎？」

林語好奇地問：「難道你們真的在外面忙什麼大事不成？」

肖正軒遲疑了一下才說：「媳婦，這些天還真是在外忙大事。妳還記得金老闆有個表舅嗎？他的女兒就是當今聖上的四妃之一，淑妃。」

見肖正軒又停頓了一下，林語不解地問：「這淑妃出什麼事了？」

對反應這麼靈敏的女子，肖正軒不由得佩服。「媳婦猜對了，淑妃前不久得了一種怪病，折磨得越來越消瘦。所有的太醫都看不出來是得了什麼病，可能是實在沒辦法了，金老闆找到我，請師叔到宮裡看過了，可是師叔說他確實瞧不出什麼病來。這幾天，我們幾兄弟都在外面幫著找民間高手。」

這麼奇怪的病？不會是絕症吧？但古代無污染，現代的癌症應該不會有的，那得的是什麼病呢？

算了，反正不關她的事，那高牆裡妳死我活的，是不是病還不知道呢！

第七十六章

林語沒有把事情放在心上，無意地說：「原來是金大哥託到你這裡呀？看來他是知道你上次的傷，是師叔治好的，這才想幫他表妹一把吧？」

肖正軒點點頭說：「金家以前不是商家，老夫人娘家以前也不是什麼高官貴族，只是她那兄弟當年有了出息，後來又生了個有出息的兒子，最後又生了個色藝雙絕的女兒，金家這才有了個強硬的外家。所以這次淑妃有事，金家也跟著著急了。」

這肯定著急的，現在金家的生意做得這麼大，東西南北四大酒樓、四大茶樓不說，還有不少各色店鋪，在京城裡的商家中算得上是頭一家。

就她幾家酒樓、幾家茶樓的一份乾股，一年的收入就非常可觀，跟軒轅憐夢透露的那個數，其實只是她亂說的一個罷了。財不外露，她都能有這些收入，就更不用說擁有無數家店鋪的金家了。

林語理解地笑笑說：「那確實會著急。金家如果沒有高家的關照，這生意哪能做得這樣順？官商官商，這二者都密不可分。」

肖正軒抱著她親了一口。「就妳有這麼多說法。官商官商，妳從哪兒聽來的說法？」

林語驕傲得嘴一噘。「我自創的唄。」

林語本想提一句，她也許可以幫看看，可一想這時代的規矩，怕是要惹大事，所以也就閉口不說，然後扯開話題說起了別的。

一夜好眠，林語活動了手腳後，才到屋後把幾個練功的傢伙叫進來吃飯。飯碗剛落，金宇成忽然急急走了進來。「妹子，大哥有事求妳來了！」

林語愣了一下。「金大哥何事這麼急？」

看一屋子的人，金宇成與肖正軒見過禮，對林語說：「妹子可借一步說話？」

趙恒之看著與金宇成出門的林語，擔心地問肖正軒。「二哥，金老闆這麼急，是為何事找二嫂？」

肖正軒苦笑著說：「怕是宮裡那位貴人的事。」

趙恒之瞪大雙眼。「二哥是說二嫂懂得岐黃之術？」

肖正軒覺得在自己這兄弟之間也沒什麼可隱瞞的，於是他點點頭。「懂得怕還不止一點點。三弟記得那年師傅的傷嗎？」

想起那次師傅的傷明明沒法痊癒，可是一個月後，師傅又無事地回到了前線，趙恒之張大了嘴。「是二嫂救了師傅？」

肖正軒點點頭說：「我猜是這樣的。要不然師傅的傷怎麼會好得那麼快？當年我受過傷，也是我媳婦救的，只是我當時完全沒想到師傅會與她有交集，要不然，我也不會枉找這麼多年。」

趙恒之的眼中讚賞之色越來越濃。「二哥，你娶了個奇女子呀！」

趙恒之眼中的傾慕之情讓軒轅憐夢大為吃醋。「還不是瞎貓碰上死老鼠罷了，一個鄉下女子哪可能會岐黃之術？這流清國可是不准女子習醫的，她敢與朝廷對抗不成？」

軒轅憐夢話音一落，趙恒之瞪了她一眼。「妳不會說話就閉上妳的嘴。二嫂她一沒行醫、二沒坐堂，怎麼就跟朝廷作對啦？學門手藝給自己家人保平安不行？」

眼見好不容易兩人有一天沒有吵嘴了，為了林語，兩人又爭吵起來，肖正軒立即制止。「好了，三弟，師妹這是吃我媳婦的醋呢。誰教你這麼誇別人媳婦的？不過這事可不能說出去，因為我們是親人，才會跟你們說的。」

正說話間，林語拎著她的小箱子進來了。「相公，我跟金大哥出去一趟，家裡就交給你了。」

肖正軒擔心地問：「媳婦，要不我陪妳去吧？」

林語搖搖頭說：「那個地方，你們男人哪裡進得去？不用了，金大哥的舅母會陪我去。你們放心好了，我會小心的。」

肖正軒可是知道宮內複雜的，於是交代跟隨而進的金宇成說：「金兄，我媳婦只是手中有幾個秘方，並不懂得岐黃之術，到時候可是還得請太醫把脈，省得誤了貴人的病情。」

金宇成理解地說：「妹夫放心，為兄一定會讓舅母保妹子平安歸來。」

那裡可以說得上是狼窩虎穴，林語雖然聰明，可肖正軒還是怕她不懂宮裡的規矩，得罪了貴人。「金兄，還要煩請舅母她老人家，多多指點那裡的規矩，莫讓我媳婦留有把柄，被有心人利用了。」

金宇成見肖正軒是真不放心，於是再三透露。「此次進去已得了上頭的應允，同意我表舅家幫著找人看望貴人的，妹夫盡可相信為兄，定會還你完整的媳婦回來。」

這點金宇成是有信心的。當時母親提起這事，祖母也是萬萬不願意的，因為林語跟金家的淵源也不淺，要是真讓人捉住女子行醫的把柄，金家這個義親也少不了牽連。最主要的是她怕林語真的不會醫病，卻讓人誣賴會醫，就更麻煩了。

可後來金宇成舅母再三請求，又發誓保證就算林語真的不懂醫術，她也絕不怪罪，老夫人也考慮到姪孫女的重要，這才讓金宇成來找林語。

後來林語笑說，高家是抓住她這最後一根救命草了。

雖然林語交代了肖正軒不要擔心，可他哪裡真的能放得下心？

等林語一走，肖正軒交代了家中事之後，立即進了城。

宮門外，見太陽西偏，人還未出宮，肖正軒急得快站不住了。「高大人，老夫人會不會從別的門出去？」

面對與自己完全不一樣的男人，高大人無奈地說：「肖將軍不用擔心，我妹妹是個寬厚的人，絕對不會對肖夫人有傷害。內親進宮探親，規定從西門進出，不是你想走哪兒就走哪兒的。」

肖正軒還是不安地問：「金兄，你也知道內子在鄉野長大，對宮中禮儀從沒學過，娘娘真的不會怪罪於她禮儀不周全？」

金宇成對這個問了不下百遍的問題實在是哭笑不得。

你媳婦是個不懂禮儀的鄉下丫頭？那你告訴我，有多少大家閨秀有她的沈著、從容、大方？存心是在我面前顯擺。

可今天確實是自己娘親給林語找來的麻煩。

金宇成長長地吁了口氣。「妹夫，娘娘寬厚眾所周知，妹子好意前去探望，她哪會怪她禮儀不周全？再說宮裡一切的事都打點好了，你只管放心，舅兄我與表哥在此保證，妹子絕不會少一根頭髮。」

高大人怪異地看著這兩人，他暗想這肖夫人到底是個什麼樣的女子？能讓一個男人化成繞指柔？

看表弟一臉無奈地看著自己，高大人也只得再度配合。「表弟的話確實沒說錯，你只管放心，娘娘絕對不會為難你媳婦的。」

肖正軒雖然神色還算鎮靜，可是心底把金宇成埋怨了半天。但他知道埋怨也沒用，誰教媳婦這麼有本事呢？

以後還是要防止別人知道她的本事才好。

林語與高夫人被送出來後，一掀車簾，想要呼口氣，就發現了肖正軒正四處張望，和金宇成一臉擔憂的樣子，心中那股壓抑的怒氣總算消了下去。

本想狠狠嗔怪金宇成一陣的，可是這麼多人在眼前，林語也只得笑臉相迎。「勞大人與兄長久等了。」

高大人看自己娘親臉色大好，高興地問：「母親，一切可順？」

高夫人含笑看向林語。「肖夫人確實是個有本事的女子，娘娘讚不絕口，肖將軍有福了。」

這麼一說，那就是一切都成了。肖正軒的心這才稍稍放下來。

他笑著看向高夫人，恭敬地說：「謝夫人誇獎。天朝有如此忠厚的娘娘，是我等百姓之福。」

金宇成見過高夫人後說：「謝舅母照顧義妹。」

高夫人搖搖頭說：「成兒，這裡不是說話之地，明日舅母再到金府去看望老夫人去。」

金宇成會意地閉上了嘴。

眾人分道揚鑣之後，肖正軒扶著林語上了馬，死死摟住她說：「媳婦，妳們一直都不出來，嚇死我了。妳今天要是不出來，明天我就得找師傅去了。」

林語側身坐在馬背上，伸手摟著他的腰說：「娘娘很溫和，得的也不是什麼大毛病，秘方上正好有相對的方子。我們等出過第一次藥，服侍娘娘用過才出來。對不起，讓你擔心了。相公一直都等在門外嗎？」

這裡還算是內城，閒雜人很少，所以肖正軒任馬漫行。「媳婦，娘娘所得何病？為何師叔也看不出來？」

嚴重的陰道炎加滴蟲，一個大男人哪裡治得了？這時代的婦科知識基本等於零，師叔治得了才怪呢！

可這種病對林語來說，還真是藥到病除，外洗加內服，三天一定能見效。

淑妃宮中的補藥到處都是，又不要她的銀子，於是林語還輔以漢方藥茶方子給她。這種以三十六種珍貴補品泡成一杯茶的方子，天天喝，那才是女人美容的聖品。

林語窩在他胸前輕笑著。「一種男人看不出來的女人病。」

生過三個孩子的淑妃雖然年紀不到三十，可是女人地方保養得不好，這也不怪她，皇上這個種馬，讓她如何清潔？

所以淑妃看起來長得很美，其實一點也不鮮嫩，但林語給她的方子，她只要堅持三個月，定能喝得嫵媚嬌嫩。

女人病？肖正軒不知道那是什麼病，但他還是不要知道得太清楚比較好，於是也就沒有再追問下去了。

兩個人見天色不早，林語催肖正軒快點。

當兩人快到家門口的時候，果然是人影攢動。

壯壯一見爹娘回來了，差點就奔到了馬蹄下。「爹爹、娘親，你們偷偷跑去騎馬玩了？不帶壯壯去，我生氣了！」

說是生氣，當林語從馬背上下來，小傢伙雙手圈著林語的脖子，還真的哭了。「娘親和爹爹偷偷去玩，就不帶壯壯。嗚……」

跑到那吃人的地方轉了一圈回來，林語心中也覺得世事難料。她一個小村姑怎麼就進了高牆裡去了呢？兒子的哭臉讓林語覺得回家真好。她輕輕抱起他說：「寶貝，對不起，娘親與爹爹今天不是去玩的，是去金府給老祖宗辦事的。」

壯壯抽泣地說：「可是老祖宗也說過想壯壯的呀，娘為什麼不帶著壯壯去？」

本來得知肖正軒有品級之後，金老夫人不讓壯壯喊她老祖宗的，可林語覺得金家的情義比一切來得重要。

林語抱著哭得唏哩嘩啦的壯壯安慰說：「那娘親有空再帶你去找三舅舅玩，再讓他帶你去茶樓玩一天可好？」

壯壯終於止住眼淚說：「娘不許騙人。」

「絕不騙人。娘選一天書院休沐的日子，帶你和你姊姊，還有清哥哥、蝶姊姊一塊兒去好不好？」

林語還沒說完，肖正軒怕林語太累了，就叫壯壯下來。

「好。」聽娘親這麼說，壯壯也只得答應了。他委屈地爬了下來，還是拉著林語的手不放。

林語歉意地看著林桑和莫琴音說：「讓哥哥嫂嫂擔心了。」

林桑眼眶都濕了。「回來就好，回來就好。」

一場虛驚，讓一家人感情更深了。

雖然這次進宮沒出什麼事，不過林語還是想著，要想個辦法讓淑妃真正地想要捂住她才好。

飯後，林語簡單地把編好的話跟大家說了一下。趙恒之自是不信，但他也不言，只有軒轅憐夢得意地看了趙恒之一眼，不服氣地嘀咕。「我說了定不是什麼大病，要不她哪裡有這本事治得來……」

臉色陰沈的趙恒之一把拖著軒轅憐夢的手，一臉歉意地進了他們的房間，只聽到屋內兩人低低地爭執了一會兒，突然間，毫無聲息。

臨進房間前，林語笑著看向莫琴音開玩笑說：「嫂嫂，一會兒鍋裡多留點熱水，三弟他們怕是一時半會兒還出不來。」

莫琴音好笑地瞪了她一眼。「就妳機靈。」

回到房間，肖正軒已把被子都鋪好了，看到她立即說：「媳婦，來，我幫妳捏幾下，今天定是累著妳了。」

林語知道他心疼自己，於是聽話地坐在他身前，靠在他懷裡說：「今天害你擔心了。我跟淑妃娘娘請求過了，以後實在迫不得已要找我，最好在高家見面，她答應了。還說平常沒事她不會找我的，我想她也擔心我被別的妃子發現，失去我的幫助呢。你別再擔心了。」

肖正軒長長吁了口氣，他輕輕捏著她的雙肩說：「如果真的能這樣，那就太好了。我什麼也不求，就只求一家人的平安。媳婦很明白，這宮裡的事最好不要沾上。那些吃人的地方，不是我們平民百姓能去的。如果這淑妃有些私心那就好了，也省得去請師傅了。不過，就是她說話不算話，妳也不用擔心，一切都有我，如果連自己的妻兒都不能顧全，那我算不得是個男人了。」

林語轉身抱住他的腰，瞇起了雙眼，幸福地說：「呆子，你知道嗎？嫁給你我真的好幸福。」

肖正軒心頭被塞滿，伸手抱起她說：「媳婦，我更幸福。」

第四天的一早，高夫人帶著管事送來了一大車的禮物。林語慌忙把她請進了小院。

「高夫人，您大駕光臨，家舍簡陋，還請您包涵。」

高夫人沒有進屋，而是直接坐在了平時大夥兒坐的梨樹下，笑著說：「林語別慌，今天老婦來是替娘娘送謝禮的。她說用了妳給的茶方子，身子覺得舒服了許多，特意讓我來謝謝妳的。」

啊？被娘娘感謝？這可不是小事，林語更有點不安了。「老夫人客氣了，林語那方子也就是普通的茶方子，聽外祖曾說過，女人常喝漢方千金茶，美容養顏，能讓人年輕不少。只是茶中用到的配料有點珍貴，不是人人能喝得起的，放在林語手中也成了廢物，所以特意獻給娘娘，讓它起了該有的作用。這真的不用感謝的，應該是林語感謝娘娘，讓這方子沒有廢了。」

高夫人讚賞林語會說話，開心地說：「不管如何，這方子娘娘覺得好，便是林語的好。車上的東西也不是什麼多稀罕的東西，妳就收下吧，以後有空多到高府走走。妳是金家的義女，那與高家就是親戚，以後可要多來往。」

一聽高夫人的話，林語覺得有一種怕什麼來什麼的感覺，只是就算心中再不願意，也只能裝出高興的樣子說：「那以後夫人可別嫌林語常去叨擾了。」

說是說常去打擾，但除非高家送信過來，她才會去一趟，不然她是能躲多遠就躲多遠了。

平凡的日子一晃而過，春闈放榜那天，金府喜氣洋洋，林語一家大小都進了金府。「老夫人，三哥可真是個好樣的。」

金老夫人笑呵呵地說：「託祖上的福，真兒這次能進兩榜，是祖宗保佑。」

莫琴音也機靈地說：「也是老夫人您有福氣。」

一旁，幾位金夫人娘家的親戚，見林語與老夫人這麼親熱，心中很是不屑。「大姊，這林家女子倒也是個有本事的，能把老夫人哄得團團轉。不就是當年碰巧治好了老夫人嗎？就這麼要了金家兩家樓的一成乾股，還真是個有能耐的女子。」

說話的是金夫人的大弟媳婦，是第二批跟著金家人進京的親戚，所以對林語的事瞭解得還不少。

二弟媳陳劉氏驚訝地張大了嘴。「難道京城裡的樓子她還能分紅？以前在湘城的時候不是給過她了嗎？後來那裡關了，這股子怎麼還能給？她也好意思要？大姊，妳也太實在了。」

金夫人知道自己兩個弟媳婦也是盯在錢眼裡的人，可林語這股份要得要不得，她還是心中有數的。「金家可不是過河拆橋的人，語兒救了母親大人，那可是救命之恩，怎能以銀子來相抵？」

哼？金家不過河拆橋，可金家勢利眼。

陳劉氏在心中暗諷。提了幾次，大哥的女兒那麼好一個姑娘讓妳說給真兒，妳總是不給個實話，算什麼親戚？

可金家現在不一樣了，特別是老夫人的親戚進宮當了娘娘，現在又成了皇上的寵妃，聽說皇上這一個月有十天都翻了她的牌子，陳劉氏心中再有不滿，也不敢得罪這棵搖錢樹。

剛進門的高夫人聽到了陳劉氏的話，自女兒再得寵，林語又託人送去一張生子秘方後，高夫人對林語更是感激了。「弟妹，妳的親戚可真顧著妳哪！」

金夫人沒發現高夫人進來，她驚了下，燒紅著臉訕訕地說：「嫂子可到了，弟妹一直在等著迎接呢，快快請進，母親她老人家可念叨了好一會兒呢。」

幾人一同進了大廳。林語見到高夫人，立即上前見禮。「好久不見，舅母您是越來越年輕了。」

她跟著金家兄弟稱呼高夫人，這是高夫人第二次見到林語後提出的要求。

自高夫人也用了茶方子後，覺得自己身輕了不少，心中很是高興。「語兒早，舅母我來遲了。」

林語慌忙說：「舅母客氣了。」

高夫人坐下後，喝了一口下人捧來的茶，吃醋地說：「語兒，這是不是妳特意給的秘方泡的茶呀？口味可真好。」

金老夫人笑著嗔怪。「妳個沒臉皮的，妳從我這孫女兒那兒掏去的方子還少？剛才語兒還跟我說，妳一走進來，她以為哪兒來的一個觀音娘娘呢！」

這個世界也有觀音之說，被人稱為普渡眾生的仙人，姿容絕對上等，為人寬容慈善，喜得高夫人連連擺手。「可別聽這丫頭亂說，粗俗民婦豈敢與仙人比？」

高夫人雖然輩分比老夫人低，可她是娘娘的親娘，因此在老夫人面前也就不奉承了。

高夫人話語一轉。「語丫頭，妳這方子要是拿出來賣的話，京裡的貴夫人可是搶著要，這銀子可不會比金家兩家樓裡的股份少吧？」

高夫人話一出口，金夫人的臉都紅了。她狠狠瞪了自己那兩個不成器的弟媳婦，訕訕笑著說：「嫂子，咱們家的語丫頭可不是個平常的女子，如今哪裡靠這酒樓的銀子過日子？城外兩個莊子，就夠她吃喝一輩子了。」

近兩年掙的銀子，林語託金宇成置辦了兩個農莊，這事在金家不是秘密，剛才高夫人突然提起銀子的話題，林語也明白了，金宇成這兩個親舅母又來說三道四了。

她淡淡地笑說：「這還不是託老祖宗的福？要是沒有金家人，語兒我哪有什麼能力置辦莊子？就是吃飯都成問題呢。」

林語的謙虛讓這群喜歡高高在上的女人心裡很是舒服，高夫人老調重提。「語丫頭，妳那些個養人的方子，真的能賣不少銀子呢，妳不想試試？」

銀子多了就遭人眼紅，就算要掙銀子，林語也不能再讓金家知道。她害羞地笑著說：「舅母，語兒會的方子也就那幾個，而且這方子也得因人而異，並不是人人都適合的。當年我外祖就再三交代，方子只可救人，不可當作商品來賣。」

高夫人越發覺得林語被教養得好。「真是個有教養的孩子，怎麼就給肖將軍得去了呢？要是早認識妳，我可得搶過來做兒媳婦的。」

高夫人無意的一席打趣話，頓時說得金夫人臉色大變。

跟著一群虛偽的女人應付了半天，宴會一結束，林語當面跟金宇真恭喜過之後，她就急著回家。

金宇真不樂意地說：「語兒，這裡是妳娘家，妳就這麼待不下去？」

林語紅著臉說：「三哥，你家真的不好待。」

一句話說得金宇真不能再挽留了。「明天我去妳家，妳讓妹夫陪我好好喝兩杯。我就不信喝不過他。」

一邊的肖正軒立即應戰。「歡迎三舅兄來寒舍坐坐，妹夫我定不退卻。」

林語仰天無話。

這些男人什麼時候會長大？怎麼還一個個像鬥雞似的？

看著金宇真一臉酒氣，林語沒好氣地說：「我相公不喝酒。他又不是跟你一樣是酒鬼，一天到晚喝這麼多酒，你以為你是酒缸呀？少喝點，下次讓壯壯學了你這酒鬼性子，小心我跟你沒完。」

看著眼前嬌嗔的小臉，只可惜自己不是她撒嬌的對象，金宇真強行擠出一張笑臉，看著遠去的身影，心中有了打算。

第七十七章

北方的冬天比較長，五月中才收了頭年種下的麥子再種雜糧，把糧食收進了糧倉，人心才能放下。

雙收搶種一過，算是輕鬆下來了。這天晚上，肖正軒洗漱好之後，看林語坐在床邊摺衣服，他挨著她坐下來。

接過林語摺好的衣服放在炕內的木格子裡——這是林語特意請人做上去放置貼身衣物的，肖正軒輕輕跟她說：「媳婦，有件事跟妳說一下，師傅說要把山莊裡的人解散了，把財寶都獻給朝廷，然後去周遊天下。」

看肖正軒的神情並非很開心，林語小心翼翼地問：「為什麼要解散山莊，難道朝廷有什麼動向不成？」

肖正軒看著她說：「媳婦，妳太聰明了，我開始有點擔心自己配不上妳了。」

林語故作不高興地說：「你說什麼呢？你什麼時候配得上我了？我不一直都是你心目中的女王嗎？」

這麼靈透的女子竟是自己的媳婦，肖正軒滿心都是感激，情不自禁地親了親她，然後緊緊摟著她在懷中。「媳婦說的對，妳一直就是我心中的女王。女王，晚上讓相公侍候妳上床行不？」

林語輕輕敲了一下他的腦袋。「滿腦子都是精蟲是不是？成天就想著這事。說吧，這些天在忙什麼，山莊解散後準備做些什麼？」

說起正事，肖正軒簡單地說：「山莊的田產全部還給朝廷，這些年所有產業積掙的銀子也全部入國庫。師傅給我們每個師兄弟各留了一萬兩銀子和兩間店鋪，這幾天我們就在忙著清算財產。」

雖然林語以前從不過問肖正軒的財產，更不打聽山莊的事，但是這麼多的師兄弟來來往往，山莊裡許多事也有所耳聞，以這將軍王的實力，每個弟子各留一萬兩銀子和兩間店鋪並不多。也許他不想大家過得太有錢了，怕這樣會引起高高在上的那個人的注意吧？

林語擔心地問：「那裡出事了？」

肖正軒知道她所指。「嗯，妳知道嗎？當今太后曾經是師傅的未婚妻。」

「啊？是未婚妻？不是說只是表兄表妹、青梅竹馬嗎？怎麼又變了？」林語雙眼瞪得像燈籠似的。

肖正軒輕聲說：「這件事也只有幾個當事人知道罷了。原本師傅在去學藝前，就與他的心上人訂親了，只是當時沒有宣揚出去。後來太上皇看上了太后，他們的親事就作罷了。」

林語不解地問：「難道皇上不知道她已經是你師傅的未婚妻嗎？」

肖正軒苦笑著。「只有妳才會什麼都不在意呢。一個家族如果有女子被皇上看中，他們還會跟皇上說她已訂親了嗎？不要說別人不知道他們訂親了，就算是真過明路別人知道，也有的是辦法讓人不敢說三道四。」

林語更不解了。「那當時的太后……」

肖正軒親親她。「世上的女子，能有幾個不把名譽榮耀不當回事的？再說她一個女子，就是真有心於師傅，也沒有能力反抗一個家族。」

林語知道這種事說不清，肖正軒說的對，一個古代女子從小就被教導三從四德，再說她當時才十四、五歲吧？那麼小的年紀懂愛情嗎？

「那你的意思是說，上頭那位要對大叔動手了？」林語擔心地問。

肖正軒看林語是真心擔心自己師傅，才悄悄告訴她。「太后找人把消息透給師傅了。那位要對太后娘家的人打壓，首當其衝的就是功不可沒的師傅。」

林語心中堵塞。「大叔真是可憐，為人作嫁衣幾十年，最後落得個老景淒涼不說，還成了別人眼中釘，必除之而後快。唉，這算什麼？一切都是情之過。他以後有什麼打算呢？要是真把手中的權力上交了，以後會不會有性命之憂？」

肖正軒安慰她。「這一點妳放心，師傅自有脫身之法。師傅就是因為念情，才會有我們這幫徒弟，以後我們一起好好孝敬他吧！雖然名分上他是將軍王，其實他把我們這群弟子和將士都當成了親人。」

飛鳥盡，良弓藏。狡兔死，走狗烹。哪一任君主會不顧忌功高蓋主的功臣？

何況還是與自己親娘有曖昧的功臣呢？

看來軒轅博真的是個聰明人，知道適可而止，不給皇帝找到除了他的藉口。這一生值與不值，只有他自己才能評判。

林語雖然為他嘆息，可知道自己沒有資格說長論短。

聽說軒轅博沒有性命之憂，林語還是鬆了口氣，不過她又瞅著肖正軒問：「那意思就是說，以後你們師兄弟都是普通的人家了？」

肖正軒點點頭說：「其實我們都不大想跟上頭扯上關係，畢竟我們幾個人都是平民百姓家的孩子，除了師傅，朝中並無人，所以大家決定還是做回我們的平民百姓好。媳婦，妳覺得呢？」

林語笑嘻嘻地問：「那我們是不是回靠山屯打獵去？」

肖正軒看著她，認真地問：「媳婦是不是想回靠山屯了？如果妳想回那兒去，我們就全家都回去，畢竟在這裡我們沒有根，而且就憑打獵，我也能養活一家子，這點不用擔心。」

林語其實並沒有想回靠山屯的打算，只是考慮到林桑的孩子是林家子弟，她好幾次都察覺林桑想讓燈燈上族譜，所以此時才有這問話。

想了想，她對肖正軒說：「相公，我當然相信你有能力養活我們一家人了，不過我不想回靠山屯。那個地方太落後了，不利於孩子的發展。如果可以的話，我倒是想回去看看，順便讓燈燈回去上族譜。」

肖正軒一聽，立即想到壯壯。他試探著問：「媳婦，妳有沒有打算讓壯壯回去上肖家族譜？」

「壯壯也回去上肖家族譜？這個以前我倒沒有想過，因為不知道你在哪裡，所以也就沒想。你現在這麼一說，我覺得倒是真的可以考慮了。」

肖正軒盯著林語的雙眸，低沈的嗓音聽得出他的激動。「謝謝妳，媳婦。」

林語反身抱著他。「傻相公，是你的兒子呢，說什麼謝謝？就算你爹娘兄弟對你不算好，可你畢竟姓肖，我可是嫁給你了，以後你得在族譜上給我冠上肖林氏。」

感激無須言語，肖正軒抱緊她說：「媳婦，我有個四品的功名在身，回到靠山屯後，我請一支肖家的族譜回京城。在這裡，我想做一個小小祠堂，這樣以後我們再生了孩子，就不用專門回去上族譜，只要報個信回去，就可以讓他們上總族譜了。」

林語聽說他還是個當官的，立即笑呵呵地說：「原來我還是個官夫人呀？」

肖正軒好笑地看著愛打趣的她。「但是所有的賞賜我都推了，只是個閒職，妳會不會嫌棄？」

「辭了好，拿人手短，吃人嘴軟，要了這種人的賞賜，以後要你還一條命都有可能。再說了就你這老實的性子，哪裡適合當官？我看你還是當個閒職的好，反正咱們也不差錢，從此以後，我們還是老老實實地種田吧。相公，對於回靠山屯的事，我問過哥哥再打算。」想起軒轅博的遭遇，林語毫不遲疑地說。

這個大方豪爽的性子，讓肖正軒對林語又有了新的評價。他真的還沒有聽過世上哪個女人真有不愛虛榮的，怕也就她一個吧？

想起媳婦說著以後要留在京城，就這麼一點銀子、兩間鋪子，也不夠一家人一輩子過日子。這裡畢竟不是靠山屯，而且他們還有責任要承擔的。

想到此，肖正軒問她。「媳婦，我們幾個兄弟商量了一下，除了師傅給的銀子外，我們這些年來自己都還有一些，想用這銀子在京城附近買兩間莊子，專門租給以前手下的傷兵耕種。這幫兄弟有的已沒了家，也沒地方去，都是多年的兄弟，所以……」

林語意外地看著他。「朝廷難道就不管這幫人了？」

肖正軒解釋說：「也不是朝廷不管，我們都是師傅手下的兵，一直以來都是由師傅管理的。這次解散之後，願意留下的繼續留下，願意解甲歸田的，每人都按功勞和年限給了銀子，可畢竟人太多，不可能拿著這點銀子就能過一輩子。」

林語想了想，也對。「那這群人有多少呀？」

肖正軒見媳婦擔心的樣子，補充說：「有職位的基本上都回鄉娶妻生子了，留下的是那群老家無人、身子不健全的人，大約有一、兩千人。」

啊？這麼多人？

「那相公你是說，想買兩間莊子，安排他們租種我們的地，這樣也可以讓他們安定下來了？」林語明白了肖正軒的想法。

「嗯，我是這樣想的，用幾千兩銀子買兩間大點的莊子，然後我們這兩間鋪子就用來做糧油店，專門用來銷售咱們自己莊子裡的產物。我們的地本就是免賦稅的，這樣我們一家的人日子也就好過了。」肖正軒說出了自己的打算。

林語沒有接話。種糧食固然是最傳統的保障，可這古代種田的收入太低，一畝地的一年收成全部賣出去，也掙不了五兩銀子，何況還要成本？

肖正軒見她不說話，以為林語有什麼意見，不安地說：「媳婦，我只是跟妳商量罷了，妳要是不同意，我們再想想法子。」

林語拍拍肖正軒的手。「我不是不同意，而是有另外的打算。你這群兄弟都是跟你同生共死的，我知道你們不會放著他們不管的。俗話說，世上三種最鐵的關係，一起扛過槍，一起分過贓，一起嫖過娼，我哪能不理解你們之間的感情？不過光是種田的日子不會太富裕，我有一個想法，只是還不完全，等我仔細思量好了，再跟你說。」

肖正軒彷彿鬆了口氣又覺得自己小心眼，難為情地說：「媳婦，妳別生氣，我剛才想錯妳了。不過，媳婦，我跟妳發誓，我真沒有和他們一塊兒嫖過娼。」

林語故意忽略後面一句，狠狠瞪了他一眼。「我就是個這麼小心眼的人？竟敢這麼想我，晚上罰你跟兒子睡覺去。」

「媳婦，妳不能這樣處罰人的。」

「那你說怎麼處罰？」

「罰我晚上給媳婦全身按摩。」

「想得美……」

想起昨晚的瘋狂，林語有點要殺人的衝動。這男人也太猛了，如果不是自己叫停，是不是準備做一整晚？

此時太陽已曬窗臺了，她全身一點力氣都沒有，腦子完全癱瘓。

肖正軒推門進來，看到床上的媳婦，心中無比舒暢。「媳婦，妳醒了？相公給妳穿衣服？」

林語坐起來，拎著衣服輕輕扔在肖正軒那張得意的臉上。「壞人。」

肖正軒坐下來，連人帶被子地抱起她坐在腿上。「乖，起床，兒子剛才在問什麼時候娘親能醒來呢，他早上跟我練了好一會兒的功呢！媳婦，咱們兒子真聰明，才五歲的年紀，可他的身法比十歲的孩子還靈敏。」

林語邊抬手穿衣服邊得意地回答。「那當然，你也不看看是誰的兒子？三歲不到，大叔就開始教他功夫了，雖然學的只是基礎，可他學得有模有樣，比起葉清來也差不了多少。」

肖正軒禁不住在她得意的臉上親了一下。「我媳婦真能幹，把兒子養得這麼好。以後我們多生幾個，一塊兒教他們學武藝，這個家就更熱鬧了。」

林語噘著嘴說：「你還覺得咱們家太冷清了嗎？你看看你那幫師兄弟，把咱們家都當菜園子了呢，要是再熱鬧的話，這園子都要給他們掀了。」

肖正軒知道林語是個嘴硬心軟的人，笑著說：「不怕，要是咱們兒子們掀的，我這個當爹的來修。要是我那些師兄弟掀的，媳婦可別手軟，他們手上的銀子不比我們少。」

林語瞪著大大的眼，不相信地看著肖正軒。「相公是說讓我使勁地敲詐嗎？」

肖正軒拉拉她的袖子笑著說：「咱們可不是敲詐，是讓他們照價賠償。這園子是媳婦自己出銀子造的，造價多少，還不是妳說了算？他們要是敢不出錢，就告訴師傅去。」

林語這才發現，看男人要是只看表面，那就是吃一輩子的虧。

想起自己的計劃，林語奸笑得像隻小狐狸似地說：「相公，那早日讓你的那些師兄弟來我們家一趟，我有個計劃，可以讓你們那些沒有老家的兄弟過上好日子。」

肖正軒驚喜地問：「媳婦，妳說的可是真的？」

林語肯定地點頭說：「當然是真的。不過他們會不會和我們一塊兒做，就先問問你們這幾個師兄弟吧，要是他們也來湊股，那就不怕生意做不大了。」

肖正軒的心情立即亢奮起來。「媳婦，一會兒我就讓人送信給兄弟們！」

軒轅博這陣子都住在城內，事情結束了，他才回到林家院子，因為他不想讓這院子被那個人知道。

「咦，大叔，您神出鬼沒這麼久沒見人，怎麼今天想起回家了？」林語看軒轅博一臉疲倦，知曉他心裡那份難過，故意打趣緩和氣氛。

果然軒轅博雙眼一瞪。「臭丫頭，有了相公就不要大叔了？應該飛奔過來說：大叔，丫頭想死你了！這才對，知道不？」

壯壯聞聲從屋裡奔出。「師爺爺，壯壯可想您了！」

軒轅博哈哈大笑。「來，我的乖孫兒，給師爺爺抱抱。」

趙恒之與軒轅憐夢從屋內出來，準備出門，看到一臉笑意的師傅，也開心地走了過來。

「徒兒見過師傅。」

「女兒見過爹爹。」

本來還笑個不停的軒轅博，頭一次看到軒轅憐夢乖巧地與趙恒之站在一塊兒，他狐疑地看著端茶過來的林語問：「語丫頭，這兩人吃錯藥了？怎麼會這麼好好地站在一塊兒？」

林語對這問話翻了幾下白眼，也只得無奈地回答。「大叔，他們是夫妻，不好好站一塊兒，難道好好站兩塊？」

軒轅博瞪她一眼。「妳就知道亂解我意。」

趙恒之求救似地看著軒轅博。「師傅，我們兩個本來就好好的。」

軒轅博放下壯壯，坐下說：「你們這是準備出門？」

「嗯，二嫂說想要置辦幾間莊子，把山莊裡那幫人遷過來。」趙恒之立即說出他們的打算。

「喔？語丫頭是說要把山莊那幫老弱病殘的老兵安置過來？」軒轅博驚奇地問。

林語微笑著說：「大叔，不是我想，是你徒弟想。反正嫁雞隨雞、嫁狗隨狗，嫁隻野雞滿山走，他想做什麼，我也只能跟著他做了。」

軒轅博故意大聲反問：「妳是說我徒弟是隻野雞？這世上有這麼大的野雞嗎？妳這丫頭，竟然不尊敬相公，看我讓他怎麼收拾妳。不過，你們有沒有具體的打算？」

林語笑著告訴他。「還在想，是有一個想法，只是不知行不行得通，想要等大叔和眾兄弟過來商討過後才能確定。相公發信通知他們了，還說明天就要去找您呢。」

林語的聰慧和賢慧讓軒轅博覺得很窩心。「好，那等他們來了，我們一塊兒想辦法。有語丫頭支持軒兒，他真是好福氣。憐兒，以後多與語兒學學，要怎麼做才算是個真女人。」

軒轅憐夢雖然固執任性，可她最怕的就是軒轅博，聽親爹這麼一誇獎林語，她不管是不是真心佩服，還是認真地點了頭。「是。爹爹，憐兒知道怎麼做了，那我們先走了。」

第七十八章

等趙恒之與軒轅憐夢走後，軒轅博坐在山梨樹下深嘆一聲。「語丫頭，還是妳這院子好。」

壯壯與燈燈在一邊玩著石子，林語抱著妞妞笑著說：「師傅，要不你也在我旁邊買個院子住下算了？」

「不要，我不要一個人住到別的院子裡，這裡熱鬧。」

軒轅博英雄一世，到老了，才發覺平凡真好。

林語打趣說：「要熱鬧還不容易？大叔，你今年才剛五十三吧？還真是壯年呢，娶個夫人進來，生一大堆兒女，要多熱鬧有多熱鬧。」

「臭丫頭想挨揍是不是？老夫一把年紀還娶夫人？生個兒子比我乖孫還小？虧妳說得出口。我還是跟著你們住好，軒兒是我的徒弟，一日為師終身為父，懂嗎？」軒轅博瞪著林語假意教訓。

林語知道玩笑不能開過分，立即狗腿似地說：「是是是，大叔您老人家就是我們的再生父母，您就是想撇開我們，我們也拖著不讓您走。」

「這還差不多。有這麼一幫的徒兒和徒孫，我軒轅博哪裡會孤獨？」軒轅博長長呼出一口氣，似對自己、又似對林語這麼說。

他心中所想，林語有點瞭解。「大叔，不管哪代明君，都不能容得一隻猛虎睡在枕邊，何況大叔是比猛虎還要勇猛的人。退一步海闊天空，人生短短幾十年，身體健康、心情開朗才算是過了有意義的好日子。」

軒轅博聽了林語的話，認同地說：「妳這丫頭，腦子裡的東西也不知是從哪兒來的。不過妳說的對，大叔不如妳小小年紀想得透，人生苦短，開心快樂過日子才是真重要。」

林語略有深意地說：「大叔，也許不久你就沒空再多想了。」

「難道有什麼大事？」軒轅博驚訝地問。

「當然是大事，人命關天，大叔能說不是大事嗎？」林語忍住笑說。

「啊？哪來的什麼人命關天的大事？」軒轅博更加驚訝。當他發現林語憋不住的笑意，伸手拍了她一掌。「臭丫頭，又開始誆大叔不成？」

林語一本正經地說：「姪女怎敢誆大叔？三弟和弟妹琴瑟和諧、日夜恩愛，姪女相信不久之後，大叔又要當外公了，這不是人命關天的大事？」

「呸！臭丫頭，我就知道妳鬼點子多。恒之與憐兒日夜恩愛，難道妳與軒兒不是一樣？哼，還不如妳早點給壯壯添個弟弟妹妹呢！」軒轅博沒好氣地又給了林語輕輕一下。

正在一邊玩的壯壯聽到軒轅博提到他，立即跑過來說：「師爺爺，我娘親昨天沒起床，我爹爹說在給壯壯生小弟弟呢！」

林語終於臉紅了。

「哈哈哈……我的徒兒就是好樣的。妳這臭丫頭，只有軒兒才治得了妳。」

十天後。

葉蝶攔在門口，不讓幾人進來。「我姑姑這院子太小，馬不許牽進來。」

唐瑞指著慕容楓的馬車，不服氣。「妳這小氣的丫頭，年前的事還斤斤計較？我大師兄的馬車都能進，為什麼我的馬就不能進了？」

葉蝶淡淡地說：「不是你的馬不能進，是你們的馬都不能進。剛才慕容叔叔的車裡因為有家眷，所以才讓他進來的，你們要是都有家眷，那我也放行。」

這個牙尖嘴利的丫頭！唐瑞氣得直瞪她。「妳是故意的？」

葉蝶針鋒相對。「我還是有意的，你跟我姑姑告狀去呀！四叔、五叔，院子確實太小，要請你們兩人去寄了馬再來，蝶兒一定給你們把房間打掃得乾乾淨淨。」

陳爭含笑搖搖頭，看著眼前怒火中燒的六弟，不過他也知道確實是二師兄這院子太小，自己師兄弟這三匹馬要是牽進去，定會讓院子裡擁擠不堪。於是他勸唐瑞。「老六，蝶兒沒說錯，我們還是先找個客棧把馬寄存了再來。」

唐瑞不樂意地說：「四哥，晚上我不想去住客棧。」

葉蝶冷嘲熱諷。「不想住客棧，那就回你自己家去，我們家可住不下這麼多人。」

今天本就起得遲的林語還沒吃完早飯，慕容楓一家就進了門，弄得林語手腳都來不及，只得匆匆放下碗筷接待他們。

剛剛上茶，就聽著門外鬧烘烘的，林語對著慕容楓一家搖頭淡笑。「大嫂可別笑話，蝶兒這小丫頭可被我給慣壞了，她跟老六有過節呢，看來是把他們三兄弟的馬攔在門外了。」

慕容楓的夫人陳戀意等林語話音一落，立即雙眼冒光、語出驚人。「弟妹，妳是說老六跟妳家小姪女糾纏上了？」

那明白就是想說兩人有姦情的話，讓林語一頭黑線，看來肖正軒的形容還差得太多了。

看林語訕紅了臉，慕容楓知道自己媳婦的直性子讓她尷尬了，他立即道歉。「弟妹，意兒她沒有別的意思，平時與幾位師弟相處慣了，所以說話也就隨意了點，但絕對沒有誣衊蝶兒的意思。」

陳戀意立即發現自己說錯話，上前拉著林語的雙手說：「對不起，弟妹，可別在意我的話。剛才我真的沒有別的意思，只是驚訝於沈穩的老六竟然會跟一個小丫頭對上。他以前對女子可是個不屑一顧的人，所以我才……」

對陳戀意的性格，林語早從肖正軒的描述中瞭解得七七八八。當初她還嚇了一跳，以為陳戀意也跟她一樣，是個穿越來的呢！

看來是肖正軒不會描述了，陳戀意根本是古代一朵奇葩。不過這種性子的人好相處。

看出了慕容楓夫婦不自在，林語笑著說：「大嫂，我哪有這麼小氣？何況剛才妳也只是表現驚訝而已，又不是說蝶兒的不是。上次六弟來得罪她了，這下她在報仇吧？咱們不管他們年輕人的事，這兩位是你們的公子吧？好俊秀的兩個孩子。」林語誇獎坐在慕容楓夫婦身邊的兩個男孩。

見林語問起自己的愛子，陳巒意得意地說：「好，弟妹這個性子我很喜歡。不過妳可別誇獎這兩人了，這可是兩個呆小子。磊兒、燁兒，這是你們二嬸，以後她會給你們生媳婦，快快去給二嬸行個禮。」

陳巒意這跳脫的性子，讓身為現代人的林語也自愧不如。

慕容懷磊、慕容懷燁聽了娘親的話，立即站起來行禮。「磊兒、燁兒見過二叔二嬸。」

這彬彬有禮的兩兄弟，林語很是喜歡。她笑著拉起兩人說：「磊兒、燁兒真是兩個乖孩子，一會兒壯壯弟弟回來了，陪你們一塊兒玩。」

這邊坐定喝了許久的茶，肖正軒的另外三個兄弟才進得門來。

唐瑞一進門就很憋屈地朝肖正軒埋怨。「二哥，你家那小丫頭也太厲害了。明明這院子很大，偏偏說我們的馬進來了就會擠，她這是存心為難我們三兄弟。」

陳爭不服氣地說：「六弟，蝶兒明明是為難你呢，我們只是被連累了。」

眾人重新坐定，葉蝶泡茶過來，聽到唐瑞的不滿，她見這麼多長輩都在，也不好意思開口，只是偷偷瞪了唐瑞一眼，才說：「姑姑，嬸嬸跟叔叔去買菜了，蝶兒下去照看弟弟妹妹。」

有葉蝶在，林語就不擔心小孩子。「蝶兒，先去地窖裡拿些沙果和冬棗出來給弟弟們吃，然後帶他們到園子邊上玩彈弓和小箭，不過要交代他們不能對著人射。」

葉蝶躬身退去。「姑姑，我知道了。」

看著文氣秀雅的葉蝶，陳戀意故意大聲調笑唐瑞。「六弟，聽說你把這小姑娘給得罪了？這麼好的小姑娘都能得罪，你可真有本事。」

唐瑞紅著臉，懊惱地叫。「大哥，你也不管管大嫂？」

慕容楓好整以暇地說：「我媳婦用得著管嗎？她哪裡說錯了？我們進來時，葉蝶可是熱情好客得很呢，誰教你得罪那小美人的，還讓老四老五跟著你遭殃，還不知道反省自己，卻怪你大嫂？」

陳戀意臉上的得意看得唐瑞心中很惱火，他在心裡暗暗罵著：那個臭丫頭，真是個小氣鬼！

陳爭心裡正埋怨唐瑞，聽到大嫂調笑他，也跟著調笑起唐瑞來。「就是，要不是六弟，要不然我與五弟哪裡用得著走路到這裡？」

唐瑞沒好氣地說：「你不用走路進來，難道你這兩條腿是生著好看的？一個大男人，走了這幾步路就這麼囉嗦，我看你要比師姊還囉嗦了。」

唐瑞突然說起軒轅憐夢，陳戀意這才想起她。她好奇地問坐在一側沒出聲的趙恒之。

「老三，憐夢呢？」

趙恒之紅著臉低頭，半天才嚅嚅嘴，說出幾個字。「她還在睡。」

「啊？還在睡？難道昨天晚上她去做賊了不成？」陳戀意那驚訝的表情，讓趙恒之的臉更加通紅。

這一下，眾人更加好奇，特別是陳戀意的臉上，那種好奇就更不一般了。

看大嫂要追根究柢，為了不讓三弟難堪，肖正軒看軒轅博到了，立即清清嗓子說：「兄弟們來得正好。這次寄信讓你們來，是我與媳婦有個想法，想與師傅和兄弟們說。當然這只是我們的想法，要是大家覺得不合適，可以把自己的想法說出來。」

肖正軒去信的時候，就簡單說明了請眾人來的目的，慕容楓首先開口。「二弟，我們在山莊的最後幾天也一直在想，山莊裡沒了田地也不能再住這麼多人了，那些兄弟要怎麼辦呢？你快說說有什麼想法。」

肖正軒示意林語開口。林語笑笑說：「其實也不是什麼好想法。相公跟我說過他的打算，原來也是很好的法子，可是那法子要守成還行，開拓卻不可取。這些人大多數是沒有成親的兄弟，如果只靠種點田地，自己過日子是行，要是想成家立業的話，那樣日子卻不會太好過。」

慕容楓點點頭說：「弟妹說的確實在理，妳把妳的法子說說看。」

林語接著說：「我的法子麼，還是接著種地，只是種的東西不一樣。」

唐瑞心急。「那種什麼？又不能種銀子。」

林語沒理唐瑞的諷刺，平靜地把自己的想法說了出來。「我想讓他們種藥材。」

種藥材？

眾人眼中一亮，慕容楓急忙說：「弟妹，這藥材真的能種？」

林語點點頭。「當然能種。只要掌握藥材的不同藥性，跟種蘿蔔白菜哪裡不一樣？但是我們種的藥材不直接拿來賣。」

眾人翻翻白眼。種藥材跟種蘿蔔白菜一樣？這女子真會種藥材嗎？可一聽她又說種的藥材不直接拿去賣，疑惑不解地同問：「藥材種來不賣，那用來做什麼？」

看著眾人不明白的神情，林語淡淡一笑。「做成藥。就是做成那種能夠不煎服就直接泡開來喝，或直接下肚的成藥。」

林語話音一落，慕容楓就急切地說：「弟妹，再說、再說。」

她又笑笑，說：「你們各人在城裡都有兩間店鋪，而且鋪面不小，我們就在這京城裡東西南北開上十幾家藥鋪，既看病又賣藥。但是你們目前還在上頭的監控之下，弄得太大了，那兒定不放心。反正你們之中有不少人懂岐黃之術，咱們就做些造福為民的事，他總得放心了吧？

「而且藥店開了之後，每個月逢五或逢十，免費坐堂，不收診斷費，為貧困百姓看病；碰上真正的窮人看病，咱們也只收成本藥價，是真正地做好事。當然這請坐堂大夫的事，就得由你們各位兄弟去解決了。」

陳爭心中有疑慮。「二嫂，妳說的這法子確實是好，師傅解散這山莊也是不想我們兄弟再涉及朝堂。可在京城過日子，這麼一點家底確實也養不了一大家人，如果真的能照二嫂所說的開藥鋪，這樣的藥鋪子我從來沒聽過，那藥材如何才能變成可直接飲用的成藥呢？」

林語看了眾人一眼才道：「這藥材要製成直接飲用的成藥，我知道怎麼做，而且我會製作的成藥不下十種。只是製作起來不容易不說，要是城內多鋪連開，藥量就不好說了。所以，我得帶出一批弟子，而幫忙製藥的人就從你們那群兄弟中挑出一、兩百個靠得住的來幫忙。」

這聞所未聞的經營方式經過林語的詳細說明，大家聽了更興奮。突然，唐瑞問到關鍵。「這製藥的法子從何而來？」

軒轅博瞪了他一眼說：「你管它從哪兒來？就你愛追問個沒完沒了。」

唐瑞委屈地說：「師傅，徒兒也只是問問罷了。」

林語見眾人也似乎有疑慮的樣子，於是笑笑說：「我外祖家祖上有一本秘方，本是傳男不傳女的，因為外家沒有男兒，所以我娘手中就有一本，這東西正在我手上。」

一語驚動四方，眾人一聽，立即站起來，慕容楓代表大家感激地說：「感激之言我不多說，就此代表山莊那幫兄弟謝謝弟妹的大恩大德。有了妳這掙銀子的法子，那些無根無底的兄弟們就有了依靠。」

林語謙虛地說：「客氣了。不過有一事要請兄弟們保密，就是這秘方之事切切不可外傳。要是被有心人得知，怕是會引來禍事。人吃五穀雜糧，避不開生老病死，成藥要真的做得成，利潤定會讓人眼紅。」

肖正軒再三補充。「現在我們眾兄弟都是普通百姓，這東西要真是讓那些權貴覬覦，就算不會丟了性命，也會給大家帶來天大的麻煩，所以今天特意請兄弟們到家裡來敘。」

知道肖氏夫婦說的是事實，慕容楓拱手說：「二弟和弟妹儘管放心，這事就爛在我們幾個人的肚子裡了。大家都是同生共死的兄弟，這點利害，我想都知道的。以前的活計都被上頭控制了，有了這些活命的法子，那是弟妹對兄弟的大恩大德。」

都是軍營裡出來的漢子，林語知道他們一諾千金。她點點頭說：「那我們分工一下，到開店時日還太遠，現在要先把前期工作做好才行。」

慕容楓帶頭說：「行，弟妹有什麼打算儘管吩咐，我們兄弟各自分頭行動就是了。」

「慢著！」一直坐著沒吭聲的軒轅博開了口。

第七十九章

一同看向師傅的幾張臉龐滿是不解，慕容楓帶頭問：「師傅，您老有話？」

軒轅博看著幾位弟子，只說了一句。「店鋪不要都開在京城，這裡也不要開得太多。莊子更不要都買在這裡，你們都是戰場下來的人，難道狡兔三窟的道理還要為師交代？」

眾人心中一沈。難道這事還沒完？

慕容楓一聽，立即正容。「師傅您是說，京城裡不安全？」

「最好找個山高路遠的地方，就算是天下要亂，也不容易波及。別的事我不摻和，你們自己看著辦。」

眾人一聽，立即會意。「是，師傅，弟子明白。」

等軒轅博出去後，眾人坐下，慕容楓看向林語，重新問：「弟妹，按師傅的意思，那我們把這數量減少一半，妳看可成？」

看慕容楓這麼恭敬，林語難為情。「這事不用問我，大叔怎麼說，我們怎麼做。還有就是前期這些事，我就不摻和了，我和相公先試煉藥物好了，別的就讓相公跟你們詳細說，我去看看哥哥嫂嫂買菜回來了沒有。」

陳戀意對這些生意上的事也沒有興趣，見林語要出去，她立即說：「弟妹，我也跟妳去院子裡轉轉。這些是男人們的事，我不摻和。」

林語會意地笑著說：「大嫂，去我家的園子裡看看吧，今年種下的蔬菜長得可好了。」

慕容楓對著三個死活不願意為了自由而成親的師弟們說：「這下羨慕了吧？叫你們成親好像要趕你們上架似的，你看我們的媳婦多好，又聰明又不多管閒事。」

陳爭不服氣地說：「大哥，你跟二哥是運氣好，能娶到這麼好的媳婦。要是跟三哥一樣娶了師姊，我打死也不想成親。」

趙恒之被點名，他想起這幾天的軒轅憐夢，看著陳爭分辯說：「你三嫂哪裡就不好了？好不好只有我這個當相公的才能評論，你們知道個什麼？」

太陽打西邊出來了？趙恒之這一辯解，四雙眼睛齊齊驚訝地看著他。「你媳婦好？三哥，莫不是這天要變了吧？」

趙恒之瞪了他們幾個一眼。「好不好由我說了算。我媳婦好，就要變天了，大嫂二嫂好，難道就是應該的？」

這下，眾人滿是疑惑的眼睛轉向了肖正軒。「二哥，你能說說這是什麼情況？」

肖正軒看著最起勁的唐瑞，笑罵他。「你管三哥與三嫂什麼情況呢！你們想要知道什麼情況，自己娶個媳婦試試不就知道了？」

陳爭一臉嫌棄的樣子。「娶個成天打打鬧鬧、蠻不講理的媳婦，還不如一個人來得舒服。」

唐瑞也想贊成陳爭，可不知道為什麼，眼前突然浮現出葉蝶那張神氣的小臉，嘴唇動了一下，便閉上了。

不管男人們在商討什麼，林語帶著陳戀意到了園子邊。看著幾個玩得不亦樂乎的孩子，陳戀意興奮地說：「弟妹，妳這院子看似不大，還真是五臟俱全得很呢，連練功場都有了？」

林語笑著說：「大嫂，妳不覺得我這兒就是個破院子？」

陳戀意一愣，隨即會意過來。「破院子？是她說的吧？在她的眼中，除了她最好，別的什麼人和事都是沒有用的。」

林語笑著搖頭。「那性子還真虧得三弟忍受了。要我是個男子，早把她休到天外去了。」

陳戀意跟軒轅憐夢始終很生疏，她知道軒轅憐夢一直覬覦自己的相公，可是她更知道幾個男人和師妹的牽扯。所以在這件事情上，她從不在自己的相公面前發表什麼意見。

不說什麼不代表陳戀意不瞭解軒轅憐夢，聽林語直接表達自己對軒轅憐夢的無奈，陳戀意想起趙恒之，好奇地問：「弟妹，妳快說說，這段日子他們夫妻都在妳這兒住著，是不是出了什麼新奇的事？」

林語不好意思把自己夫婦設計別人的事當功績來說。她難為情地搖搖頭說：「大嫂，沒什麼事。」

陳戀意知道一定有事，故意裝出生氣的樣子說：「我們的相公都是比親兄弟還親的人，我還把妳當親弟妹，可是妳很不痛快。」

陳戀意這種來得快也去得快的脾氣，讓林語也不好意思再捂著，於是簡單地把她的計劃與陳戀意說了。

聽完，陳戀意笑得彎了腰。「弟妹，我相公常說我是隻小狐狸，可我覺得妳比我更甚。妳這主意出得好，真得有人給她下道猛藥，要不然她還不知道這世上有的是女人。」

林語嘿嘿直樂。「當時她氣得跳腳，可死活不承認自己吃醋了。後來我跟她說了，要是她真的不喜歡三弟，還是放手算了，這樣相看兩相厭的日子過得沒意思。我還說這琳姑姑確實是個不錯的，三弟娶了她，定能過上安心的日子。」

陳戀意接著追問：「那後來呢？後來怎麼樣了？」

林語笑著眨眼說：「後來，後來不就老睡懶覺唄？」

「哈哈哈，弟妹妳太厲害了。這老四、老五、老六死活不願意成親，妳也給想個法子，讓他們娶了媳婦自己過日子去，也省得成天在這兩個哥哥家蹭吃蹭喝。」

陳戀意話音一落，林語頓時壓力大了。「大嫂，牛不喝水，真的能強按牛頭去喝水？」

陳戀意笑著說：「那我們讓他們想喝水不就成了？妳說讓他們天天看到那甜滋滋的水，能不口乾？」

林語搖頭大笑。「大嫂可真聰明。請君入甕的法子對付這幾個人，也許還真能成功。」

幾個正在廳堂裡議事的男子，聽到院子裡爽朗的大笑，不由得發抖。這兩個女人定是想出了什麼鬼主意了……

事情有了著落，大家心情也活躍起來。

今年的春闈，陳爭也下場試了下自己的水準，中了三甲，只是沒來得及慶祝，因為山莊有急事，他看過放榜就走了。

大事商定後，眾兄弟的心中大石頭也放下了，陳爭嚷著要補上兄弟們的慶祝。

想起與陳戀意的計劃，林語爽快地答應帶大家去茶樓幫他慶祝。

陳爭一聽，雙眼發亮。「二嫂，茶樓裡有什麼新節目出來？」

林語想了想才問他。「你想看什麼節目？」

陳爭老實搖頭。「我對這個還真的研究不多，不過你們那茶樓的歌很好聽，還有那些什麼小品，很有意思。」

唐瑞也來勁了。「那小品我也喜歡，還有對唱的歌通俗易懂，讓人一聽就明白，我更喜歡。」

林語暗中得意地嘴角高揚。

見眾人看向她，林語笑著說：「是有幾齣新的節目和幾首新歌，可你們喜不喜歡，我不能保證。這節目還沒上過，明天我就讓敏娘上一齣最新節目，算是我夫婦二人對你的恭賀吧。」

眾人一聽大喜。這金錦茶樓的節目在京城裡，沒有幾個人不喜歡的，如果不是茶樓的價格有點高的話，每天的人潮定能把這茶樓擠爆。

因為茶樓最忙的時候是午飯前，所以林語把時間定在了上午。

時辰還早，茶樓裡沒什麼人，金宇成也早早來了，看一群人進了門，立即熱情招呼。「妹子，快請大家到清韻廳坐，敏姑娘已在那兒等你們。」

江麗敏是茶樓請來的琴師兼歌者。據說她是犯罪官家的嫡小姐，從小許配於表哥，未成親前，未婚夫去了，祖父要求她守節，因此年近三十一直守在娘家。其父與反王有牽連，五年前，男丁被斬首，女眷被發賣。

當時的她被賣進了金家，金宇成發現她知書達禮、琴棋書畫樣樣拿手，就讓她做了自己女兒的女夫子。

前年開茶樓，林語提出想法之後，江麗敏就成了茶樓的總琴師，外加茶樓歌舞的負責人。

平時她從來不登臺表演，也不拋頭露面，只有林語來了，她才會主動出來見她。所以，今天林語有客要來，想讓茶樓上一齣最新的戲，江麗敏才早早在樓裡等著。

看到金宇成這麼早就過來，手裡還忙著擺布吃食，林語很是感激。「大哥，不用這麼客氣，這裡都是你妹夫的兄弟，你可是大舅兄呢，哪裡能做這小二的活計？」

金宇成哈哈大笑。「這麼一大幫親戚上了樓，做兄長的自然要給妹妹面子。大家快快請進，昨天敏娘接了妳的信兒後，把一幫孩子們操練到三更天。」

林語一聽，頓時臉紅了。「大哥，妹子是不是有點過分？她們今天看到我，會不會埋怨我？」

金宇成邊走邊笑話她。「她們歡喜都還來不及呢。能報答妳一下，她們個個可都著勁在等著。」

陳巒意一臉羨慕地看向林語。「弟妹，這就是妳的結義大哥？他還真大方，聽說這茶樓的生意好得不行，今天竟然為了妳的安排特意空下來。」

林語笑著玩笑。「沒辦法，誰教他這麼不走運，搭上這麼一個強硬的妹子呢？他要敢小氣，他妹夫能饒了他？」

說笑間，一行人來到了最大、最好的包廂，包廂裡正好可放兩桌，桌子和椅子都是林語根據現代設計改造的，坐著很是舒服。

正在臺上的江麗敏看到林語與金宇成來了，立即走近，與大家見過面後才問：「林語，節目什麼時候開始？」

因為來這兒就是為了吃小吃、看表演，大家都還餓著肚子，因此林語笑著說：「敏姊，讓姑娘們送些吃食來，我們都還沒吃早飯呢。」

金宇成聞言立即拍了拍手，不一會兒，十位姑娘魚貫而入，每人手上一大盤吃食放在眾人眼前。

張志明看到熱騰騰的小籠包和奶白色的蘿蔔高湯，雙眼都亮了。「這個我要吃一整籠。」

壯壯故意跟他搶。「如琴姊姊，這個是小壯壯要吃的！」

如琴看著小壯壯故意說：「那不行，這個可是別人先點的。」

張志明哈哈大笑。「臭壯壯，竟然跟五叔搶吃的，還是這個小姑娘明事理，還知道個先來後到，比你這小傢伙好多了。」

小壯壯眼珠一轉，哇一聲哭了。「如琴姊姊最壞了，定是看到我五叔長得好看，才不給壯壯吃小籠包！」

一句似哭似打趣的話頓時讓如琴臉色通紅，她俏臉一擰。「壞壯壯，就會拿姊姊開玩笑。」

兩年多前，林語讓江麗敏找了十個小姑娘，這十個小姑娘都只簽了合約，沒簽賣身契，因此在小壯壯面前，都是姊姊。

雖然當時金家不大贊成，可經過林語勸解，才同意與每個人簽下十年的約定。不過約定很是苛刻，大大約束了十個小姑娘的自由。

小壯壯才不理如琴臉紅了，他指著張志明眼前的小籠包對他說：「五叔，要是你把這籠小籠包給壯壯，那壯壯就把如琴姊姊給你做媳婦兒。」

壯壯的豪言壯語一出，眾人全都過來看戲。陳爭更是起勁說：「老五，快把小籠包給壯壯，這一籠小籠包換個美人兒，太划算了！」

老實的張志明這下還真不知道怎麼辦。不給壯壯小籠包，小姑娘會以為自己瞧不起她；要是把小籠包給了壯壯，那不是說自己想要這小姑娘？

如琴這下小臉脹得更紅了，她小腳一跺。「臭壯壯，你再要亂說，看我還帶不帶你去玩飛鏢？」

如琴在節目中大多扮演小生，玩飛鏢、耍刀劍、翻跟斗都在行，小壯壯來茶樓最喜歡跟著她混。

眾人想瞧壯壯怎麼辦，於是都憋住笑看著他。哪知小壯壯眼一翻，語出驚人。「如琴姊姊，壯壯沒有亂說，我五叔很好，妳也很好，要是妳給他當媳婦了，他就不會老賴在我家裡搶我的小籠包吃了。」

「哈哈哈……小壯壯，你太有才了！」

如琴的臉紅得快黑了。她把盤中的東西擺好後，不服氣地瞪了小傢伙一眼，轉身離開之前，生氣地說：「壯壯，下次你去整那死胖子，我再也不幫你了！」

小壯壯豪情滿懷。「如琴姊姊，下次我帶妳兒子去整那胖子，我看妳跟還是不跟。」

這一下更是讓眾人跌倒。原來這小傢伙想到這麼遠去了。

坐在壯壯身邊的陳爭故意不平地說：「壯壯，四叔還沒成親呢，你為什麼不給四叔找個媳婦呀？」

壯壯邊吃張志明分過來的小籠包，滿嘴流油地說：「四叔，你都這麼老了，難道你想吃我如琴姊姊的嫩草嗎？」

陳爭一頭黑線。這孩子也太早熟了吧？他故意一臉不服氣地說：「我才二十五，怎麼就老了？再說你五叔也就比我小一歲，他吃得，我怎麼就吃不得了？還有，你爹比你娘也大了不少，你怎麼不說你爹老牛吃嫩草？」

哪知壯壯放下筷子，大義凜然地說：「我爹爹吃嫩草的時候，我不是沒看到嗎？」

「噗！」

「哈！」

「嘿嘿！」

頓時，滿廳各式笑聲頓起。

壯壯見自己被笑了，也不明白這有什麼好笑的，於是他爬下桌子，走到慕容楓兩個兒子的身邊說：「磊哥哥、燁哥哥，壯壯跟你們坐在一塊兒好了，這群老頭子真是煩人。」

陳爭則看向林語問：「二嫂，剛才那姑娘是你們樓裡的丫頭？」

林語明白陳爭的意思，嚴肅地說：「如琴可不是丫頭，她是我們茶樓裡的臺柱子，沒賣身的。人家可是正經好人家的姑娘，這一身能耐也是祖傳下來的，你別把她當作小丫頭看。」

陳戀意眼珠一轉，故意問：「弟妹，那小姑娘真的有本事？妳不是故意吹牛的吧？」

林語看著正在擺臺、馬上要演出的如琴，瞪了陳戀意一眼才說：「有沒有本事，我不好說。她馬上要出場了，妳自己看吧。」

話音一落，樂曲頓起，優美的過門立即吸引了眾人的耳朵。

只見如琴一身小生打扮，如紅好似大家閨秀，坐在一艘假船上，朱唇輕啟。「妹妹我坐船頭，哥哥你岸上走，恩恩愛愛纖繩蕩悠悠……」

如紅一停，過門起，突然一串嘹亮的歌聲響起。「妹妹妳坐船頭、哥哥我岸上走，恩恩愛愛纖繩蕩悠悠……」

平時這首歌是不會表演的，只有在有錢人包場時才會唱，所以這行人裡除了林語無動於衷之外，其他一個個不是羞赧就是假作正色。

陳爭張著嘴，看著臺上認真演唱的姊妹倆。這麼直白的歌他還是頭一次聽，而如琴的嗓子和唱腔，確實稱得上有本事。

而一旁的林語偷看驚呆的張志明，她推了推一旁的陳戀意，兩人心中主意漸起……

後院的茅廁是林語設計的新式廁所，軒轅博喝多了茶，他晃悠地到了後院，突然，一個影子朝他襲來。

畢竟是將軍王，雙手一擋，砰的一個身影立即在三丈處落下。

一曲唱完，又來了兩首清雅的曲子，可眾人都說不過癮，林語朝敏娘的位置看去，才發現她不在座位上。

如紅是江麗敏的助手，見林語看向師傅的位置，知道她在找人，於是到了她身邊問：「老闆，有何吩咐？」

林語朝她耳語兩句，如紅立即跑了出去。幾分鐘之後，一首小曲又由如琴和另一個姑娘口中吐出，聽得眾人拍手叫好。

正當林語暗笑之時，如紅忽然從後臺奔出，在林語耳邊說了幾句。林語頓時臉色大變。

肖正軒注意到她臉色突變，急忙追問：「媳婦，出什麼大事了？」

第八十章

肖正軒這一聲，把坐得最近的慕容楓夫婦驚擾了，雙雙看著林語問：「弟妹，哪個出事了？」

一屋子的人都在聚精會神地看表演，林語不想讓大家擔心，只是簡單地說：「大師兄、大嫂別擔心，說是敏娘摔倒了，我這就看看去。相公，你輕聲叫上老六到臺後的屋子裡來。」

等肖正軒與唐瑞兩人匆忙趕到後臺的屋子時，看到自己師傅坐在一邊，大吃一驚。「師傅，您也摔倒了？」

軒轅博紅著臉說：「不是我摔倒了，是樓裡的江師傅摔倒了。都怪我，剛才沒看清出手太快，把江師傅給傷著了。」

臉色蒼白、嘴角出血的江麗敏知道軒轅博的來歷，她忍痛地朝大家笑笑說：「咳、咳咳……我、我沒事。剛才是我自己不好，從這後門出去時，不小心摔下去，讓王爺以為有人算計他，不能怪王爺的。」

林語看江麗敏這時還強撐著解釋，趕緊勸解。「敏姊不要說話了，這都是誤會。六弟，你來給敏姊把下脈，她外傷沒事，可能傷及內臟了。」

唐瑞見人是師傅傷的，不管有意無意，覺得應該負起責任，於是走近仔細地為江麗敏把起脈來。

看女子嘴角還在不斷出血，身經百戰的軒轅博知道自己下手不輕，這嬌弱的身子摔了這麼一下，定出大事，他突然於心不忍起來。「瑞兒，不能先給她止血嗎？」

唐瑞放下手解釋。「師傅，我得先把過脈才能知道江師傅傷到哪兒了。我看江師傅是傷到肝肺了，我能馬上給她止血，只是這傷要是沒有好好治療、調養，江師傅一生都得在床上度過了。」

啊？軒轅博和肖正軒吃驚地瞪大雙眼。

林語看著正給江麗敏止血的唐瑞說：「六弟是說，敏姊的傷定得要好好照顧和調養？」

唐瑞扎完針後，點頭說：「是這樣的。這幾天還得小心照顧，要不然病情再惡化，就是神仙也難救了。」

林語想了想才說：「既然六弟這麼說，那你定是有把握治了。江師傅身邊沒有懂得醫理的人，那只能把敏姊接到我們家去了。你們看怎麼樣？」

回程的路上，大家才知道軒轅博把江麗敏打傷了。

軒轅博看著這幫弟子看著自己的神情，爆炸了。「你們這麼看著我做什麼？我又不是故意的！」

眾人嘴角一撇。這越來越不著調的師傅，對於這麼個大美女，是不是故意，我們哪裡知道？

剛從昏睡中醒過來的江麗敏，看著這一群師不像師、徒不像徒的人，頂著一張蒼白的臉笑了。多麼溫暖的師徒，比起自己那個居三品官職又擺足官架子的祖父，這將軍王真的好難讓人想像。

林語揉揉肩膀，進了房間。肖正軒看著累得腰痠背痛的她，心疼地說：「媳婦過來，我給妳揉揉。今天妳累壞了吧？江師傅在咱們家休養的話，一時半會兒怕是好不了了，要不買兩個丫頭進來吧？」

想起自己的計劃，林語眼珠一轉。「明天還是跟大哥說一下，讓如琴來侍候她吧！她們姊妹心思都細，如紅可以幫著打理樓裡的事，如琴力氣大，可以幫著江師傅翻身。」

肖正軒是個完全的老婆奴，自家媳婦說白是黑的，他恐怕都會信。

於是第二天下午，如琴安排好樓裡的事，正式到林家上任。

林家院子確實不大，本來只有三廂的院子，在肖正軒回來後，見自家兄弟都愛住這兒，這才把兩旁的偏屋修整成了一排兩間的正屋。

可這四間屋子剛好被四個師兄弟占了，江麗敏搬進來，林語本想讓葉清與壯壯睡到軒轅博的正廂，但也許是他老人家心中有愧，他大手一揮。「算了，懶得搬來搬去了，反正都在一個院子裡住著，住這廂與那廂有什麼不同？就讓她們兩人住在我那西廂吧！天也熱了，我那屋子高、通氣些，對病人休養有好處。」

軒轅博的話把林語驚得雙眼都快掉出來。大叔會不會太平易近人了？就算人是他意外打傷的，可是他意外傷了的還少嗎？

林語覺得事情怪異，但也不想花心思去猜，指揮人把江麗敏安置在軒轅博的屋子另一端，兩人共用一個廳。

第二天一大早，陳戀意帶著一雙兒子和一個姑娘進了門。「弟妹，江師傅沒事了吧？喔，我給妳介紹一下，這是我表妹朱娟秀，今年要滿十七了。我姨父是京城衙門一個五品官員，我姨母兩年多前沒了，她一直在守孝，平時難得出門，今天我把她帶過來玩玩。」

林語只覺得眼前一亮，這姑娘生得真是漂亮，比起葉蝶不遑多讓。天生細長柳葉眉，微微上翹的濃密眼睫，秀挺的鼻梁，紅潤的小嘴，配得恰當，讓人一眼看去，無一處不美。

等葉蝶與然兒把朱娟秀引去看繡品時，林語朝陳戀意翻了翻白眼。「妳這哪是帶她來玩的？妳是項莊舞劍。」

陳戀意嘿嘿笑。「我這不是看他們兄弟們打光棍，過意不去嗎？我表妹是嫡女，只可惜我姨母只有她這個女兒，所以寶貝著，一直沒讓她訂親，導致她十七歲還沒有放人家。不過我表妹可真的是個美人加才女，琴棋書畫樣樣都拿得出手，配給他們兄弟可不差的，就是不知道哪個有這福分。」

林語更鄙視她。「我還不知道妳在打誰的主意？」

陳戀意更樂了。「哼，我就不相信，這麼一群品貌皆優的美人在他們眼前，他們還能一個個扛得住！」

林語不禁嘴角抽筋。「妳這是把闖蕩江湖的興趣轉成作媒來了？」

陳戀意看看自己的小腹，無奈地說：「我又有了。那個該死的男人，就知道播種。」

「哈哈哈……」林語被陳戀意哀怨的話逗得眼淚都笑出來了。

肖正軒一進門就看到笑得花枝亂顫的媳婦，心中暗暗吃醋。跟師嫂有什麼好開心的事？要笑也得晚上對著他笑才對嘛！

放下手中的東西進了屋子，林語看他回來了，上前問：「咦，相公就回來了？不是說去看莊子嗎？這麼快？」

陳戀意看出了肖正軒眼中的不滿，心中暗笑。這幾個結義兄弟真是奇葩，要不就不願意成親，要不一成親就成了媳婦奴才似的。算了，不影響他們了。陳戀意立即識趣地開口說：「弟妹，我也去看看然兒那丫頭繡的東西。」

看到陳戀意出了門，肖正軒一臉哀怨地看向林語。「媳婦，剛才妳什麼事笑得那麼開心？我可從來沒看到妳笑得這麼開心過。」

這個大男人，對著她才會有這種表情。林語心裡暗暗得意，不過表面還是沒好氣地瞪了他一眼。「這都要吃醋？要是被你們兄弟們聽到了，還不笑話你是個醋桶子才怪。」

肖正軒接過林語遞來的涼開水，邊喝邊說：「他們愛說就說去好了，反正我當作沒聽到。媳婦，妳們剛才在笑什麼？」

她故意睨了他一眼。「就不告訴你。」

晚上進了屋，肖正軒再次好奇問起白天的事，林語這才簡單地把白天的事說了一遍。

肖正軒的臉上五顏六色變得飛快。「媳婦，這下那三個小子可有得受了。」

林語瞇起雙眼說：「我就不相信孫猴子能翻出如來佛的掌心。」

聞言，肖正軒渾身一顫。好在這調皮搗蛋、唯恐天下不亂的女子是自己的媳婦。

看他那避之唯恐不及的表情，林語沒好氣地瞪了他一眼。「你那是什麼表情？好像是我害他們似的。一個個二十幾的小夥子，不想著成家立業，成天在我家打混，要是壯壯跟著有樣學樣了，我還不給氣死？」

肖正軒一把摟過她，討好地說：「是是是，我家媳婦是這世上最好的嫂子，不僅關心小叔子的終身大事，還考慮到子孫後代。不過，我們自己的子孫後代好像還是單薄了點，媳婦，要不今天晚上我們也來造個小人？」

這男人！林語拍了他一掌。「洗澡去吧！」

肖正軒按住她。「妳聞聞，我身上可有澡豆的香味？」

林語瞪大雙眼，不解地問：「你什麼時候洗過澡了？」

肖正軒朝她眨眨眼。「為了節約時間，相公我在院子裡的井邊，用井水認真沖洗過了。」

林語擰了他一把。「雖然是夏天，可氣溫還不高，你竟然敢用井水沖澡？是不是想得風寒？」

肖正軒聽著嘴硬心軟的小嬌妻嘮叨，幸福得一塌糊塗。為了證明自己不會風寒，他抓起腰間的小手往下……

突然，嬌俏白嫩的小臉染上了紅霞，林語羞惱地狠狠打了他一下。

「哎喲，媳婦妳輕點，打壞了，妳就沒有性福可言了。」肖正軒故意哀怨地看向林語，那眼中的曖昧赤裸裸的。

林語難為情地低下頭，想要鬆開手，肖正軒卻低下頭，蹭著她的臉頰低聲要求。「媳婦，大師嫂又有了三個月的身子了，大師兄得意得不行，我就不信比他差了。」

林語哭笑不得。這種事也是可以拿來比較和炫耀？這些男人真應了那句話：男人是用下半身思考的動物！

火熱的夏夜正式開始……

又起遲了。

林語翻身坐在炕上，看著外頭熱辣的太陽懊惱起來。這個男人真是不知吃了什麼，做到三更半夜，又早早沒了身影。

屋裡靜悄悄的，林語洗漱好出了門後，發現這麼大的院子裡竟然沒人似的，男人出門安排事情去了，孩子們呢？

昨天，陳戀意為了實行計劃，還把她表妹留在這兒。還有，本來說好今天開始著手製藥計劃的，這唐瑞留在家裡學技術，該不是因為她睡過頭了，大家都在睡懶覺了吧？

肚子咕嚕咕嚕地開始響了，林語剛要進廚房找飯吃，廚房裡便傳來唐瑞的聲音。

「好蝶兒別生氣了，瑞哥哥又不是故意惹妳生氣的，都這麼久了，我給妳賠了幾次禮了，妳就別再生氣了可好？」

只聽得葉蝶冷哼一聲。「我說唐六叔弄錯稱呼了吧？您可是我姑父的兄弟，可別把身分都忘記了。」

林語悄悄透過門板的縫隙，只見唐瑞一張脹紅了的臉。本以為他定要懊惱地跑了，哪知他聲音更加低柔。「蝶兒，我就比妳大了幾歲，怎麼能叫叔叔呢？叫我瑞哥哥吧，我沒那麼老的。」

葉蝶嗤之以鼻。「你這個老不休，明明是一把年紀還在這兒裝嫩，不是想讓壯壯也叫你哥哥吧？」

一句話把唐瑞堵得說不出話。好久，他才涎著臉說：「妳跟壯壯不能比好不好？妳又不是我二嫂的親姪女，讓妳叫一聲哥哥也不為過吧？反正我不管，以後我就當妳哥哥了。這疋布是我昨天買回來的，妳得給我做幾件衣服。」

葉蝶看著塞在懷裡的布，恨恨地說：「我為什麼要給你做衣服？你倒想得美，強行認我做妹子，我就得給你做衣服？想都不要想！」

唐瑞看著那脹紅的小臉，就想咬上一口。見她終於動怒了，他哈哈笑。「反正妳這妹子我就認下了。妹子不給哥哥做衣服，想給哪個做衣服？一會兒來給哥哥量尺寸啊！」

見唐瑞出來了，林語皺著臉避開。這個愣小子還知道霸王硬上弓了？她還以為他就是一個急性子，原來對女孩子還挺有手段的。

不過年輕人的事她還是少摻和的好。林語悄悄退了出去。

雖然唐瑞的性格有時挺急躁，可總的來說，這個男子有才有貌、為人又耿直，是個不錯的男子。

如果說他真的對葉蝶好，也不失一門好親事。只是有一件事她犯難了：如果葉蝶嫁了他，那唐瑞要叫她什麼？姑姑？

想到這兒，林語渾身一抖。

第八十一章

為了給他們製造機會，林語讓林桑去布店裡買了十疋細棉回來。

她準備讓這些姑娘們辦個工作服加工廠，圖樣就是她畫的古代工作服。

一大早，眾人齊聚大廳，林語指著一大堆的布料說：「這製藥間是要防污染的，以後要進去的人，都得換上特製的工作服。我畫的這樣式必須按個人的身高體重量身訂做，你們哪個以後準備進去製藥間，那就找幾個姑娘們做好衣服。」

唐瑞雙眼一亮，立即走到葉蝶面前，有模有樣地一揖。「瑞的衣服就麻煩小蝶兒幫做了。」

「慢著。」林語見唐瑞這傢伙就想占便宜，立即制止說：「這衣服可不是白幫著做的，我們家的大姑娘怎麼能白給男人做衣服呢？所以這一套衣服的手工銀子是每套十兩。」

啊？一套棉布衣服，手工要十兩銀子？

張志明憨厚地問：「二嫂，難道這衣服上還得繡花嗎？」

林語瞪了他一眼。「繡你個頭。我家大姑娘的手藝是一般繡娘能比的嗎？十兩銀子一套，你愛做不做。」

只要葉蝶願意給他做衣服，就是一百兩銀子一套，唐瑞也不在乎。「二嫂，我覺得這手工真不貴，我請小蝶兒幫我做兩套，這工錢我先付了。」

陳爭笑看著唐瑞，搖了搖頭。「完了，又一大好青年失足溫柔鄉。美人鄉英雄塚，果然名副其實。」

唐瑞見陳爭打趣自己，瞪了他一眼。「看來四哥是不想進製藥間去看看了。」

林語見葉蝶雙頰粉紅，再看幾個姑娘都不大好意思面對這群漢子，看來要主動配對做衣服是不大可能了。「這樣吧，如果你們自己有想要哪位姑娘做衣服，可以提出來。如果沒有預定的人，那就讓我安排，大家看如何？」

陳戀意故意打岔說：「弟妹這樣也不大好，要不讓姑娘們抓鬮吧，抓到哪個的名字就幫哪個做，如何？」

林語不解地看向她，當她眼睛一眨時，她就知道這女人有鬼主意了，立即配合問：「姑娘們，妳們都願意幫忙嗎？」

十兩銀子一套衣服，又是打著幫忙的旗號，包括如琴在內的三個姑娘都同意了。

陳戀意進了林語的房間寫了三個名字出來，打開讓三位姑娘看。「誰先來抽？」

葉蝶最是配合。「大伯娘，我是主人，我先來吧。」

陳戀意讚賞地看了葉蝶一眼。「真是個不錯的小主人。好，我手上有三個紙團，妳剛才看到了，上面寫著三個人的名字，妳抓到哪個人的名字，就得給哪個人做衣服，不會耍賴吧？」

葉蝶紅了臉。「保證不會。」

陳戀意挑眉一笑，雙手合在一起甩了甩，打開雙手後伸向葉蝶。「來，妳選一個，不要急著打開，等大家都選完了，同時打開。」

葉蝶伸手捏起一個，站在一邊。

唐瑞心急地伸長脖子想看葉蝶手中的紙團，無奈規定不能打開，急得他想跳腳。

第二個是如琴挑的紙團，最後餘下一個，陳戀意還是裝模作樣地抖動了幾下才讓朱娟秀拿走。

當三人打開紙團後，林語這才朝陳戀意投了個佩服的眼神。果然這女子有做神棍的潛質。

看著唐瑞樂得像個傻瓜的樣子，林語附在陳戀意耳邊悄悄說：「大嫂，妳手腳還真快。」

陳戀意拍了她一掌。「我就知道瞞不過妳。」

要促成年輕人的好事，就得有時間讓他們接觸、瞭解，只是林語不明白，這朱家表妹能在她家多待些日子嗎？萬一真的看對眼了，她家裡會同意？

看著一群姑娘、小夥子在外面院子裡量尺寸，林語擔心地問陳戀意。「大嫂，妳表妹的婚事妳能作得了主？」

陳戀意笑著打包票。「我表妹都十七了還沒守完孝，別人家的女子都當娘了，到了這個年紀的女子還沒訂親，要找個好人家，大多都得當繼室。如果她真能與四弟或哪個兄弟看對眼的話，憑他們兄弟都有四品的官職在身，就算是閒職，她也算得上是有運氣了。」

正當兩人談論這些把戲時，院子裡也發生了事。

朱娟秀是真正的大家閨秀，可這不代表她的性子就像個大家閨秀，她骨子裡還是跟這個表姊一樣有個性的。

從來沒有跟青年男子接觸的她，記住了自己表姊的提醒，所以儘量按大家閨秀的風範來表現。可畢竟是第一次站在陌生男子的身邊，而且是一個相貌英挺、風度翩翩的男子，做著量衣襯體的親密接觸，她的手還是發抖。

只要看一眼這個男子，朱娟秀發現自己的心彷彿要跳出胸膛似的，雖然見過的陌生男子不多，可是這種情形還是第一次發生。

想起表姊的交代，朱娟秀小臉通紅，每量一個尺寸，她的手都要抖好幾下。

陳爭看著眼前這個害怕得暗暗發抖的小姑娘，真的無奈。他這溫潤和氣的人，這麼讓她害怕嗎？

見她抖得連衣服都量不好，陳爭無奈地出聲。「我又不會吃人，妳嚇得這麼厲害做什麼？如果實在量不好，那就讓小然兒來量好了。」

本來因為害羞而發抖的朱娟秀猛一聽陳爭開口不要她，立即爆發了。「誰害怕你了？」

陳爭不解地看著她。「妳不害怕，抖什麼？」

朱娟秀被他看穿，頓時懊惱起來，一股氣直沖腦門。「我……我才不怕你呢！我告訴你，我看上你了，三個月後到我家提親吧！要是你在這三個月內敢娶別人，我跟你糾纏一輩子！」

啥？

這一下，整個院子裡的人雙眼瞪得都要掉到地上了。

看陳爭被嚇呆了的樣子，朱娟秀小腳一跺。「怎麼？我配不上你嗎？你這是什麼眼神！」

哈哈哈……女霸王強上弓？林語想不到這朱娟秀有女漢子的潛質。

看著一臉呆樣的陳爭，一陣爆笑從唐瑞口中衝出。「四嫂好樣的，我挺妳！」

清醒過來的陳爭彷彿見了妖怪似的，拔腿就往外跑。「大嫂，這是妳帶來的人，妳搞定！」

幾個兄弟中，書讀最多、性子最好的陳爭這下暴走了。

朱娟秀看陳爭要逃，趕緊追了上去。「你要逃走？除非你不回林家院子了，否則我看你往哪裡躲？」

林語佩服地看向陳戀意。「大嫂，妳太厲害了。這朱姑娘配老四，絕配。真想不到朱姑娘看起來一副文弱嬌柔的樣子，原來是人不可貌相。」

陳戀意得意地說：「她可是跟我混大的。如果不是我姨母去得早，我就帶她闖江湖去了。我告訴她，想要找到得意的相公，那就得自己動手，不管用搶的也好，用騙的也行，到手才最重要。當然，是搶還是騙得看對象，可不能跟他們那師妹那樣，亂搶一氣，而且是要用眼觀察、用心體會，這個男子是不是值得妳去搶，願意讓妳去騙。」

林語一頭黑線。到底誰才是現代人？她是不是太落伍了？

「這四弟的為人和性子，也是妳告訴她的吧？」

陳戀意更加得意了。「當然，老四這人被軒轅憐夢嚇怕了，以為世上的女人都是一樣的，所以對成親一直心有抵觸。前幾年是身不由己，可現在身上擔子放下了，再不成親不就老了？可他的性子絕對不是個主動的，沒辦法，我只得犧牲我親親表妹了。」

轉念，林語又擔心地問：「四弟會就範嗎？」

陳戀意眨眨眼。「不就範，我就給他下點好吃的，讓他就範不就成了？生米成了熟飯，他敢耍賴？那還得看我同不同意呢！誰叫我是他們的大嫂呢？長嫂如母，我不操心誰操心？哈哈哈……」

嚇著了的陳爭在外面躲了三天，再三與慕容楓要求，接下了去南方收購藥材的任務，溜了。

林語第二天早上發現，慕容楓的耳朵上似乎有一個深深的牙印。

林語朝肖正軒眨眨眼。「相公，大師兄昨天晚上是不是被老鼠咬耳朵了？」

肖正軒憋住笑，含糊地說：「大師兄沒養貓呢。」

「哈哈哈……哪裡是沒養貓，是養了隻小野貓呢！」林語樂得彎了腰。

慕容楓紅著臉瞪林語。「我看妳總有一天也要變成小野貓的。」

林語打趣他。「你才沒機會等到那一天呢！誰教你敢破壞大嫂的計劃？把陳老四派到南方去收藥材，我看你膽子太肥了。」

慕容楓又瞪了她一眼。「還不是妳在一邊起鬨，才讓我媳婦想了個這麼損人的法子？我就知道女人太閒了要出事的，只有讓妳們忙得每天沒空想別的事才會老實。」

林語鄙視他。「大師兄，四弟看起來能文能武的，可我怎麼看就覺得他感情方面堪比呆頭鵝。我看，要是我們當嫂子的不給他點把火，等你們子孫滿堂了，他還在打光棍呢！你們這哪叫兄弟？叫損友還差不多。」

肖正軒被自己媳婦的強烈抗議逗笑了，他打圓場說：「好了，媳婦與大嫂都是他們的好嫂子，是真心實意為兄弟們著想的，等他們明白過來，定會好好感謝妳們兩位嫂子的。反正過一、兩個月四弟就回來了，他再想跑也不讓他跑了。今天這事咱們就不說了。媳婦，妳說說這製藥棚怎麼弄？我和大哥今天就是準備開始整理這製藥間的。」

雖然做媒婆也是正經事，可掙銀子更是大事。林語隨兩人走到院子裡，指著那一直用來做鮮味劑的棚子說：「把這個棚子改造一下，改成土磚的，然後把裡面整理一下，還要做得透氣又結實才行。」

製藥間是按林語畫的圖打造的，分成了熬藥間、製丸間、製劑間、包裝間。雖然不大，但勝在乾淨明亮，反正這裡也只是林語試製藥品的地方，真正的製藥廠以後要開在莊子裡的。

製藥間弄好了，林語開始帶著唐瑞、然兒、葉蝶及肖正軒試藥。她能夠熟練掌握的方子不少，可她知道，有的想要煉製出來，條件還是不成熟。於是她決定先把感冒頭痛、消炎退燒、清熱解毒等一些常規藥物試做出來。

這年頭窮人多，這些普通的藥劑最實用。

畢竟是熱天，就算氣溫不高，林語還是熱得大汗淋漓，再說十來天了，她也沒有好好休息過，肖正軒心疼地看著她說：「媳婦，妳還是把藥按比例下了鍋，讓我先來熬，等熬得差不多了妳再進來。」

一排有五口大鍋，鍋裡熬製的都是不同比例、不同性質的藥劑。製藥不是那麼容易，放藥比例、先後順序、火候和熬製時間都很重要，而且這些天試製了好幾種都不大成功，林語搖搖頭說：「沒事，我在一邊坐坐就好了。」

這時，唐瑞從門外走了進來。「二嫂，讓我來看著。昨天我熬製的那一鍋，妳不是說濃度正好嗎？這裡太熱了，妳還是出去休息一下，等差不多了我再來叫妳。」

林語看向他問：「藥丸子都滾出來了？」

唐瑞點點頭。「嗯，基本上都弄出來了，蝶兒她們幾個在做油紙包，一會兒妳再去指點一下那小包怎麼封口就行了。」

真的覺得有點累，要不是這些天故意吃了些藥，不讓自己懷孕的話，林語還以為自己真的有了呢。

抹去頭上的汗水，林語拿著蒲扇出了門，走到廳裡剛想喝口水，突然，院子裡傳來幾聲嬌喝。

「我跟你拚了！」

那是如琴的喝叫聲。雖然這女孩性子很活潑，卻不是個急躁亂來的女孩子，這會兒她跟哪個打起來了？還要拚命？

林語嚇得扔下茶杯就出了門，只見一道人影從眼前飛奔而過，緊接著，一道粉紅的影子又飄然而至。「你敢做就不要跑！敢做不敢當算什麼大男人？」

林語伸手拉住如琴。「如琴，妳這是演的哪齣呢？」

見是林語，如琴立即雙眼通紅。「老闆，我要砍了那個不要臉的人！」

林語假意生氣地瞪了她一眼。「一個女孩子家的，動不動就要砍了人家，這是出了什麼大事？妳說說看，到底五弟哪兒得罪妳了，要是他真的做了壞事，他的哥哥們定饒不了他。」

如琴一聽，委屈至極，可一想起剛才的情景，她哪裡說得出口？說剛才他不小心偷看她洗澡了？

可這個時間，誰會相信是洗澡的時間？

要不是給師傅擦身子弄得渾身是汗，想用冷水擦乾淨身上好來做手工，哪知就碰上這個憨子回來呢？

看林語一臉疑問，如琴頓時面紅耳赤，狠狠瞪了一眼逃遠了的張志明，低著頭、噙著淚水跑了。

林語叫來了肖正軒，讓他去問張志明，什麼事惹得小姑娘要砍人了。雖然她有心把這幾人湊成一對，可沒準備真的就這樣湊合的。

不一會兒，肖正軒回來，看著林語的眼神有點尷尬。

林語更是奇怪了。「相公，到底出什麼事了？叫你去問個明白，你倒好，回來也一臉靦覥，弄得像大姑娘上轎似的。」

肖正軒看自家媳婦嘴上不饒人，只得支支吾吾地說了。「剛才如琴在擦身子，五弟撞了進去……」

怪不得如琴要砍人了。

林語頭痛了。「那五弟怎麼說？」

肖正軒哭笑不得地說：「還能怎麼說？五弟剛開口說要納了她，如琴就拿棒子追了。」

納了她？張志明說是準備娶如琴做小的？

林語最討厭這個字眼，她雙眼圓睜。「打得好！這老五看不出呆呆笨笨的樣子，還有這等心思。看了姑娘家的身子，還敢侮辱人家，原來竟是個想左擁右抱的貨！這下我也不幫他了。」

肖正軒知道林語誤會了，更加哭笑不得地說：「媳婦，妳想錯五弟了。」

這時，正在午睡的陳戀意被吵醒了。她只聽到林語的最後一句，趕緊出來問：「弟妹，誰想左擁右抱了？」

林語瞪著不遠處的張志明，恨恨地說：「不就是那個死憨子老五？看了人家如琴的身子，說願意納了她。還真看不出來，他們這六兄弟，看著最老實的原來是個心思最大的。」

這下陳戀意也火大了。「老五，你給我過來！竟然敢有這種想法，可別把兄弟們都帶壞了。」

肖正軒被這兩個女人弄得頭都大了。看張志明一臉屎色，他只得說：「大嫂、媳婦，五弟不是妳們想的那種人。」

兩人異口同聲。「那他是哪種人？」

一下子也說不清，肖正軒只得提議。「說來話長，等晚上大家都回來了，五弟再跟大家仔細說吧！」

第八十二章

吃過晚飯，孩子被葉蝶姊弟帶走了，眾人圍坐在廳裡，陳戀意最心急。「老五，你既然說有苦衷，那大家都在，你把你的苦衷說出來吧，要是說不過去，大嫂我可瞧不起你。」

軒轅博也沒想到這個最老實厚道的徒弟會做出那等事，還不願意給人家一個好的交代，他正色地說：「明兒，你倒是仔細分說。」

張志明脹得臉色通紅，他看了師傅和眾人一眼，才訕訕地說：「今天是我太魯莽了，我道歉。」

「道歉有什麼？你要人家如琴以後怎麼辦？寧做小家媳也不做大家妾，好好的姑娘，哪個願意做半個奴僕的？」陳戀意父親也有一大堆的妾，在她眼裡，男的女的就沒一個好東西。

張志明最怕這個大師嫂，她從來不講情面，可是這事不是他想這樣的。看大家都看著自己，他心中嘔得不行。「大嫂，我不是故意看輕如琴姑娘的。我是沒有辦法，很小的時候，家中就給我訂過娃娃親的，是我表舅舅的小女兒，他們一家因故搬離了我們村子。再後來，我父母又不在，我也投了軍，又逢戰亂，這才失去聯繫。」

啊？這一下比炸彈更震撼。老五在鄉下訂過親的？他還真能藏，如果不是今天這情況，他是不是準備藏到肚子爛了？

張志明一把理由說出，倒真的讓眾人犯難了。

大家都明白，這訂過親了，就算還沒成親，只要換過生辰八字，就算是成了事。

陳戀意有點埋怨這張志明，你既然訂過親，你瞞什麼瞞？

這可怎麼辦？

張志明有一門烏龍親事在身，而如琴與林語相處久了，寧願嫁個老實平常的男人過日子，也不願意做妾，這一下，大家心底也沒了對策。

見大家都看著他，軒轅博也不愧為師傅，一錘定音。「既然這樣，也不能就把訂過親之事看作沒事，可老五對如琴確實也應該負責。反正你有功名在身，如果如琴同意，那你就娶她做平妻吧。」

如琴被叫到了廳中，臉色很難看。聽了大家的決定，看張志明那一臉為難的樣子，心中很是難受，於是拒絕了。「我不同意。今天的事大家就當作沒聽到吧，剛才是我做得不好，太大驚小怪了，你們別笑話我就行了。」

這也能當作沒聽到？眾人心中對如琴的看法有了不同。陳戀意很喜歡她的回答，但她還是認真地問如琴。「妳可想清楚了？要是這事真傳出去，那妳以後要放人家就難了。」

如琴低下頭好久才抬起頭來。「謝謝您提醒如琴。就這樣吧，不為難張五爺了。小時候，我爹與娘成親並不滿意，所以他們過得很不開心，兩人為了一點芝麻小事都能吵得三房四屋聽得到，有時還會大打出手，就是到我爹爹病去那年，我娘也沒掉多少眼淚。不是我娘不好，而是我爹對她真的太不好了，因為挨多了打，我娘也沒多活幾年就走了，我不想過這種日子。

「我娘只生下我和姊姊兩人，身子便不好，如果不是家中日子過得太難，我爹怕是兩、三個小娘都納進來了。所以我不怪張五爺，他確實不是故意的，這事我也有責任，如果我真的嫁不了，那我就守著我爺爺一輩子。」

如琴的一番話說得大家心裡都酸酸的，張志明心中更不安了。「我沒有想過納多少個進門的，如果妳願意嫁進來，只要我表妹已成親，我是再也不會納別人的。」

與江師傅、林語接觸三年，如琴又是個早熟的孩子，從八歲開始就與祖父到處賣藝，經歷過生活滄桑，心中有很多想法。最後，她還是真心對張志明說：「張五爺，還是謝謝你了。就當作沒有發生過這麼一回事吧，萬一你青梅竹馬的表妹回來了，得知你已成親，她定會不開心的。」

張志明紅著臉，喃喃地說：「我表妹已二十三了，如果她真的沒成親，我也不能說退了她的親事，可是我真的會對妳好的……」

透過與如琴的接觸，張志明雖然憨厚，可也真的很喜歡這個活潑的小姑娘。他性子悶，可跟如琴相處時就有話可說，他真的願意娶她為妻，只是他確實有親事在身，不想騙她。

沒人知道如琴是怎麼想的。可林語倒是明白。人家心中有個青梅竹馬呢，雖然現在沒找著，萬一哪天找著了呢？

軒轅博倒是覺得這是門好親事，可是人家小姑娘有顧慮，他又不是她親人，也不能給她作主，可自己這弟子好像真的中意呢，怎麼辦？

思索半會兒，軒轅博終於開口了。「這樣吧，如琴回去跟家人商量，如果願意老五娶了妳做平妻，就讓妳祖父來一趟，我們商議一下。你們成親後，他那表妹沒找來的話，這正妻也好平妻也好，都是妳的了。」

林語覺得張志明確實是有意的，於是笑著說：「我覺得呀，這事還是五弟自己搞定吧。」

這事的結果倒是讓眾人意外。明眼人都看得出唐瑞對葉蝶有興趣，還有一個被朱娟秀這姑娘追得四處躲藏的陳爭，可真正有手段的還是這個悶葫蘆張志明。

五、六月正是很多藥草移種的好時候，因為太忙，張志明與如琴之事也暫且擱下了，林語除了要製藥之外還得照顧江麗敏，也就沒空操心這兩個人。

肖正軒與慕容楓去置辦的莊子裡整治了，張志明與唐瑞帶人去山上挖草藥了，而軒轅博也每天在外面跑，沒人知道他在忙什麼。最閒的是陳戀意，挺著個肚子天天早出晚歸，這林家院子就成了她的旅館了。

在江麗敏的屋子裡，陳戀意看著小心侍候江麗敏的如琴，又開口說：「如琴，要是張老五不保證只娶妳一個人，可千萬別嫁他。這人最老實也最念舊，萬一那個什麼亂七八糟的表妹真找來了，他一念舊情，什麼都聽她的，那妳就有得受了。」

拿著針線進門的朱娟秀接了嘴。「如琴妹妹，我覺得我表姊說的沒錯。我娘嫁我爹的時候，只因為生了我便沒了動靜，接受我奶奶的安排娶了她娘家的姪女進門做平妻，也就是從那時候起，我娘的身子越來越差。一開始我不知道為什麼，慢慢長大了，才知道就是因為我那二娘的挑撥，我爹一個月都難得來看我娘一次，她才壞了心情的。」

江麗敏拍拍不安的如琴，說：「妳雖然沒賣身給茶樓，可是當初簽定契約時就言明了，妳們十個人的親事得由茶樓作主安排。金老闆和林老闆都不會逼妳，妳自己可得想清楚，以妳的身世要嫁個什麼樣的人，定要想得明白。」

江麗敏的話中意思很明白，張志明是個不錯的對象，他是有功名在身的人，就算是閒職，也是功名。再者如琴只是個窮人家的孩子，能嫁給張志明做平妻算是不錯了。

林語明白江麗敏的想法。她們這些個從小就被教導要賢良淑德的女子，一直認為想獨占一個男人的念頭是不應該的。

江麗敏在林家的養傷期間，也不知道軒轅博是不是真的心中有愧，拿了田七和人參等等上好的東西燉給她吃，加上幾兄弟用那虛無縹緲的內力給她療傷，一個月後，她已能起床走動了。

金宇成來過幾次，告訴江麗敏樓裡一切正常，因為熱天，上茶樓的人也不多，讓她安心養傷。可江麗敏身子一有好轉，便再也躺不住了。

這天，江麗敏提出要回茶樓，林語擔心地說：「敏姊，妳這身子還沒好透呢，可不能就這麼回去。」

江麗敏不知是確實擔心樓裡的事還是有什麼情況，執意說：「林語，我已經沒事了，回到樓裡也就是幫著看這群小丫頭們，又不做重事，在樓裡養著也一樣。」

林語連忙阻攔說：「那可不一樣，妳這藥可是內傷藥，每個方子都有三十幾種藥，而且下藥的時間和火候都不同，回樓裡，這藥怎麼辦？」

哪知江麗敏像被蜂螫了似地要走。「藥一直是如琴幫著煎的，她已經都掌握了煎藥的法子，我還是回樓裡去吧。躺在這兒，我心中真的很擔心樓裡的事，還有一個多月就要中秋了，那時茶樓生意就要忙碌起來了。」

陳戀意來了，發現江麗敏師徒已走了，她詫異地問：「弟妹，不是說江師傅的傷最少得養兩個月嗎？怎麼僅僅一個月她就走了？」

林語哪知道為什麼，狐疑地說：「大嫂，我怎麼勸都沒有勸住，都說得很明白了，可是她非走不可。我想，是不是她覺得住在大叔那屋子不方便？」

陳戀意一臉曖昧地說：「弟妹不覺得有問題嗎？一個孤男一個寡女，住一個院子確實不方便。只是想明白不就得了，孤男寡女又不是只有他們兩人住一個屋簷下。」

林語憋住笑說：「妳要讓大叔聽到了，小心他處置妳呢。」

陳戀意不以為然地說：「我覺得師傅就是精力太旺盛了，才管這管那的閒事。要是讓他的精力都發洩出去了，定沒有精神來管那些破事。」

陳戀意對於軒轅博處理張志明與如琴的事有所不滿，她覺得這張志明訂過親這麼多年，青梅竹馬也多年不見，就應該各自成親了，可軒轅博的意思是張志明的表妹若回來，如琴就只能做平妻了。

可平妻算什麼？大戶人家出來的小姐哪個會不知道？平妻在正妻面前還是個妾。

聽了陳戀意的憤憤不平，林語嘿嘿笑。「妳就不怕給妳兒子生出一個小師叔來？」

看到從對面跑來的壯壯幾個孩子，陳戀意哈哈大笑。「反正又不只我兒子叫師叔，叫的大有人在，是不是？壯壯，過來，叫我。」

被點了名的壯壯立即狗腿似地跑了過來。「大伯娘好。」

陳戀意雙眼一瞪。「你應該叫我什麼？」

壯壯眨閃著大眼睛，頭一歪，好似忘記的樣子，氣得陳戀意在小傢伙頭上狠狠地敲一下。「別跟我裝模作樣，要是今天不叫，明天我就不再讓磊哥哥、燁哥哥來陪你讀書認字。」

壯壯嘴一鼓，轉眼間換上一張拍馬屁的臉。「媳婦她娘。」

「欸，我的好女婿。」

一幫人搖著頭看向壯壯，被他這種沒志氣的表情逗樂了。

同時又鄙視地看了陳戀意一眼。這女人的臉皮還真厚了，孩子還在肚子裡，是男是女天知道？

肖正軒到南方去接草藥了，家中的男人就只剩下林桑與唐瑞。林桑去置辦一天的吃食，而唐瑞正與那幾口大鍋奮鬥。

葉蝶提著一桶冷水，拿著棉巾、拎著涼茶進來了，大汗淋漓的唐瑞原本有點疲憊，但看到葉蝶的身影時，頓時精神抖擻。「蝶兒，妳是不是來給瑞哥哥送茶水了？」

聽到唐瑞的自稱，葉蝶小臉一凜。「唐六叔，是我姑姑吩咐我送進來的。」

唐瑞扯了扯嘴角，不計較葉蝶的稱呼。看著眼前這張宜嗔宜嬌、粉嫩如玉的小臉，再一看那曼妙身子，一顆心不禁劇跳起來。

把鍋中的藥用力攪拌幾下後，額頭上的汗水更多，唐瑞屏住呼吸，涎著臉探了過去。「蝶兒把茶端給我喝可好？」

葉蝶俏臉通紅，氣嘟嘟地說：「你又不是沒有手。」

那嬌俏玉嫩的粉臉讓人看著真是覺得風情萬種，唐瑞更加不捨，行動更加無賴。「好蝶兒，妳不是看到我雙手都在忙嗎？我二嫂可再三交代過這藥，一時也不能停下攪拌，否則會失了藥性。」

葉蝶雖然跟著林語學了幾年，可製藥方面還沒有接觸過，所以她分不清他到底說的是真還是假。既然姑姑吩咐自己來幫忙，應該代表他沒說假話吧？

她沈著臉把手中的涼茶伸過去讓唐瑞喝完，正想轉身，哪知唐瑞偷笑一聲，又裝出可憐的樣子說：「蝶兒，再給我擦擦汗吧，我眼睛都快睜不開了。」

「你——」對這得寸進尺的人，葉蝶惱怒起來，可回頭一看，唐瑞額頭上的汗水確實淌得滿臉都是。無奈何，她只得彎腰擰乾棉巾，給他粗魯地擦起來。

看著這張氣呼呼的小臉，棉巾下，是唐瑞一臉的奸笑。

扔下棉巾，葉蝶坐在了一邊的凳子上。唐瑞見煎藥房裡太熱，於是讓葉蝶出去。

葉蝶心中本在為唐瑞的故意刁難而懊惱，可他發自內心的關心，讓她又不知要如何應對。他一次次的討好，她不是不知道，十六、七歲的姑娘情竇初開，有一個這麼優秀的男人對她好，心裡真的好歡喜。

只是她知道，他們有身分與輩分的差別，不合規矩不說，這麼優秀的男人應該配一個大家閨秀，而不是自己這個一無所有的村姑。

就是真的嫁給他了，萬一哪天有更好的女子，他還會喜歡她嗎？當年的爹爹不也是那樣？家有一斗米都想娶個小妾回來的男人，是她能喜歡的人嗎？

林語看到葉蝶紅著臉出來了，她走進來，狐疑地問唐瑞。「老六，你不是又惹了我家蝶兒了吧？」

正在暗自偷笑的唐瑞被林語問得怔住了，旋即一臉委屈。「二嫂，我人品哪就這麼差了？蝶兒這麼可愛，我疼她都還來不及呢，怎麼可能會惹她？」

林語對唐瑞的辯解嗤之以鼻，看了他一眼，不屑地問：「你敢說你沒惹過她？怎麼我有幾次都看到她哭了呢，難道是別人欺負她了？我倒要問問，到底是哪個混帳的傢伙敢惹我的小姪女，看來他是想被我釘到牆上做肉乾了。」

林語一席話，唐瑞汗更多了，只不過是一身冷汗。

紅著臉，唐瑞支吾著解釋。「二嫂，我真的不是有意惹她的。」

林語追問：「不是有意是什麼？」

唐瑞語塞。「反正就是……」

林語更加瞧不起。

「不是有意，那就是故意了。你不覺得你的行為像個小屁孩？你都二十三歲了，又不是十三歲的人，還做這種小屁孩的事。要是喜歡蝶兒就直接告訴她，你喜歡她，今生非她不娶不就行了，搞這麼多是為了什麼？你還算不算個大男人呀！」

林語一席話讓唐瑞的臉脹紅得火燒似的。

林語看著發呆的他，再次開口。「要娶我家蝶兒可以，但是必須要她自己願意。如果你真心會對她好一輩子，她也心甘情願地嫁給你，我不阻攔。」

林語離開後，唐瑞想了很久。雖然二嫂的話很直接，可是說得真的沒錯。

自從進了這林家院子，唐瑞仔細想來，自己完全變了個性子，是為什麼？他不知道，可是二嫂說的最對的就是，他這堂堂的大男人竟然變得婆婆媽媽了。

多次明示暗示蝶兒自己的心意，可從沒有一次能得到她的好臉色，但從她給自己做的衣服之精細程度，他知道她應該是喜歡自己的。

想到此，唐瑞眼光一沈，心中有了主意，一場搶親計劃就此拉開帷幕……

第八十三章

轉眼八月，肖正軒離家快一個月，也不知道他們到了哪裡。

壯壯趴在林語炕上，滾來滾去地耍賴。

「娘說了給壯壯講兩個故事的，我還要聽，我還要聽！」

林語心裡本來很是擔心出門這麼久的男人，可壯壯那耍賴的樣子倒讓她分了心。她無奈地拉過翻滾的小傢伙說：「那壯壯可得說話算數，娘講完這個故事，你就得乖乖睡覺喔。」

「娘，壯壯可是男子漢。爹爹說了，男子漢就得說話算數。娘再講一個故事，我一定乖乖睡覺去。」壯壯不滿意娘親的說話不算數，本來他想說說她的，可想想，娘親又不是男子漢，說話不算數也沒什麼。

林語捏著兒子的小臉問：「壯壯很喜歡爹爹？是不是想你爹爹了？」

提起肖正軒，壯壯得意起來。「娘，我爹爹最棒的。那天小牛哥在我們家玩，說他爹爹會趴在床上讓他騎馬，可我爹爹能帶著我從牆上跳下來，他們可嚇呆了。娘，長大以後我也要像爹爹一樣，做一個真正的男子漢。」

看著兒子說起父親一臉的尊敬和崇拜，林語禁不住咬了一下他的小臉。「好好好，我的小男子漢，今天娘就給你講一個小男子漢的故事。在很遠很遠的地方，有一個男子漢，本領非常高不說，而且還一向說話算話，被人譽為是個一諾千金的人。不過後來他得罪了皇帝……正因為他平常是一個說話算話的人，就結交了許多生死相交的朋友，才讓他倖免於難……」

「娘，以後壯壯也要做一個講誠信的男子漢。」

「嗯，我的兒子以後一定是個講信義、有擔當的男子漢。」看著兒子那越來越有精神的小臉，林語只得無奈地表揚他。

「吱呀」一聲，打斷了正在說故事的林語，剛要入睡的壯壯也驚醒過來，看到一臉風塵僕僕的肖正軒，他砰一下跳了起來。「爹爹……壯壯可有陪娘喔！」

快一個月沒有看到這個男人，林語覺得有股陌生感覺。

眼前的他雖然在應付著兒子，可是深情的目光卻落在她的身上。

那眼中赤裸的思念，頓時讓她臉紅了。

林語暗自懊惱。打從這個男人回來後，把她寵得無法無天，前世那些自強自立的個性都給他寵得沒了，她感覺自己就是一個古代的小女子，動不動就害羞了。

「媳婦，我回來了。」說著，肖正軒抱起兒子親了親。「壯壯在陪娘？真是個乖兒子。來，給爹爹親一個。」

壯壯躲閃著肖正軒的臉，扳起手指頭，開始邀功請賞。「爹爹鬍子扎人，不要親親。壯壯可乖喔，爹爹交代壯壯要多陪娘親，我陪了娘三個晚上了……喔，不，今天也要算上的，有四個晚上的，壯壯要四個禮物。」

「好兒子，今天可以算上，你幫爹爹陪了你娘四個晚上，明天爹爹就給你四個禮物。」

肖正軒看著那張驕傲的小臉上自豪的神情，禁不住誇讚起兒子來。

「好欸，明天我有禮物了。」肖正軒一鬆手，壯壯便興奮地在炕上跳了起來。

「乖兒子，你找葉清哥哥睡去，今天晚上你娘就由爹爹來陪。」

肖正軒拍拍兒子的小屁股吩咐著。

「喔，我走了，我去跟葉清哥哥睡覺了。」

看著兒子一蹦一跳出了門的背影，肖正軒笑著把門帶上，一把摟住還在發呆的林語。

「媳婦兒，可想死我了。」

聞到熟悉的味道，林語這才完全清醒過來。是他回來了。

林語伸手抱住肖正軒。「呆子，真的是你回來了？」

「嗯，是我回來了。媳婦，讓相公親一下。」

燈火下，肖正軒在她小嘴上吮了一口，凝視這分別近一個月的女人，只見她烏黑的長髮散於身後，一張瓜子臉映上了粉紅，鳳眼桃腮，嫵媚誘人。

肖正軒顫抖著低下頭，大手伸進了領口……熟悉的氣息讓兩人忍不住纏綿起來。

正當兩人忍耐不住時，門外的林桑忽然喊。「水熱了，馬上就有飯吃了！」

林語紅著臉推開這個如狼似虎的男人。

肖正軒意猶未盡地親了她一口才鬆開她，出了門還戀戀不捨地說：「媳婦，等我。」

燭光下的林語像朵盛開的桃花一樣誘人，肖正軒又不願意出門了，她紅著臉推開他說：「今天回來的可不止你一個人吧？大家一會兒都等你吃飯呢。」

想起一同回來的兄弟，肖正軒只得親了一口，說：「媳婦，不許先睡，妳等著我。」

臉色被這一句曖昧的話燒得更紅了，林語推著他說：「知道了，快去吧。我也去幫一下嫂嫂，你們洗好了趕緊出來吃飯。」

因為天有點晚了，趕了一天路的人也很累，所以莫琴音做了高湯麵疙瘩。這還是林語教給她做的，晚上吃的雞湯還有半鍋，做麵疙瘩又快又好吃。

等林語進來時，麵已揉好，準備下鍋了。

見她進了廚房，莫琴音笑著說：「妳哥哥在幫我呢，妳已洗漱好了，就不用動手了。」

林語從櫃子裡拿出幾個大花碗，說：「嫂嫂，多削點麵下去，他們午飯吃得馬虎，現在定是很餓了。我記得籃子裡還有瓜吧，我來削兩根，光是麵疙瘩不好吃。」

莫琴音知道她這一時半會兒是睡不著的，於是指著掛在牆上的藤籃，打趣說：「掛在那兒呢，一會兒我再加點我們醃的酸菜，多一把椒，定讓他們吃得熱乎。不過不能讓他們吃得太飽，要睡不著呢。有的人睡不著有事做，可那兩個光棍就只能看月光了。」

這還真是近朱者赤近墨者黑，自己常跟莫琴音開玩笑，這下落得被她打趣了。林語故意惱怒地睨了她一眼。「嫂嫂是不是嫌我哥睡得太多沒幹活？那一會兒我得好好跟我哥探討一下，光吃飯不幹活，我嫂嫂都成怨婦了。」

「去去，臭語兒，我打趣妳一句，妳就要還我十句不成？都說久別勝新婚呢，嫂嫂還不是替妳高興？好了，我不說了，瓜可以下鍋了，妳去擺桌子吧，這裡馬上就好，我讓妳哥進來端出去，妳就別進來了，油煙味太重了。」

看著狼吞虎嚥的陳爭，想起他逃之夭夭的事，林語故意調侃他。「我還以為老四會永遠留在南方收藥材呢，怎麼也跑回來了？不過你也夠厲害的，竟然被一個姑娘嚇得跑得遠遠的。」

陳爭訕笑著說：「二嫂，我哪裡是逃跑了？戰場上千軍萬馬我都不怕，怎麼會怕一個姑娘家呢？我這不是為了收購藥材的事才去南邊的嗎？」

唐瑞也跟著呼啦啦地喝了幾口湯，一臉鄙夷。「四哥，我看你那跑的速度，可不比發現軍情傳遞情報來得慢。」

陳爭沒好氣地瞪了他一眼。「我可沒那厚臉皮，人家葉蝶不理你，還像塊牛皮糖似地湊過去。」

肖正軒看著這不是親兄弟，卻勝似親兄弟的師弟們，笑著說：「咱們可是戰場上回來的漢子，千軍萬馬都能搞定，幾個姑娘還能嚇著大家？哥哥可是告訴你們，人生最美好的生活，就是每天回到家裡，有老婆孩子熱炕頭的日子。冬天馬上到了呀，不要再睡冷床板了。」

肖正軒話一落，三個光棍齊齊看向他，眼中全是「你就得意吧」的神情。

吃過飯、洗漱好之後，肖正軒急不可耐地進了門。林語給他拿了換洗衣服，他也只是披在身上就進來了，一上炕，就急急把那軟軟的身子抱進懷裡。

「媳婦，想我了沒？」

林語低著頭依在他胸前，紅著臉老實地說：「想了……」

做了這麼久的夫妻，她還是這麼地愛臉紅，肖正軒喜歡極了。「來讓相公看看，是哪裡想我了，這裡？這裡？還有哪裡？」

大手扯去林語身上的睡衣，粉如蠶繭的身子納入掌中，帶火的大掌在她背後徘徊，停在了小翹臀上。「是這裡想我對不？」

肖正軒呼出的熱氣吹在林語的耳朵上，她頓時覺得全身都空虛得難受，支支吾吾了一會兒，紅著如火燒的臉，拉著他的手放在自己的心口上。「這裡……就是這裡想你了。」

離開這麼久，每當月光透過窗映入肖正軒躺過的枕頭上，她總覺得心裡空空的，此時，他這樣貼近她身體，她的心彷彿終於落到了實處。

聽著林語發出嘆息般的低吟，肖正軒心中蕩漾起來。他知道，他的小女人是真想他了，那種打從心底的念想。想到此，肖正軒的心裡充滿了滿足與幸福。

肖正軒牽起她的手，一直緩緩向下滑，氣息越發粗重。「媳婦，我心裡想妳了，可還有這裡更想妳。」

「呆子……」

迎接他的是嬌柔嗔怪的回應。

等肖正軒再度上床時，林語已累得睜不開眼，趴在肖正軒的懷裡嘀咕著。「壞人，你是想把我整死在床上嗎？」

肖正軒吃吃笑。「要不是怕媳婦累著，我還想再來一次。」

林語閉著眼捏了他的腰一把。「說，這些花樣，你是從哪兒學來的？是不是到那髒地方去了？」

肖正軒委屈地說：「媳婦，妳可不能冤枉我，相公我餓了快一個月。有了媳婦，什麼女人還入得了我的眼？不過這些倒是真的向人學的，媳婦可喜歡？」

迷糊的林語最後拍了他一巴掌。「什麼好樣不學，學些個爛東西來折騰我。你是想累死我的，我打你！」

肖正軒抱著她親了又親。「晚上給妳好好地打，這會兒我們去看藥材怎麼樣？」

林語想到一大堆的人還在等著她安排，紅著臉爬了起來。

從南方收回來的草藥全部送進了城外的莊子，林語去那兒看過，修整過的屋子寬敞整齊，一間間都按不同的用處分列，讓人一目了然。

配藥比例、煎藥方法、成藥烘乾等等都已教給了唐瑞，從兵卒中選出的一百名老、中、青三代學徒，也已到達莊子，唐瑞成了總指揮。

當然，為了給他製造機會，林語把葉蝶和然兒分給他當助手，負責藥物包裝。

要等開業還很早，初期的製藥已送到現有的藥堂出售，中秋一過，在真正的冬天到來之前，林語與林桑商量準備回靠山屯一趟。

林家的兩輛馬車被林語裝上了改良過的沙發，用於應付古代的破路。

正要出門前，陳戀意拉著半車的東西趕過來。「弟妹，你們就出發了？好在我來得早了點，不然就錯過了。」

看著每天挺著肚子到處亂跑的女人，林語覺得慕容楓不是太馬虎，就是對自己老婆太有信心了。

其實林語不知道，陳戀意的娘親本是江湖女子，從小就教她功夫，以她的身手，一般人十個八個也奈何不了她。藝高人膽大，她哪會擔心這個小肚子？

等她走近，林語笑嘻嘻地問：「大嫂，妳是不是捨不得我，特意趕來送行的吧？不用太想我了，一個來月我們就回來了。」

陳戀意伸手拍了她一下。「妳不是說以前在靠山屯的時候，因為沒有銀子被人退親了嗎？還因為家裡窮被親人嫌棄嗎？要不是我肚子大了不能跟妳去，我定會讓他們睜開狗眼看看，我的弟妹哪能讓人作踐的？看到這車上的東西吧？我給妳打了一百個十兩一錠的銀元寶，妳回去以後，拿著它們狠狠砸在那家人門上——當然要記得讓壯壯撿回來，可不能便宜別人。」

門口的眾人都被惹得哈哈大笑。這大嫂可真行。

「還有，我給妳買了不少的好東西，綾羅綢緞都有，妳回去後，一家送上幾疋，讓他們看看，林語是不是真的很窮。」

大嫂確實有才，怎麼就跟她當初想的一樣呢？只是車上已經裝不下了，再裝上那半車東西，還要不要坐人？

聽說車已裝滿，陳戀意可不樂意了。「這銀錠子一定得帶上。到時候，妳要把那人的臉色告訴我。」

林語接過十個銀錠子，說：「那種人不用一百個銀錠子，有十個銀錠子，我包准砸得他目瞪口呆、懊悔萬年。」

此時，她還真想看看那幫人的嘴臉，更想看看那「舉人」一家的日子過得如何。

第八十四章

馬車是在十日後的傍晚進入靠山屯的。肖正軒見天色已暗，上個月剛請人整修過的院子還沒有開伙，於是提議在酒樓吃過飯再回家。

一家人走進十里香酒樓，正好碰上秋掌櫃。當他看到林語一家人時，完全呆在了樓梯口。

「天呀！這……這……」秋掌櫃驚訝得話也說不出來。

林語微笑。「秋掌櫃別來無恙？不知可還有包間？小妹一家人從遠處而回，想在這兒吃過晚飯再進家門。」

被驚醒的秋掌櫃連忙上前引路。「有有有，大夥兒請跟小老兒來。」

眾人坐下，秋掌櫃又特意讓小二送來了幾盆溫水，等眾人洗去塵土後，菜已上了桌。

「來，肖兄弟、林兄弟，兩位弟妹，好久不見，今天這桌飯菜算小老兒給諸位接風了。」

林桑知道秋掌櫃為何如此客氣。當年走的時候，妹妹讓他把做豆腐乾、豆腐乳、臭豆腐等幾種豆製品的法子，一一教給了十里香的秋掌櫃和林家四叔。

昨天還在縣城裡看到了十里香的分店，在他們樓裡的菜牌子上，這豆腐各類品種的菜食不下十餘種了。

因此，林桑也就客氣地謝過了。秋掌櫃又關心地問：「肖兄弟、林兄弟，回來了也就不走了吧？」

林桑沒有正面回答。「還沒作決定。」

第二天上午，林張氏正在菜園裡摘菜，隔壁林大生的媳婦林陳氏看到她，立即走過去炫耀似地問：「我說張嬤嬤，您怎麼還在摘菜呀，剛才我從鎮上回來，聽說您那大孫子一家從京城回來了，您還不去看看？」

一頭白髮的林張氏經過這幾年歲月的洗禮，加上族長有意無意給自己老頭子施壓，她變得更加狠厲，渾濁的雙眼一瞇。「妳沒聽錯？真的是他們回來了？」

林陳氏趕緊點頭。「絕對沒聽錯，我還聽說他們是昨天天黑之後趕進家門的，今天早上那鐵匠鋪的金家媳婦已去過他們家了。」

「昨天摸黑進家門？」林張氏臉色一黑。如果是在外面掙大錢回來了，哪個人會趁天黑進鎮子？

轉眼間，林張氏的臉色又恢復了正常，訕笑著說：「那兩個不聽話的孩子，當年讓他們在家好好過日子，偏偏不聽大人話，非要跑到遠遠的京城去。這下好了，混不下去了吧？」

哼，死丫頭，被男人扔了還知道沒臉面跑走，有本事就不要回來了呀！

林陳氏見林張氏不感興趣的樣子，也就無趣地走了。林張氏則拎起地上的菜籃回了家。

與此同時，肖家院子裡也是熱鬧非凡，眾兄弟與媳婦們各自圍坐在飯桌旁談論著肖正軒回來的事。最小的肖老五考了兩次，連秀才都沒考上，去年底成了親，他也在座。

肖大嫂因為大兒子要成親，家裡卻這麼擠，正煩著呢，聽說肖老二一家又回來了，婆婆就召集一家人開會，心裡煩躁起來。

「娘，您老有什麼事要說呢？」

肖李氏掃了眾人一眼。「你們也聽說了吧？老二那呆子聽說帶著去京城的林家那丫頭回來了。既然去了京城回來，我想定是混不下去了才回來的，要不然哪個會想回到這裡過日子？我就說憑幾根豆芽還想到大地方去發財，她以為那大地方跟我們山裡一樣，糧食奇缺？不知天高地厚的傢伙。」

肖老五的媳婦正有身子，他本來還在睡覺的，可娘親一大早就把人給叫起來，心中很不樂意。「娘，您這麼早把大夥叫來，有話就直說吧，拐彎抹角的，還不如讓我們再去睡一會兒。」

肖老四也同有感受。總算去年考上了秀才，明天他還要趕省考呢！娘真是老了，有事沒事總愛折騰人，浪費時間。

「娘，五弟說的對，您有什麼想法就直說吧。」肖老四也懶洋洋地說。

肖李氏見大家這麼不重視，終於提出了重點。「我可跟你們說，他回來了，會不會來家裡要錢要糧要屋子，你們可得看著辦。這麼些年來，家裡沒什麼進項，他也沒送銀子回來，如果他回來要這些，我們要是不給，弄到族裡去，怕是說不過去了。」

肖老五一聽就跳了起來。「這麼多年，二哥都沒盡孝心，一回來就要東西，他以為這世上的錢糧是撿來的呀？就算這屋子是他置辦的，這良田是他買進的，可是他沒在家孝敬過父母，置辦這麼一點東西不應該嗎？」

心煩的肖大嫂一聽，立即接話。「還是五弟讀書多，就懂大道理。這屋子是用來孝敬爹娘的，他怎麼還能回來要？至於糧食，都是用來養爹娘的，他要去了，總不能把爹娘餓死吧？」

肖三嫂與肖大嫂一直不對頭，多年壓在自己頭上，心中早就不滿，現在見她著急了便故意說：「爹、娘，媳婦是個憑良心的人。這家、這地都是二哥置辦的，除了爹娘住在這兒外，我們這一大夥都住在這兒，您說要是不讓他們夫婦住進來，真的說不過去。」

肖老五想起自己的屋子就是當年跟二哥換的，心中急了。「三嫂，這林家丫頭早就與二哥和離了，哪裡還是什麼夫婦？要住也只能二哥一個人進來住，反正他以前住的那間也做了柴房，我們幫著收拾一下給他住，算對得起他了。」

肖老大最老實。「爹、娘，這事我看還是到時候再商量吧，如果二弟實在不同意，那就把我們住的那間讓出來給他好了。」

這一下捅了馬蜂窩，肖大嫂跳了起來。「我說孩子他爹，你不是年紀越大腦子越笨了吧？兒子明年就得訂親了，過兩年就得成親了，新房都不知在哪兒呢，你說把我們住的地方讓給二弟？你真是個好大哥！」

正當要鬧將起來時，派出去打探消息的肖老大二兒子大文，和堂弟小虎跑進來嚷著。「嬤嬤，我們打聽到了！」

看到氣喘吁吁的兒子，肖三嫂一把拉過小虎說：「慢點跑不行？喘得這麼厲害做什麼？」

肖三嫂只得這麼一個兒子，這兩年連生兩個女兒，對小虎就當成寶，看他累成這樣，心中就疼惜起來。

肖李氏沒好眼色地看了肖三嫂一眼，然後對著直喘氣的二孫子大文問：「你們打聽到了什麼呢？他們回來是什麼樣的情形？」

兩個十來歲的孩子只會看表面，見嬤嬤問起，大文邀功似地說：「那院子裡有四個大人、三個孩子，穿的衣服跟娘身上的差不多，除了那金家嬸娘去過他們家外，沒有人進去過。」

這時，小虎終於歇好了，也趕緊報說：「我偷跑進去看了，他們家院子裡什麼也沒有，只有兩匹禿禿的馬……喔，還有兩輛舊乎乎的馬車，別的什麼都沒看到了。」

兩匹禿禿的馬？兩輛舊乎乎的破馬車？果然他們是在外面混不下去才回來的。這下肖家眾人如臨大敵，相互看了彼此一眼。絕不能讓他們把錢糧要走！

要是林語知道她精心用紅楠木打造的馬車，被肖家人認為是兩輛舊乎乎的破馬車，真要鬱悶了。

回到家的第二天，一家人吃過早飯，林桑帶著兒子媳婦去了林家老屋，肖正軒就帶著林語和壯壯回了肖家。

一進門，就聽到兩個孩子飛快往大廳邊跑邊叫。「嬤嬤，他們來要銀子要糧食了！」

被林語牽著走的壯壯很是不解地問：「娘親，咱們家沒銀子沒糧食了嗎？那咱們還是回京裡去吧，三舅舅那兒有好多好多的銀子呢。」

肖正軒聽到兩個姪子的叫喊，臉上浮現淒涼，再聽兒子一問，他更是臉色沈下來。

知道孩子的話觸動了這個男人心中的痛處，林語慌忙把小手放在他的掌心。「相公，咱們回這裡也只不過是盡人子之責，別在意兩個孩子的話。就算是大人的話也別難過，你的媳婦和兒子都在你身邊呢。」

肖正軒深深看了媳婦和兒子一眼，幸福終於擠走了淒涼，他緊緊握住了掌心的小手，溫柔地說：「媳婦，咱們進去吧。」

「好。」

還沒商量個結果出來的肖家眾人聽到孩子的叫聲，立即站了起來，不是為了迎接，而是心中沒了底。

肖正軒抱著兒子、牽著林語進了屋，三人走到肖老爹坐的角落裡，靜靜給他磕了三個頭。「爹，兒子肖正軒、媳婦林語、孫兒壯壯，給您請安了。」

肖老爹看著眼前穿戴雖然平常卻很是整齊的一家三口，老淚縱橫。「好好好，好孩子快快起來。」

肖李氏見兒子一進門也沒叫她，就給老頭子磕頭，心中大怒。「你還知道我們是你爹娘呀？當年走的時候怎麼就沒想到爹娘？就這麼拍拍屁股、分文不留地跑了，就沒想到你爹娘被你這樣扔在家裡沒有餓死、凍死？既然走都走了，還回來做什麼？」

肖李氏這一開口，肖正軒的雙手把林語的手捏得生痛，可面對的畢竟是自己親生父母，他深吸了一口氣才解釋。「對不起，娘，當年因為戰事緊迫，師弟們催得急，半夜就走了。娘，這是您的孫子壯壯，兒子，去見過祖母。」

這麼簡單的賠罪讓肖李氏氣憤極了。她哪裡會理壯壯，只是眼睛斜了他一下，點了個頭就說：「既然走了就不要回來了，反正你是當兵的，回來也待不了多久，你趕回來做什麼？難道是為了送這孩子回來讓我們看一眼？家裡又不止一個孫子，看與不看有什麼關係？」

多年未歸的兒子，親娘卻覺得他不應該歸家；她從未見過面的孫子，因為不是唯一，也沒必要看。肖正軒心中的痛再次撕裂，只是父母再如何，他也不能不孝。

控制住心中的難過，他淡淡地說：「娘，戰事已了，兒子退役了。」

「什麼？你是說你再也不回部隊去了？」這下肖李氏真的大驚失色了。

「啊？二哥，你不回去了？」肖老四驚訝地站了起來。

肖老五也驚慌了。「二哥，你要是想回這家裡住，可沒地方住了喔。我媳婦剛剛有了身子，那間柴房她是住不得的，我沒辦法把房間再換回來給你。」

肖李氏也冷冷地說：「換什麼換？柴房要是住了人，下雨天柴火放哪兒去？那林家院子不是空的嗎，以後你就不要回來了。」

娘親是不準備認他一家子嗎？

肖正軒忍住如刀割的心問：「娘是說，以後我就住林家？」

肖李氏冷冷瞥了一眼平常打扮的兒子媳婦。「林家只有兩兄妹，我們家人太多，郎是半子，你們住林家也一樣。」

女婿住岳家，那就代表當了上門女婿。肖正軒攥緊雙拳問：「娘的意思是，以後我不再是肖家兒子，而是林家女婿了？」

什麼兒子不兒子，自己一大堆兒子，難道還少了他這一個不成？沒出息的兒子要這麼多做什麼？

肖李氏怒了。「你愛怎麼想就怎麼想，反正這個家裡沒地方讓你們住，今年糧食也沒有豐收，一大家子吃都不夠，你們回來難道想讓爹娘挨餓不成？」

林語真想把手中的銀錠子砸在老太婆的臉上，可是她今天更重要的是要得到一個結果。「婆婆，我們沒有這意思。我們一家三口吃得不多，不會讓爹娘挨餓的。妳要是讓我們住林家去，那相公就是林家的上門女婿了，以後想有心孝敬您老，怕也不方便了。」

當年這女子為了盤纏，把秧豆芽的法子都賣給了林家族長，山林裡，衙門封山育林，連獵人也不能上山了，他們哪來的銀子孝敬她？只要他們不來刮肖家的田糧就萬事大吉了。

肖李氏鄙夷地看了林語一眼。「孝敬？哼，我老太婆哪來這麼好命？反正我肖家兒子多得很，當上門女婿的在這鎮上也不只我家，有什麼關係？」

感覺肖正軒雙手在發抖，林語緊緊握著他的手問：「那婆婆是說，這個家裡的農田房屋都沒我們的分，也不管以後我們多有出息，都不會來問我們要半分銀子？妳這樣就真的滿足了？」

哼，銀子？有銀子還會跑回這山裡來？

肖李氏橫了兩人一眼。「妳放心，就算以後你們過宰相日子，我也不稀罕。你們以後過得好過得差，都不要來找我。」

肖正軒沈沈吐出了一個字。「好。」

第八十五章

肖老爹見老太婆對剛回家的兒子這麼絕情，於心不忍。「老太婆，這也是妳生的兒子。」

肖李氏毫不難為情地說：「我沒說他不是我兒子。兒大不由娘，他怎麼過是他自己的事，我難道能管一世？」

肖老爹本就窩囊，肖李氏蠻橫慣了，他也無奈，只得難過地問：「老二，以後你們一家準備怎麼辦？」

面對這樣的親人，肖正軒的心已經麻木了，聽到老爹問他，他深深看了自己親爹一眼。

「爹，就如娘所想，以後我當林家的上門女婿。」

肖老爹心中一苦，可又無奈。而肖家眾兄弟頓時鬆了口氣。

兩人正想出來，突然，院子裡傳來孩子們的痛哭聲。肖三嫂一聽其中有自己寶貝兒子的哭聲，踢開腳下的凳子就往外跑。

「小虎，哪個天殺的打你了？」

肖大嫂也聽到小兒子的哭聲，拔腳就跑了出去。「你個死小子，又跟哪個打架了不成？」

等肖正軒與林語出來，只見肖三嫂指著壯壯大罵。「你小小年紀就不學好，竟然敢打兄長，你就沒學過孝道嗎？從外面回來的孩子就是沒教養，看看你那野小子樣！」

而肖大嫂狠狠捏了一把還在痛哭的兒子說：「你就這麼笨？你幾歲他幾歲？還打不過他？這幾年的飯不是白吃了吧？」

大文哭哭啼啼地指著壯壯說：「娘，他很奸猾，他專找我們痛的地方打，我們打他的時候他就躲。」

肖大嫂氣得跳腳。

「他會躲你就不會躲？你是等他來打？」

「可是我們怎麼也躲不過……」大文委屈地說。

林語對這肖家兩媳婦真是無語。有這樣教孩子的嗎？你們兩個孩子多大了？壯壯才五歲，就算個子高了點，可畢竟還小。

肖正軒拉著兒子的小手問：「壯壯，怎麼與兩個哥哥打架了？」

壯壯仰起臉，認真地對肖正軒說：「爹爹，他們罵我是小要飯的，我說我不是，可他們硬說我是。後來我說他們才是要飯的，他們兩個人就跑過來打我。」

林語冷冷瞥了兩眼正在教訓兒子的女人，蹲下來說：「兒子，是不是要飯，不是別人說就成的。好兒子，你真棒，對付敢欺負你的人就是不能手軟。」

這下，壯壯神氣了，他小手指著兩個正在哭的堂兄說：「娘，他們說我們是來這裡搶銀子搶糧食的，我們才不是呢。娘，妳快用我媳婦她娘給的銀錠子，狠狠砸在他們臉上，讓他們看看哪個才是要飯的。我媳婦她娘說了，對付狠的人就要更狠，他們才不敢欺負人。」

林語頓時滿頭黑線。這兒子怎麼就跟土豪一樣呢？

都怪陳戀意那女人，兩個兒子天生一副老氣橫秋的樣子，因此見到壯壯，好比狗見到骨頭似的，恨不得搶到自己家裡去。

壯壯的豪言壯語讓林語很無語，可是讓兩個正在教訓兒子的女人驚呆了。

用銀錠子砸人？她們沒聽錯吧？

林語站起來拍拍他的小手。「兒子，那是土匪的做法，咱們是有文化的人，怎麼能做這樣的事呢？再說就那麼幾個銀錠子，要是用它來砸人，就沒辦法給你買油炸五香水豆腐吃了。」

壯壯彷彿大人似地一揮手。「娘親，媳婦她娘給妳一大盤銀錠子，妳為什麼不全拿回來？要不然既可以砸人，又可以吃油炸五香水豆腐。」

林語樂呵呵地說：「那得給你媳婦留著當嫁妝啊！走吧，用銀錠子買豆腐吃去了。」

一大盤銀錠子？有人送他們一大盤銀錠子竟然不要？

看著兩大一小三人離去的背影，肖大嫂與肖三嫂雙腿似踩了雲一樣，飛跑進了屋。

回到家剛要進門，林語突然聽到有人在叫。「語妹，你們回來了？」

轉身一看，只見林福從對面跑了過來，布滿滄桑的臉上滿是興奮。

林語趕緊把他請到屋裡。這間整修過的屋子將原來的兩間弄成了三間，廚房與洗漱間也隔開，弄到了院子裡。

林福坐在廳裡喝水，羨慕地說：「語妹，看來這幾年妳在外面混得不錯呀？前不久金嫂子來找我，讓我幫著給妳這院子裡買些磚瓦進來，說你們可能要回來，沒想到這麼快就回來了，這下不走了吧？」

林語覺得林福老得很快，他比林桑還要小一歲，才二十五歲的年紀，怎麼看著像三十五歲了呢？

想起林福以前對自己的幫助和關照，林語真心問：「福子哥，這些年你過得還好吧？珍嫂子也還好吧？」

林福聽林語問起王珍，臉色一黯。「語妹，她跟我和離了。」

林語差點驚呼出口。她還記得，當年王珍聽說她和離了，還背後嘲笑她給林家抹黑，難道她也是想學著給王家抹黑一回？她真想放聲大笑三聲，可看一眼林福難過的樣子，她不得不收斂自己暗爽的表情。

「福子哥，當年她不是要死要活地要嫁給你嗎？還說女子就算是和離了，也是給娘家丟臉，她怎麼可能走這一步？」

林福唉嘆一聲，臉色羞愧地說：「語妹，都怪福子哥當年想差了。咱們這窮人家，就應該娶個窮人家的女子，這樣才會安心過日子。珍兒從小在家嬌生慣養，到了林家之後，也是每日衣來伸手、飯來張口。她有身子的前幾個月，家人也不計較，可孩子生下後她還這樣，哪個還受得了？

「實在沒辦法，爹娘只能作主分了家。可是她什麼也不會做，就靠我一個人，連照顧孩子的事都不做，我能吃得消嗎？後來我也沒辦法忍了，就跟她說不能這樣不幹活的，可是她口口聲聲說我沒能耐、沒本事，說我騙了她，最後因為一點小事把二嫂推倒在地，使她小產了。

「這樣的日子還怎麼過呢？王家又過來說三道四，說嫁給我這個窮人，作踐了他們的女兒，主使她和離。就這樣拖了兩年，我也實在沒辦法忍受，今年初放她離開了，把她的嫁妝都還給她了。」

林語很同情林福，當年她也有推波助瀾的分兒，於是有點內疚地問：「那你孩子呢？」

林福笑笑說：「是個女兒，今年五歲了。現在我娘幫我帶著。我自己除了地裡的活兒之外，到處打打短工，日子也還能過得下去，妳要是有什麼事儘管找我。語妹，福子哥想問問，妳這次回來還走嗎？」

根據她對林福的瞭解，這人性子豪爽義氣，但絕對單純。於是她認真地問林福。「福子哥，我也不說走與不走的事，但也沒有準備長年住在這兒。我有話跟你說，我想在這裡買點地種些東西，可我自己沒法子管，到時你願意幫我忙嗎？」

林福一聽，大喜。「語妹是說到時請我幫忙？而且是長期幫忙？」

林語點點頭。「是的，但是你只管一小部分，來幫忙的人是我家呆子的兄弟，只是他們在這裡人生地不熟，如果有用得著你出頭的，那就託付給你，一年一百二十兩銀子的工錢，年底做得好還有分紅，你看如何？」

林福一直很喜歡林語，他覺得這妹妹才是個真女人，於是連忙點頭說：「語妹，別說銀子的事，有妳在，我一切都放心。關於這事我沒問題，到時妹夫的兄弟來了，只管讓他們來找我。鎮上我朋友多，大事辦不了，小事我準能辦成。」

兩人又說了好一會兒話，林福準備起身，林語也站起來說：「福子哥，我本想去看看森伯娘的，既然你過來了，那我等過兩天再去看她。從外面回來也沒帶什麼，這兒有兩疋布，你幫我拿給森伯娘做件衣服，還有這十兩銀子是語兒給姪女兒的，你有空帶她來玩。你的外甥跟她差不多大，哥哥也有兩個孩子了，可以一塊兒玩。」

林福不願意拿銀子，林語卻說：「福子哥，以後有很多事還得你去辦，這銀子當是語兒給你請兄弟喝茶的吧。」

既然如此，林福也只得紅著臉、拿著東西離開了。

等林福走後，林語與肖正軒準備帶著兒子出去，可小壯壯哪會讓他們抱，一出門就溜了下來，走在田間更是興奮極了。「娘親，這裡有好多的玉米呀！」

林語笑著跟他說：「是不是想嚐嚐烤玉米的味道？」

壯壯閃著大眼朝林語甜甜地笑，連忙點頭。「娘親，那烤玉米真的很香嗎？」

林語肯定地回答。「絕對香。」

壯壯喜得跳了老高。「娘親，那壯壯先去地裡看看了。」

林語朝肖正軒看了一眼，回答他。「只能看看，可不能亂動，要是給你踩倒了，玉米就長不熟了。」

「我知道了。」

肖正軒看自己可愛的兒子，欣賞地看向林語。「媳婦，妳把咱們兒子教得真好。」

林語朝他得意地一眨眼。「那當然，這是我們倆的兒子。」

想起林語剛才與林福的對話，肖正軒問：「媳婦，妳是說我們在這兒也可以買個莊子種藥材？」

林語點點頭。

「相公，上次大叔說讓我們藥鋪和莊子不要全置辦在京城，我就想到這裡了。這兒離京城不是太遠，到處都是大山、深林還有不少荒山，如果我們買下幾座荒山和農田，這裡可以安置不少兄弟。而且這裡消息閉塞，上頭那人就是想要打聽也不容易。」

肖正軒讚許地說：「那明天我去找里正問問附近的山地和農田，如果行得通的話，妳這想法很好。」

到了林語四叔家，林桑夫婦早已在院子裡，林桑與四叔邊整豆子邊聊天，而林王氏與莫琴音兩人在擇菜。

看到林語三人進了院子，林王氏跑了出來。「語兒，妳這沒良心的丫頭，這一走就五、六年都不給個音信，太過分了！」

看著抹眼淚的四嬸，林語有了歉意，她握著林王氏的手搖著。「四嬸，是我不好，累妳操心了。京城離這兒有點遠，而且咱們這鎮子裡的人難得到京城裡去，我幾次想找人送信都沒送成。」

林王氏不樂意地說：「你們不是送信到金家幫著修整院子了嗎？」

林語朝肖正軒看了一眼，紅著臉說：「四嬸，那是我相公從南方回來的時候碰到一個人才辦成這事的，他也是後來回來才與我說的。」

林王氏不在意地說：「行、行，回來就好。」

話音一落，只見一個小夥子從院外奔了進來。「三姊——」

林語驚訝地看著眼前高大威猛的小夥子，驚喜地叫了出來。「正弟！」

林正見林語一眼就認出了自己，高興地喊了起來。「娘，我說了三姊會認得出我吧？哈哈哈，太好了，我就知道三姊是最厲害的。」

幾人坐下後，林語簡單問了一下林正的情況，得知他去年學了木工已出師，農閒時常幫別人家做手藝，生意還不錯。

說到林家的兄弟姊妹，林王氏手中擇著菜，眼睛看向林語。「語兒，妳知道那柔丫頭的事嗎？還有妳那弟弟林清，他們姊弟呀，可真是有出息的。」

他們有出息？林語吃驚地看向林王氏。「四嬸，他們有什麼出息了？」

難道這林清還真這麼有志氣，她埋下的種子沒有發芽？

第八十六章

看到姪女驚訝的表情，林王氏笑著說：「說清兒吧，今年算來也快十八歲了，可他每天都住在賭館裡了，沒有銀子就賣農田。當初你們家不是有三十幾畝的農田嗎？可林家現在不知道還有沒有三畝呢！」

林語沒想到這結果。「四嬸，那他爹娘會讓他賣地？」

林王氏搖頭說：「不同意？除非他們不要兒子了。賭館裡都是打手，欠了銀子不還，多欠一天砍一根手指頭，多欠一個月砍一隻手，妳說他們敢不還？」

林語可不同情這一家，當初她親爹是怎麼樣要老情人不要他們兄妹，她可記得清清楚楚。她笑著說：「這個舉人老爺可真是有出息。」

林王氏又笑著說：「這柳氏教兒女，我還覺得真有能耐。當年不是換了妳的親事，把自己親生女兒嫁進王家嗎？這也是報應，成親那天出現那等醜事，身子受了損傷，林柔至今一無所出。這王家可真夠狠的，她不拿出嫁妝，就給王慶另娶了一個平妻，雖然人長得難看，可人家的嫁妝比林柔的要強多了。

「而且這個平妻也夠賢慧的，不僅把一半的嫁妝給了王家，還把自己陪嫁的丫頭開了臉送到王慶床上。那丫頭可是人家專門選來陪嫁，還請人專門教過，手段可不是一般。聽說王家感激她，王慶也不敢怠慢她，成天不是歇在平妻這兒，就是歇在通房那兒，柔丫頭的房裡基本上是難得去了。」

又是平妻又是通房？林語諷刺地笑了笑。「四嬸，這王慶倒是得了便宜。」

林王氏又笑著說：「便宜？柔丫頭是個受得了氣的人嗎？她也是個好本事的，知道王慶喜歡窯子裡那個鳳娘，竟然給王慶買進來了。現在王家呀，可真是熱鬧，王慶嚇得都不敢回家了。」

「哈哈哈……」林語笑得實在沒了形象。「王公子竟然怕這溫柔鄉？他不是自詡為風流才子嗎？這一下如他的意了。」

笑過之後，林王氏感嘆地說：「做人可莫太過了。王家也許真的造了過，一院子的女人，竟然沒有一個懷上孩子的，氣得王家夫婦跳腳。王慶可是長子呢，沒孩子怎麼行？看來老天也看不過去了。」

吃過午飯，壯壯跟著林正去玩，林桑上午過來這兒，林張氏與林老爹都不知躲哪兒去了，下午聽說他們回來了，帶著孩子媳婦去見人了。

林四叔這些年因為接手了林桑的豆腐生意，加上孩子都大了，日子就好過起來，去年他們在離林家老屋不遠的山腳下，自己蓋了個院子，所以林語不用經過林家老屋。她與肖正軒沿著小路往回走。

當兩人走到當年被蛇咬了之後的河邊時，林語對肖正軒說：「好多年才回來，我想去那兒坐坐。」

小河的水流還是不大，肖正軒抱起林語，幾個蹦跳就到了河邊那堆大石上。

兩人並肩相依坐在當年坐過的大石上，林語抱著肖正軒的胳膊撒嬌說：「當年在這兒，你還不願意揹我回去。」

肖正軒知道媳婦撒嬌，摟過她的小臉親了一口。「一會兒我揹妳回去可好？」

就算是老夫老妻，沒病沒痛地被相公揹回去，被人看到了還不當成笑話？

林語沒好氣地瞪了他一眼。「你這是故意想讓我出洋相。」

肖正軒又親了她一口。「那我在這兒揹妳一會兒？」

「真的？」前世韓劇裡的男主角都會揹女主角的，多浪漫。頓時，林語雙眼閃閃發亮。

深吸了一口氣的肖正軒親暱地捏了一下林語的鼻子，旋即跳下石頭，紮好馬步。「來吧，相公揹妳飛一回。」

林語雙手摟上肖正軒的脖子，把臉貼在他後背上。「相公，飛奔吧。」

肖正軒揹著她在亂石間跳來跳去，讓林語真覺得有種飛奔的感覺。

後來她想自己也來跳一下，於是掙扎下來，牽著肖正軒的手像個孩子似的玩了起來。

見林語玩得滿頭大汗，這個季節雖然還不冷，但是衣服濕了也容易風寒，肖正軒把跑得不亦樂乎的小女人抱下來，坐回了石頭上。

林語覺得自己再瘋也沒事，不滿意地說：「我還沒玩夠呢。」

肖正軒抽出她身上的棉巾，打濕後輕輕地給她擦著頭上的汗。「妳看看還玩呢，都出汗了。轉過身來，我給妳擦一下，否則要得風寒。」

午後的陽光曬得人暖洋洋的。這裡沒有空氣污染、沒有霧霾的天空真的很美，藍藍的天、白白的雲，林語靜靜欣賞著一切。

林語乖乖轉過身子讓他擦汗，可是不知不覺，她發現這汗擦得離背也太遠了點……

「你這是在擦汗？」

肖正軒寵愛地親了一下她微張的小嘴。「媳婦都不理相公，我只能找點事做了。」

呸，這個男人，還真能找理由！

光天化日又是野外，林語也覺得有點刺激，心中躍躍欲試。可她還是有點害怕，萬一被人看到了怎麼辦？

肖正軒知道她擔心。「媳婦，這裡在河邊，離高地又遠，要是有人來了，憑我的耳力不可能不知道。放心，今天在這裡讓相公向老天表示，我愛我的媳婦，一直到老。」

這種對天而起的誓言，對古代人來說，等於毒誓。

林語雙手攬著肖正軒的脖子，輕輕地說：「我也愛你。今天讓我也給你享受一下……」

兩人回到家時，太陽已西下，壯壯看到他們進門，非常不高興地說：「爹爹、娘親撇下壯壯自己去玩，我生氣了。」

林語臉一紅，肖正軒抱起壯壯親了一下。「爹爹和娘親可不是去玩了。」

壯壯不信地問：「那你們哪兒去了？」

肖正軒一本正經地說：「我們考察土地去了。」

「噗！」林語把一聲悶笑憋回了肚子。

這個呆子要不就不說話，一說話就讓人無話可說。這麼哄他兒子，虧他想得出這種理由。

壯壯看向林語。「娘親，妳跟爹爹到哪兒去考察土地了？」

林語朝肖正軒翻了個白眼，扯了扯嘴角說：「有點遠的地方。那裡路不好走，所以就沒帶壯壯。」

娘親與爹爹都這麼說，壯壯只得信了。「那下次，你們不能扔下壯壯兩個人去。」

林語岔開話題。「爹爹和娘親可不是扔下壯壯去的，當時你跟正舅舅去玩了呀。兒子，你和正舅舅去了哪兒玩，那裡好玩不？」

說起玩，壯壯飛快提著一籃子的玉米過來。「娘，我和小舅舅去摘玉米了，妳看，這是我自己摘的。妳說了要給我和燈燈烤玉米的。」

小燈燈也邁著短腿跑了過來。「姑姑，燈燈要吃玉米。」

見兒子高興了，林語開心地說：「好，壯壯，叫你爹爹生火去。」

林語進門看到林桑在屋裡，她詫異地問：「哥哥，難道嬤嬤沒留你們吃晚飯？送了那麼多禮，飯都沒留？」

林桑苦笑著說：「語兒，還是妳說的對，老人家的心偏了，除了銀子沒什麼能捂熱的。妳知道上午他們去哪兒了？一家人都躲到山上砍柴去了呢。聽說是因為大生嫂子跟她說我們回來了，又得知我們是趁天黑回來，她怕我們混得不好，跟她蹭吃蹭喝……」

林語更奇怪了。「你們不是帶了那麼多東西？」

林桑的臉色更難看了。「上午我們送東西過去放在堂屋，不知是不是大伯娘還是大伯收起來了。嬤嬤回來後，可能是沒看到東西，只看到我們一家空手，於是沒等琴音與燈燈、妞妞磕完頭就說開了，說當年我們怎麼不聽話，我們怎麼沒良心，不管他們母子三人還跪在地上，直到口說得乾了，還故意忘記叫他們起來。」

這是當親嬤嬤的人？五年沒見到的孫子，從未見過面的曾孫與曾孫女，她竟然如此惡毒？

林語一聽，火都燒起來了，何況是自己這個疼妻如妹的哥哥了。她看向林桑。「哥哥，那銀子你沒給她吧？」

林桑搖搖頭。「這種長輩我還用得著孝敬嗎？那幾疋布料也不下二十兩銀子，語兒，那就算是我們孝敬老人家的，以後就算了。」

林桑這個老實人總算開竅了。林語安慰他說：「哥哥，你盡心了，是她這種人不值得讓小輩的尊敬。不過，就算她得了那點東西，我也不會讓她拿得心裡舒坦。」

林桑心裡對長輩那種失望與打擊自是不必說，聽到妹妹這話，他知道她定是有了好辦法。「語兒，妳有什麼打算？」

打算？那是肯定有的。

本來她不準備這麼張揚，但林家人對他們兄妹不好，肖家人也很薄情，這兩天的際遇讓林語生氣了。

她淡淡地一笑。「哥哥，讓眼皮淺的人後悔，最好的辦法，就是讓他們看到本該孝敬他們的錢財，卻光明正大的沒了他們的分。你說他們心裡會如何？」

林桑不再是五年前那個只知愚孝的林桑了，他知道人敬我一尺、我敬人一丈的道理。就算是親人，那也得有親情才算親人。於是臉色一肅。「語兒，妳只要去辦，哥哥都支持妳的決定。」

「好，哥哥，我會讓她看到，看輕我哥哥的結果是什麼。」接著，林語又說：「哥哥，相公說考慮在靠山屯置些地，跟城外的莊子一樣，明天你找族長問問，有沒有荒山和農田可買的。」

林桑一聽眼睛亮了。「語兒，肖二哥是說要在靠山屯置辦莊子？」

林語含笑點點頭。「是有這個打算。大叔不是說那兒也不大安全嗎？狡兔三窟，咱們就讓靠山屯成為我們的第二窟好了。」

不管在京城混得如何風光，可是靠山屯總是自己的根，如果能在這裡置辦田產，那他還會被親人看不起嗎？林桑這下真的開心了。「語兒，妳說林家那些勢利的人看到我們這些產業，會不會後悔？」

果然林桑還是想在長輩面前爭氣的。她肯定地點頭。「哥哥，我們就是要讓他們後悔莫及！」

第八十七章

十幾天後，靠山屯又迎來了津津樂道的兩個大消息。

十里香酒樓的大堂裡，十人有九人在談論林氏和肖氏的事。

「老哥，你說林家還真出人才了，林家桑哥兒也沒見得是多聰明、多有能耐的人，怎麼就掙到這麼多銀子呢？花那麼多銀子買了林氏宗祠的兩座荒山和一百多畝地不說，還捐一千兩銀子給族裡重修宗祠，這得花多少銀子啊？」一位年紀五十餘歲的老者與另一位老者談論著。

另一位老者叼著煙桿吸了一口，又長長吐了一口煙才說：「我看呀，是這林家和肖家祖墳冒青煙了。林家有銀子還是小事，可我聽說肖家那呆子竟然是個四品將軍，也捐了銀子給族裡，雖然現在退了下來是個閒職，可靠山屯幾百年來出過這麼一個人嗎？」

「就是就是，誰能想到這林家兄妹竟會有今天？當年王家找藉口，為了林家的嫁妝退了嫡女的親事改娶繼女，真是撿了西瓜丟了芝麻啊！現在林檔生心裡可後悔了吧？為了個拖油瓶拋棄親子親女，這樣的人啊，真是找死啊！」

「寵到心窩裡的繼女竟然是個婚前就珠胎暗結的賤人，而被他嫌棄的嫡女，竟然是個四品將軍夫人，這世上稀奇之事真的太多了。」

「女兒倒不算什麼，林檔生那最寵的兒子，才是他挖心肝的痛。」

「林家與肖家有這麼大的靠山，以後可要在靠山屯橫著走了。」

年紀大的老者說：「那倒不會。聽說林家哥兒說了，以後還得開荒山種草藥，讓屯裡有空有勞力的幫著他採草藥、挖藥苗，價格一律比以前的高兩成，看來他們也是想給屯裡這些窮人一條活路，也省得背井離鄉地謀生活。」

正當茶寮酒樓飯堂都在談論著林桑與肖正軒的事，肖李氏完全忘記自己把兒子一家趕走，氣得在院子裡大罵。「我就知道這個沒娘教養的死丫頭不是好東西！怪不得她總問我是不是滿足了？原來他們手上有這麼多銀子，不願意給我呢！」

二哥真是太過分了，有這麼多銀子給族裡，竟然不知道給每個兄弟送上一百兩，這還叫親人嗎？

肖家幾兄弟也心有不平，肖老五跳得最高。「娘，這二哥還算是我們的親兄弟嗎？家裡這麼多人擠住在一塊兒，手腳都放不開，他不是早就看到了？竟然把一千兩銀子捐給族裡，他當官我們沒撈到一點好處，倒是便宜姓林的了。」

肖老三也很不甘心。「上回他成親的時候，還虧我去幫他修屋子。」他完全忘記當時是因為聽說修一天屋子有五十個大錢的工錢而去的。

肖李氏在桌子上大拍一掌。「不行，我得去找他把銀子要回來！」

肖老四卻有不同的想法。「娘，這銀子捐給了族裡，肯定是拿不回來的。您去跟二哥說說，好歹他是個四品將軍，不管他是不是閒職，畢竟算得上是朝廷的命官吧？讓他也幫我到府城謀個小官做做，同樣是給肖家光宗耀祖。」

肖三嫂心底也只想著為自己唯一的兒子打算。「婆婆，四叔說的對，我相公也是個實在人，還是實實在在幫著爹娘種田算了。只是小虎可是您的親孫子，他有了出息定不會忘記嬤嬤的。您能不能跟二哥說說，把小虎送到府城的學堂裡去上學？我們也不求別的，孩子的吃穿用度和束脩紙墨就讓二哥幫著出，反正也沒幾個銀子，聽說那兒的先生可是個舉人老爺。」

肖大嫂三個兒子都不是讀書的料，她腦子一轉，立即說出讓肖李氏最貼心的話。「娘，您和爹年紀也大了，幾個孫子也大了起來，他們也就想在家裡孝敬您兩老，為您兩老養老。只是這點農田也少了點，二弟那兒咱們也不能去為難他，當官也不容易，還是請二弟幫幫家裡，再置辦個幾十畝吧！」

肖老爹剛想說不許大家去找二兒子，可是肖大娘哪會聽他的？立刻站了起來。「就這麼辦！」

林語並不知道肖家這會兒這麼熱鬧，她此時正為林家的老太婆糾纏林桑而好笑。

林張氏拉著林桑的手在院子裡折騰。「桑哥兒，你是林家養大的，怎麼能把銀子都捐給族裡呢？不可以，你去給我要回來！」

林桑對林張氏早就涼了心，此時這撒潑的樣子，他覺得真難看。他拿出身上二十兩銀子塞在她手中。「嬤嬤，孫兒再跟您說一次，那銀子可不是孫兒掙回來的，是妹妹掙的。」

林張氏本想扔了手中兩個銀錠子，可想一想還是緊緊捏住了，但嘴裡可不承認。「你說是語丫頭掙的就是語丫頭掙的？她一個丫頭片子哪有本事掙什麼銀子？你這沒良心的傢伙，不就是不想把銀子給我老人家用，才這麼說的！我會信你才有鬼呢！」

見鄰里眾人議論紛紛，林語朝大家說：「各位伯伯大爺、大娘嬸子們，我與哥哥到了京城後，因誠實做事、誠信做人，靠著手藝被京城裡的四家酒樓看中了，這幾年一直跟他們合作，每天起早摸黑地做豆腐、秧豆芽，總算過上了好日子。

「都說人不能忘本，我們兄妹以前得到過族人相幫，所以這次回來也是特意來感謝鄉親的。我林語是林家的出嫁女，可我是個有血性的人，當年我嬤嬤為了銀子不顧親情，幫著林柳氏把我們兄妹趕出林家，從那天起，她就不再是我們的親嬤嬤了。

「但這宗祠是家族之本，作為宗室嫡女，為宗室做點事是應該的。雖然我捐出的銀子不算多，也只想盡棉薄之力，為後代子孫留個想念的地方。宗祠重建落成之日，我將在十里香預定一百桌酒席送到祠堂裡，到時敬請長輩們光臨。」

林語一席話說完，砰一聲，林張氏倒在了院子中間。

熱鬧的場面以林張氏被氣暈為結束。

一行人心有感觸，剛回到林家小院準備燒晚飯，小院卻來了一位意想不到的人。

兩兄妹對林檔生的到來很訝異，迅速對視了一眼。看著僅僅幾年就老了的林檔生，林桑心裡有一種酸酸的感覺。可惜自己兄妹不是他操勞的對象……想到此，他面無表情地問：「你來這兒有什麼事？」

林檔生也是個要強要面子的人，不然當年也不會因為胡家嫁妝壓了他，使他頭抬不起來而一直不喜歡胡氏，讓她早早去了。如果不是這樣，也許不會落得這個下場。

可是他架不住柳氏的哀求。如今田產被林清敗了不說，前天他還偷了宅子的地契賭掉了，今天早上就有人來收宅子了，一家人面臨要被趕出家門的窘境，兒子還押在賭館……

林檔生看著眼前意氣風發的兒子，那挺拔的身高、成熟穩重的氣質，比之他當年要強得太多，可是兒子眼中卻沒有他當年的驕傲，只有冷漠。

「我……」林檔生嚅動著嘴，不知要如何開口。讓他求兒子幫他把宅子贖回來？

林語看林檔生的樣子，冷笑一聲。「舉人大人的親爹來了？喲，你家舉人大人呢，今天怎麼沒陪著老爺子來散步？」她可不像林桑這麼心軟，當年的事，她不會忘記一、二。

林檔生臉一紅。「語兒……」

「住口！別叫得那麼親熱，我們沒那麼熟，請叫我肖林氏。當年把我們兄妹趕出林家之時，林二爺可是說得響噹噹的，不管今後我們兄妹是要飯也好當官也罷，從此與你無關。」

頓時，林檔生的老臉彷彿滴血一般，看向林語的眼光好似要吃了她。

林桑有點過意不去，想上前說什麼，林語退後一步，扯了扯他的衣袖。「哥哥，這種為了一個爛女人連親生子女都不要的人，你不必心軟。走吧，我家廟小容不下你這尊大神，還是找你的舉人兒子去吧，他才能讓你風光一生。」

想起當年親爹的所為，林桑眼見著妹妹只餘一口氣，可親爹竟然要他放棄林家的一切，帶著妹妹住進外祖家的破院子，才找了郎中……

而且為了繼女能嫁王家，唆使王家退了親女的親事，把繼女嫁進去……

為了讓繼女早日出嫁，又唆使親嬤嬤來賣妹妹……

這樣豬狗不如的男人，他有什麼資格當他們兄妹的親爹？

「你走吧，你的兒子叫林清。」

砰的一聲，林檔生倒在了門外，眼中只有悔恨……

「他們竟然見死不救？這兩個黑心腸的東西，我咒你們全家天打雷劈！」林柳氏已不復當年的風采，操心過度已讓她染上了白髮。

全家？她竟然說咒他們天打雷劈？自己才是不會教兒子不會教女兒，教出了兩個孽障。

林檔生看著林柳氏猙獰的表情，突然來了厭惡。如果當年不是她唆使自己讓王家退了親生女兒的親事，把繼女改嫁過去，兩兄妹還會恨他嗎？

如今大兒子一身穿著、華麗的馬車、修整得大氣寬敞的院子……自己怎麼會成了路人？都怪她！都是這個臭女人出的餿主意！

突然門外有人喊。「林檔生，時限過了一個時辰，先送來你兒子的一隻手給你當個紀念，如果明天這個時辰不把餘下的二百兩銀子送來，你就等著收屍吧！」

這個家，別說二百兩銀子，就是二兩銀子怕也得去借了。

看著地上白生生的手臂，林柳氏一口鮮血噴出，暈倒在地上……

林檔生看也沒看她一眼，進屋內搜了幾件衣服，掏了半天把牆角挖開，從裡面拿出兩只銀飾，頭也不回地走了。

從此，鎮上再也沒有人見過林檔生了。

族長林宗明看著只餘一隻手臂的林清，感嘆一聲。「你大哥給你出了二百兩銀子救你出來，以後好自為之吧。」

幾年之後，有人告訴林語，在淩州城裡看到一對要飯的母子，彷彿就是林清與林柳氏。

林語只是笑了笑。

「這是世上唯一一個要飯的舉人老爺——」

第八十八章

有人說好事成雙，雙喜臨門。林檔生的「喜」剛完，肖家人又喜氣滿面地上了門。

肖老五雖然是一臉假笑，可語氣中透露的卻是興奮。「二哥、二嫂，爹娘讓我來接你們回家吃晚飯，大舅、二舅他們兩家人都過來看你們了。」

林語一臉受寵若驚的樣子看向肖正軒。「相公，難道今天晚上太陽從西邊又爬起來了？」

壯壯新奇地問：「娘，晚上也有太陽的嗎？那我和燈燈可以不睡覺一塊兒玩了。」

「噗！」在一邊選菜的莫琴音被母子倆逗得沒法忍住了。「林語，妳再胡說八道，妳兒子晚上要坐著等太陽出來了。」

一家人說說笑笑，沒人理肖老五，他面色脹得一臉通紅站在院中，可為了以後的日子好過，他只得壓下心中的憤怒，討好地說：「二嫂，以前是小弟不對，您大人大量莫計較。爹娘確實是讓我來請你們回家的，舅舅他們聽說你們回來了，特意趕過來看你們的。」

聽了肖老五的屁話，林語心中冷笑。是來看我們的銀子的吧？

肖正軒冷淡地朝肖老五說：「你跟爹娘說，晚飯我就不過去吃了，等晚一點我再去看兩位舅舅好了。」

肖老五知道他這是推辭，正不知如何勸解時，肖老四帶著孩子也進來了。他熱情地說：「二哥、二嫂，舅兄家這小院子收拾得真不錯呀！」

見妹妹、妹夫都不吱聲，畢竟是親戚，莫琴音只得在一邊訕笑。「哪有什麼不錯？這麼小的院子，比起你們肖家大院來，差得太多了。」

要是前幾天，肖氏兄弟還會洋洋得意，可此時他們只有臉紅的分兒。

肖正軒不想與他們多說。「走吧，廢話少說。以後你們不要到這院子裡來了，這裡不是你們能來的地方。」

見林語與壯壯沒跟上，肖四嫂笑吟吟地拉著她說：「二嫂可真是個美人兒，弟妹我比妳小了幾歲，可真要讓人說，定會說我是姊姊呢。我嫁進來之後還是現在才看到二嫂，原來二嫂是這麼的可人，怪不得壯壯會長得這麼可愛。」

林語意外地看了她一眼。肖家還真有能耐，在哪裡給肖老四找了這麼一個會說的媳婦進門？

嘴角微微挑起，林語沒說話，看她怎麼說。

這肖四嫂還真是個人才。「那天妳回來後，婆婆一時激動，說了些難聽的話。她老人家呀，是這麼多年念著妳與二哥呢，好不容易才把你們盼回來，人一激動說話就語無倫次了。這不，回念過來，特意讓弟妹來請二嫂回家呢。」

林語心中暗笑。這四弟妹不可小瞧呢，方的都讓她說圓了，不就是想讓她也跟著去肖家嗎？也好，去看看這些人到底打什麼主意。

這麼想著，林語牽上壯壯，看向肖正軒。「相公，這麼多人來請，再不回去一趟，定要說我這做兒媳婦的架子大了。好吧，既然婆婆如此想念我們，定是煮了大餐在等著我們呢！走，我嫁進肖家這麼多年，還真沒吃過肖家的菜到底是鹹還是淡的，今天正好一解心中所思。」

肖四嫂臉紅了。雖然她嫁進來後從沒見過林語，但也聽過肖家人說過許多事。作為一個女人，原來對她是不屑的，可當她知道二伯是當官的，她又是羨慕又是嫉妒，可林語這番話讓她心理倒平衡了些。

看到他們夫婦一進門，肖李氏立即習慣地來了個下馬威。「今天你們回來了，我也不多說了，老二、林氏，既然你們現在過得這麼好，那以後這個家裡就歸你們管了。你大哥、老三兩家，每家給個五百兩銀子置辦些田地；老四、老五都讀了書，你給他們謀個前程。官不用多大，你是四品，就給他們弄個五品六品就行了。至於我們兩老麼，以後就給你們管家算了。」

林語靜靜地看著肖李氏大剌剌地吩咐，直到一屋子的人都盯著她，這才開口。「不知道婆婆請我們回來有何要緊事？」

肖李氏還真是厚臉皮，聽她這麼一說，又上前親熱地要拉林語的手。「看妳這孩子，回自己家還得有什麼要緊事不成？昨天你們忽然回來，娘這腦子就不中用了。想當年，你們兩口子一聲不吭把爹娘丟下就走了，突然回來，娘的神都沒回過來呢！這不，妳爹說我了，自己家的孩子怎麼能置氣呢？來來，老二媳婦，今天在家裡吃晚飯啊！」

林語把手挌開。「婆婆，不用客氣了，林家那邊已準備好了晚餐，就不勞累妳了。再說這出去當上門女婿的人，不年不節的要是動不動就回娘家吃飯，還不讓人說沒規矩？」

這時代對媳婦子的規矩大，不年不節、沒有重要事，出嫁的女子是不能隨便回娘家的。肖李氏已經說了，讓肖正軒一家住在林家，那就是准了讓他當上門女婿。

肖李氏蠻橫慣了，聽了林語諷刺的話就想發火，可為了銀子，她又忍了。「傻孩子，胡說什麼呢？妳是我肖家明媒正娶的兒媳婦，我兒怎麼就成了上門女婿呢？讓你們住林家只不過是一時權宜之計罷了，誰教家裡實在太窮，讓你們住下，不是讓你們受罪嗎？」

好一個舌粲蓮花的老太婆，為了銀子還真能把黑說成白，把白說成黑呢！

林語故作眼睛一亮。「婆婆說我是肖家的兒媳婦？可我記得當年婆婆並未許林語上族譜，這會兒怎麼就成了肖家兒媳婦了？」

肖李氏的臉一紅。「當年太急促了……」

林語冷哼一聲。「不是太急促，是眼裡根本沒有這個兒子。如今，有時間也不必了，我不做妳的兒媳婦了。」

肖李氏臉色一冷，一掌拍在桌上。「林氏，妳不要不知好歹！軒兒總是我生的兒子，妳不當我兒媳婦，要當的人有的是！聽說你們給宗族捐了一千兩銀子，我這當親娘的也不多要求，你們給家裡一千兩銀子，再為老三、老四去城裡謀份差事，這事就算了，否則，妳永遠不要想上肖氏族譜！」

肖正軒冷眼看著親娘發威。他要看看自己的親娘還能把他們夫妻逼到哪一步。昨天怕他回來分田分糧，已經不認他了，今天知道他手上有銀子，就以上族譜來逼他們，世上的親娘如果都是這樣，誰還想當兒子？

林語知道肖正軒受了傷，她緊緊握住他的手，朝肖李氏一聲冷笑。「妳想要一千兩銀子，去打劫錢莊吧！相公，我們走……」

可話才說完，林語忽然眼前一黑，身子一軟便倒了下去。

肖正軒抱著林語進門時，林桑嚇得從屋子裡衝了出來。

「語兒，妳這是怎麼了?!」

等林語坐下，她笑著說：「哥哥，我沒什麼事，剛才就是被他們煩得有點頭暈。是相公太過緊張，非得抱我回來。」

說話間，只見江大夫揹著箱子進了院子。「肖夫人，哪裡不舒服？」

肖正軒見大夫進來了，立即站起來說：「江大夫，剛才我媳婦暈倒了。」

江大夫把手放在林語脈上，良久才笑著恭喜。「恭喜肖二爺、肖夫人，這是喜脈，肖夫人有喜了！」

江大夫話音一落，肖正軒臉上驚喜頓起，他一激動就抓住了江大夫的手。「江大夫，您能確定？」

江大夫與林家兄妹熟悉，他笑呵呵地說：「肖二爺，這點老頭子可以肯定，肖夫人身子看來調養得極好，胎兒有三十幾天近四十天了。今天突然暈倒，看來是被煩心了。沒事，胎兒好極了，胎象安穩得很，什麼安胎的也不用吃，好好睡一覺就行了。」

謝過江大夫，待林桑夫婦把江大夫送出了門，肖正軒雙手顫抖地抱住林語。「媳婦，我們又有孩子了！」好像沒做過爹似的。

林語好笑地看著肖正軒。「兒子都這麼大的人了，你還這麼興奮做什麼？不過說來還是我粗心，這一忙，我就把月事都給忘記了，真是大夫不自醫。」

心有內疚的肖正軒小心地扶她躺著。「這些天確實是煩心了，回到這裡，靠山屯的人真的讓人很糟心。媳婦，等妳穩了胎，我們就回京城吧，還是那裡住著爽心。」

林語點點頭。「嗯，過個幾天再看看胎象，我們就啟程吧。這裡的事基本上差不多了，莊子的事，族長爺爺同意幫忙，今年也沒大事，先把荒山開出來就行，反正這事福子哥會管好的。」

雖說肖正軒也極想離開，可他還是擔心地問：「這路上要走十來天，媳婦，妳這身子能行嗎？」

林語朝他笑笑。「我一直在調養身體，當然是可以的，江大夫也說胎象穩定，只要路上我們不趕著走，肯定不會有事。再說我們出來一個月了，太遲了的話，大雪要封路，那今年就走不成了，我可不想在靠山屯過年。」

其實她擔心的是她那一屋子的大姑娘，有沒有被那幾個臭男人追走呢！

知道自己媳婦的能耐，肖正軒想了想才說：「那我先做些準備再走。妳先躺著，我去給妳打水來洗漱。」

林語要坐起來，肖正軒攔住她。「不許起來，相公幫妳洗漱。」

她哭笑不得。「我是懷孕，又不是生大病，而且就憑我這牛都能打死的身體，用得著這麼小心嗎？」

可肖正軒哪會理她？直看向林語就是不說話，被看的那個人只得乖乖躺回了床上，等著做老佛爺。

有兩家族長的幫助，田地山莊的事都辦得很順利。

也不知道是不是受了林張氏的壓力，林家眾親人對林桑與林語視而不見，只是當他們看到林四叔家從三畝地突然增加到三十畝地，林福身上穿得光鮮，女兒打扮得像大家閨秀一般時，林張氏又在床上多躺了一個月。

肖家倒是沒了動靜，林語也沒空管他們。

只是林福上門請她幫忙去秦家下聘時，她驚訝得下巴都要掉了。

「福子哥，你是真心娶秦姊姊？一來她在鎮上拋頭露面多年，二來她年紀比你還大一歲，你是真心的？」

林福面上出現了少有的羞澀。「語妹，這一年多來我常帶孩子去她家鋪子裡買雜貨，她對孩子很好。原來我是不敢打主意的，畢竟她家境比我好很多。現在她的弟弟也大了，已經能獨當一面，家中也不用她操心了，而妳給我買了二十畝地和一份差事，我也能養得起她了……」

看來王珍這些年給林福的苦頭不少，讓他看清了娶媳婦娶的不是家世，而是人品。雖然秦姑娘因為家中兄弟，很小就當起了家，做起拋頭露面的營生，可是她對待弟妹的心也讓許多人稱讚。

聽說如今兩個弟媳婦進了門之後，姑嫂和睦，這樣的女子怕真的是林福未來的幸福吧？而且，現在的林福成長了許多，懂得顧家的男人會是一個好相公。

林福的親事訂得很快。親事在臘月初六，林語因為要回京城，以後這靠山屯要用到林福的地方也不少，於是提前送上了一個大紅包。

因為要準備回京城，胎兒還小，路上這麼長，就是再小心也怕有問題。為了安全起見，林語讓林桑去揀了幾味草藥回來。這種草藥能作茶飲，沒有多少副作用，且對胎兒很好，她熬成了茶，喝了三天。

又是一次分別時，金大嫂站在馬車邊遺憾地說：「我還以為你們最少要過完年才走呢，哪知你們走得這麼匆忙。明年可得回來多住段日子，把京城裡的新鮮事說給我聽聽。」

林語笑著說：「行，以後我們會多回來住些日子。我家那院子就拜託金大哥了，建成大院子後，我就可以帶一大幫人回來了。」

林桑與肖正軒跟族裡幾個長輩告別後，正準備上馬，突然肖李氏等一行人攔到了馬車前。「老二，你表妹東西都收拾好了，你看讓她坐哪輛車？」

眾人莫名其妙，而林桑更是不解地問：「語兒，這是怎麼回事？」

莫琴音聽到林桑問話，掀起車簾探出頭來。當她看到肖李氏拉著一個女子攔在林語的馬車前時，好奇地問：「妹夫，肖大娘帶的這位孀子想跟我們一塊兒去京城嗎？」

林語還想著肖李氏就這麼作罷了呢，原來在這兒等著她？

還真是打不死的小強。

第八十九章

「噗，嫂嫂，妳那什麼眼光呀？這是相公的表妹，怎麼能叫嬸子呢？婆婆是教導我要當個賢婦，一個人侍候不了相公，應該賢慧地為相公納妾。她看我這麼不懂事，特意送個表妹來相幫。」

林語下了馬車，笑盈盈地站在肖正軒身邊。

眾人聽了她的話，眼珠子都快掉出來。這肖家大娘，還真是……還真是能做出讓人哭笑不得的事。

看看一臉滄桑、一身婦人打扮的村婦，再看看一身靛藍纏枝花小夾衣齊腰而過，長長的奶白色紗裙襯著靛藍的纏枝花長裙，頭上流雲髻梳於腦後，披落的黑髮散於雙肩，被調養得粉嫩、嬌俏可人的林語……

這好比是山雞與鳳凰，完全不在一個等級。

肖氏族長也只能暗暗嘆息。肖老二這麼有出息，怎麼就有個這麼奇葩的娘親呢？真是歪竹生好筍，她還真想得出讓姪女給自己兒子當妾，還是鄉下姑娘給一個四品將軍當妾？難道她沒有眼睛嗎？

看看眼前一對璧人似的夫婦，如果林語不是梳了個婦人裝扮，沒有人會說這是小媳婦而不是大姑娘。這個李家表妹站在她面前，怎麼站得住？

林桑聽了林語的話，轉向肖正軒。「肖二哥，這是怎麼回事？」

肖正軒正要發話，林語拍拍他的手說：「哥哥，不關相公的事。我相公說了，他主外我主內，家裡的事大大小小都是我作主，就算是買隻雞殺，我說要公雞，他絕不會說母雞好。」

肖李氏臉色一沈。

「老二媳婦，妳這話是什麼意思？難道說妳是個妒婦不成？」

林桑要發火了，林語微笑安撫他。「哥哥，我就是個妒婦又如何？反正有人就喜歡我這個妒婦，有什麼好怕的？」

肖正軒看著時而調皮時而沈穩如大家閨秀的媳婦，心裡有無邊的寵愛。既然她要玩就讓她玩好了，江大夫可說了，孕婦的心情時常不好的，要注意讓她開心。

見兒子傻傻地只顧著看媳婦，理也不理自己，肖李氏氣極了，只得朝林語發難。「妳這是說不帶秋兒去京城了？」

林語淡淡地問：「請問我們以什麼身分帶她去京城？是表妹，還是相公的妾？」

肖李氏指著林語的鼻子說：「秋兒是他的親表妹，已老大不小了，也找不好人家，她跟老二也年紀相當，妳就作主幫老二納了她才是正理。妳不是讀過詩書嗎？賢慧的女子該做什麼，妳應該知道，還問這麼多做什麼？」

沒有耐心與這老太婆囉嗦的林語，手一張，冷冷地說：「拿來。」

肖李氏一愣。「什麼？」

「賣身契。給別人當妾的，就是老爺的玩意兒、主母的奴婢。既然婆婆把規矩都摸得這麼清，那麼這點也應該知道吧？我給我家老爺納個妾，以後表妹就是我家的人了，跟李家就沒了來往。以後她死她活、要打要賣都由我，妳可得想清楚。」林語也不再客氣了。

肖李氏不知道還有這規矩，不信地問：「妳這是故意說出來誆我的吧？」

肖氏族長嘆氣地說：「肖家姪媳婦，妳還是去大戶人家打聽打聽吧！這事，孫姪媳婦可沒有說謊。天朝律法就是這麼規定的，凡為妾者，即為主家半奴也，自入主家之日起，生老病死都與本家無關，要打要賣，全憑主母喜惡。」

聽肖氏族長這麼一說，當妾可任主母打賣，李秋兒嚇壞了。「姑姑，我不要給表哥當妾了！萬一我被這黑心肝的人賣了，那我就永遠都回不了家了！」

林家女子的厲害，李家人哪有不知道？自己的外甥又處處寵著她，同來的大舅母聽到這話之後也不樂意了。

「大妹，我就說了，秋兒好歹是我的女兒、妳的親姪女，怎麼能讓她給外甥當妾呢？秋兒，我們回家，找不到好人家嫁，就在娘家待一輩子。」

說著拉起自己的女兒，兩人揚長而去，留下肖李氏與兩個兒媳婦呆呆站在原地，直到馬車再也見不到了，才呆呆離去。

一路緊走慢行，第十二天，一家人終於進了城門。

遠遠就能看到朱大胡同了，壯壯與燈燈在馬車上跳來跳去，肖正軒喝斥他。「壯壯，小心點，別撞著你娘。」

壯壯拉著燈燈並肩坐在林語身邊，怯怯地說：「娘親，剛才兒子一開心就忘記了。」

林語拉住兩人的手親了親，說：「沒事，娘親哪裡有這麼脆弱？就是我家寶貝趴在娘親身上，也不會有事，是你爹爹大驚小怪呢。」

壯壯把小腦袋小心地擱在林語的肚子上，小手摸著肚子，對著肚子說：「小妹妹，下次哥哥一定會小心，保證不會壓到妳的，妳要快點出來跟哥哥玩喔。」

快要四周歲的燈燈也學著他的模樣。「小妹妹，妳也跟表哥玩喔，表哥拿劍給妳玩。」

林語好笑地問小傢伙。「壯壯，你為什麼非說是小妹妹呢？難道娘肚子裡的不會是小弟弟嗎？」

壯壯理直氣壯地說：「娘，我媳婦她娘說了，妳要快點給磊哥哥與燁哥哥生個媳婦，她才會給我生個媳婦來玩。」

頓時，林語無語了。兒子完全被陳戀意那女人帶歪了。

馬車停在門口，林語與眾人下了馬車。這時，院門開了，一個身影竄了出來。「姑姑，嬸嬸，姑父，叔叔——」

眼見葉蝶真的如蝴蝶般撲過來，莫琴音怕她不小心撞著林語，急著喊。「蝶兒，小心妳姑姑的肚子！」

葉蝶的腳步硬生生釘在原地。她滿臉驚喜地問：「姑姑，這是真的嗎？蝶兒又要當姊姊了？」

看小姑娘彷彿多少年沒見到自己似的，林語含笑點頭。

正當葉蝶要歡呼時，然兒似剛聽到他們的聲音，從屋子裡奔了出來。「娘親，爹爹，弟弟……」

又一次嚇得莫琴音驚恐萬分。「然兒，妳不許跑過來，妳娘親懷孕了！」

莫琴音就這麼兩聲尖叫，整個院子裡的人都知道，林語懷孕了。

「娘親，然兒給妳倒水喝。」

「姑姑，蝶兒扶妳去院子裡轉轉。」

林語無奈地看著兩個小姑娘。「我才兩個月的身孕，用得著妳們倒水的倒水，扶人的扶人嗎？」

兩個小姑娘齊聲說：「這是我爹爹說的。」

「這是姑父吩咐的。」

陳戀意年後就要生了，已是八個月的她還真能折騰，聽到林語回了京城，第二天一大早就進了院子。

「我說你們也還真捨得住，一來一去都五十天了，還知道回來？」

林語撇撇嘴。「妳以為跟妳一樣快馬加鞭，兩、三天工夫就能到呀？這一來一回路上就要二十多天呢，我們已經算是快的了。」

陳戀意恨恨地說：「林語，現在我跟妳說好，妳這肚子裡要是女兒，以後可交給我來教。咱們家的孩子可不能連馬都不會騎。」

其實林語也覺得這時代的治安確實太差，他們一路請了保鏢才平安來回，不管是兒是女，都該學些本事保命的好，況且她也不是個閨閣大小姐。

於是她笑著說：「行行行，我的女兒以後就交給妳了，妳教她騎馬也好，舞劍也行，都由妳說了算。」

坐下之後，林語發現朱娟秀沒來，她詫異地問：「妳表妹呢？今天怎麼沒跟妳來？」

聽到問起自己表妹，陳戀意的臉色就憤怒起來。「老四這個死小子，總有一天要出現一個收拾他的女人的！」

「怎麼了？我不在的這段時間，發生了什麼事不成？」林語看她臉色是真的不高興，試探著問起。

陳戀意這才慢慢道來。「妳回靠山屯後，我讓表妹也住在院子裡，好跟蝶兒、然兒她們作個伴。哪知見她也住在這兒，老四那傢伙竟然留在莊子裡不回來了。妳也知道娟兒的性子跟我極像，都是那種一條路走到底的人，除非自己認清了才會回頭。因此她也追著去了莊子。」

「那後來呢？他們還在莊子裡嗎？」林語問她。

陳戀意搖搖頭。

「十天前，她回朱家了。我姨父讓她回家準備訂親了，她那個繼母這些天都在替她物色人家，她也心灰意冷地不出來了。她說反正不能嫁給自己喜歡的人，嫁什麼人都一樣，如果找的人家真的不如意，她準備出家。」

「什麼？出家？」林語無法想像朱娟秀那種性子的人想要出家。情字傷人，可比刀子還厲害。

她有點後悔設計這麼一齣強按牛頭喝水的戲了。

陳戀意見林語低頭不語，看出她的內疚，安撫說：「妳可別難過，我表妹跟我一樣，能做一次讓自己開心的事，總比一輩子沒做過開心的事要好得多。她說了，雖然陳爭不願意娶她，可她不後悔瘋狂過這麼一回，所以妳千萬別覺得有什麼不舒服。再說，要不舒服的也應該是我，這主意是我出的，人是我帶來的，跟妳真的關係不大。」

林語知道陳戀意說的沒錯，只是感嘆地說：「人生世事無常，不是什麼事都會按照意願而走的。只希望娟秀能找到另一個值得她對他好的人。其實我們真的只是一廂情願，如琴也好、娟秀也罷，或者是葉蝶，也許她們的人生都有各自的軌道，按著她們自己的心意過日子就好了。」

想通各人有各命，林語釋然了，心情也跟著開心起來。

第三天，陳戀意帶著朱娟秀，江麗敏帶著如琴如紅姊妹過來了，眾人見面都很開心，只是林語有一種錯覺，江麗敏似乎不大一樣了。

大夥兒圍坐在炕上。北方的十月已經下過雪了，雖然今天天氣晴好，可是挺冷的，大家吃著林語從靠山屯帶來的栗子和松子。

然兒帶著弟弟妹妹在另一邊玩，蝶兒給大家添著熱水，陳戀意朝朱娟秀問：「表妹，妳的親事還沒定嗎？昨天妳林語姊覺得難為情，認為是我們把妳帶進這院子裡來的。」

朱娟秀雖然神色黯然，可還是真心地說：「林語姊，妳可千萬別在意。我從小也是個任性妄為的人，能認識妳們，我可是真的很開心。就算我喜歡的那個人不喜歡我，可是我喜歡過一個人，也去爭取過了，即使求不到，我也不後悔，更不會怪妳們，妳別在意。」

林語讚賞地看了朱娟秀一眼。陳爭錯過這麼個好姑娘，除非他真的一生不動情，否則定會後悔。

眾人又看向如琴。這個女孩子比較傳統，見大家看她，她害羞地低下了頭。

江麗敏笑著說：「如琴爺爺已答應張五爺的親事了。張五爺也是個誠心的人，天天從莊子裡回來，就去如琴家陪她爺爺。老人家覺得他實在很有誠意，再說以前訂的親事也不能預料將來會怎麼樣，所以老人家答應了，就等著林語你們回來，一塊兒商量著成親的日子呢。」

啊？這可是好消息。林語高興地說：「如琴，聘禮可得使勁地開價。」

江麗敏嗔怪地看了她一眼。「有妳這樣做嫂子的？唆使手下坑小叔的聘禮？」

林語語出驚人。「要我說呀，如琴，以後張五爺要對妳好，就做點好的給他吃。他要是敢對妳不好，天天讓他吃大白菜！」

「哈哈哈……」陳戀意笑得眼淚都出來了，指著林語問：「弟妹，當年二弟老說什麼豬油炒鹹菜，妳不是那時天天炒那個給他吃吧？」

林語鄙夷地看了她一眼。「我家相公敢對我不好嗎？他就是想天天吃鹹菜，還沒這個機會呢。我跟妳們說，女人可要學會對自己好，萬一抓不住男人的心的時候，可得抓住經濟大權，是萬古不變的道理。」

江麗敏笑著搖頭。「妳這腦子裡也不知是怎麼生的，總有些奇怪的東西。不過林語可說得在理，男人要管是管不住的，除非他心甘情願地對妳好。只要妳不求得太多，照樣會幸福過一輩子。」

眾人正在說笑著，突然，葉蝶一聲尖叫。「你這是做什麼?!」

紛紛下了炕走出來，只見葉蝶面紅耳赤地拉著唐瑞，要把什麼東西塞還給他。

林語奇怪地看著他們問：「能說說這是什麼情況嗎？」

葉蝶紅著臉低下頭，唐瑞把手中的一卷東西塞在她手上後，才說：「二嫂，妳不是說女人要是怕管不了自己的男人，就管自己的銀子嗎？蝶兒總不願意答應嫁給我，我想會不會是怕管不了我的人呢？所以我先把銀子給她，她是不是願意嫁給我了？」

世上還有這種求親的人？

林語盯著唐瑞，認真地問：「你是認真的？」

唐瑞點點頭。「我是認真的，從沒有想過不認真的事。」

這麼多人在場，也不可能讓葉蝶直接回答他。於是林語作主。「那好，給蝶兒三天時間，如果她願意嫁，我絕不攔。」

唐瑞一臉驚喜。「二嫂說的可是認真的？」

林語的臉一板。「怎麼？我什麼時候說過戲言？」

唐瑞看看小臉羞得通紅的葉蝶，頓時信心十足，拔腿就往外面跑。「那我請師傅幫我找官媒去！」

林語看著傻乎乎、只知道盯著如琴的張志明問：「五弟，我相公呢？」

張志明彷彿才看到眼前還有一大幫人，紅著臉說：「剛才、剛才四哥拖著他去找官媒，說是要到什麼人家提親去。」

啊？這是什麼情況？一幫人呆若木雞地站在了廳裡。

一年後，又是白雪飄飄的季節。

十個月前，京城裡津津樂道的事有兩宗，一是京城裡同時開了四家同濟堂成藥，這裡的藥買回去，用水一沖就可以喝，而且效果比自己煎的中藥要好得多。

二來就是朱大胡同的林家小院三喜臨門，同一天內，三對新人同時拜堂，同時洞房花燭。

可眾人不知道的是，那一天的拜堂新人並不是三對，而是四對，還有一對老鴛鴦，軒轅博納了江麗敏做側妃。雖然軒轅博沒有正妃，可江麗敏的身分沒辦法扶正，所以她堅持給軒轅博做妾。

這一對真掉了年輕一輩人的眼珠子，林語這才明白，當時她覺得江麗敏有些不同，她沒明白是什麼，原來那是一種叫戀愛的東西。

此時，朱大胡同一排整齊的六個小院子裡熱鬧非凡，林語抱著四個月的兒子指揮著婆子們。「熱水燒好了，放在鍋裡熱著，可不許涼了，而且這幾天都不可斷火。」

然兒接過林語懷裡的頂頂說：「娘親，難道四嬸、五嬸和六嬸都約好了嗎？要不然怎麼都同一天要生孩子呢？」

林語笑著打趣。

「這可得去問你的四叔、五叔、六叔了，怎麼就這麼有能力讓自己的媳婦得蜜月孩子呢？看來個個都是能力強呀。」

肖正軒正提著一大包的補品進門，聽到媳婦與然兒的對話，等然兒抱著小兒子走後，他附在林語耳邊說：「媳婦，相公我的能力也很強的，今天晚上我們來生個女兒吧！」

因為帶孩子，多日沒親熱的林語臉色一紅，假意一瞪。「你腦子還能不能有點別的？」

雖然嘴裡是責罵，可臉上的幸福已溢滿了小院……

——全書完

番外之一

不知為什麼，人還未走，肖正軒心中已經開始惶恐不安了。

林語臉上明明是微笑，可為什麼笑容在他看來，卻有種說不出的悲涼和絕望？

他傷了她了。

他真的捨不得傷她，更捨不得未來的日子沒有她在懷裡安然入睡的容顏。他很想抱著她，告訴她，他會用盡一切換來自由，回來找她。只是眼見一場大戰在即，戰場上風雲突變、刀槍無眼，萬一他回不來了呢？那是不是讓她守一輩子？

她這樣的女子，應該有男人來疼愛保護，他再捨不得又如何？如果有那一天，他能獲得自由身，如果她還沒有找到保護她疼惜她的人，那麼不管她有多恨他，他都會把她納入自己的懷裡，用一輩子的寵愛來補償她。

希望未來一切安好……

眼見師弟們已遠去，硬起心腸咬緊牙關，肖正軒淡淡地說：「保重。再見。」

戰爭已經打了兩年，他也已經立下了兩大功勞，再有一次功，戰爭一結束，他就可以去找她了，她一定沒嫁人！

兩年來，肖正軒時時處在生死邊緣。平常，他總是強迫自己不去想那個小女人，可一旦有立功的機會，他總不會錯過。

馬上就是最後的反擊了，如果這一戰成功，他就能回去了。

說好了不去想那張小臉，可她無時無刻不浮現在自己的腦海裡。

「將軍，三更到了，是否準備出發？」門外響起自己的侍衛大成的聲音。

肖正軒甩了甩腦子裡出現的小臉，翻身坐了起來，立即下床，麻利地穿起戰袍，同時下達命令。「通知廚房把飯送上，一碗肉一碗酒，兩刻鐘後立即出發。」

每天都活在生死邊緣上的人，酒與肉是將士們出征前的必備物品。

「是，小人立即通知。」

肖正軒穿戴整齊，拿起床頭的寶劍，閃亮的劍身上立即映出一張嚴肅的臉。

他朝劍身呵了一口熱氣，真心祈求。「兄弟，今天請你保佑我大獲全勝，凱旋而歸。」

營帳一掀，唐瑞氣呼呼地走進來。「二師兄，你知道你的傷還沒有痊癒，這次你非得去不可嗎？那個女子就值得你這麼用命換功？」

值得與不值得，全在他的心中。

今天這是最後一次機會，他只要贏了這一仗，就可以帶職回家陪她了。

「老六，你不懂，她值得世上最好的一切。你別這樣，我的身體我心中有數。不過是皮肉之傷，都已過了三個月，哪還有事？一會兒你看我凱旋而歸。」

二哥上回傷得厲害，大哥明明安排他帶第三縱隊，可他為了立功，偏偏去搶先鋒縱隊的首領，他知道是為了什麼。

可是為了一個女人，真的值得嗎？

唐瑞還想阻攔，陳爭拉住了他。「老六，二哥既然這麼說了，那肯定是有把握贏了這次。你放心，我帶第二縱隊，三哥帶第三縱隊，作戰方案也經過再三推敲，相信我們一定不會拖二哥後腿，保證他安全歸來。」

肖正軒大手一伸。「兄弟們，祝我們勝利歸來！」

三雙大手握在一塊兒。

大營裡，滿是低沈的馬步聲，顯示著大戰前夕的沈重。

「報告將軍，一切準備妥當。」

肖正軒與慕容楓並排站在營帳門口，聽到傳令兵的聲音，兩人對視了一眼。「師兄，一會兒見。」

「安全歸來。」

肖正軒信心萬倍。「一定。出發！」

看著那疾馳而去的高大背影，慕容楓朝隨後要走的張志明吩咐。「老五，照顧好你二哥。他把這次立功看得太重，你小心些，一定要讓他安全回來。」

張志明臉一沈，手一拱。「大師兄放心。老五一定好好照顧二哥，大師兄不必擔心。對方的人馬疲憊不堪，完全不是二哥部下的對手。」

慕容楓知道自己二師弟的實力。自從師傅受傷，他坐鎮總元帥後，原本先鋒將軍的位置就換成了二師弟，他知道二師弟的實力不亞於自己。自己兄弟看似老實忠厚，實則心細如髮，是一位有能力的人。

對方人馬雖然曾是兵強馬壯，但經過兩年來的戰爭，人馬早已受到重創，不堪一擊了。這一回反擊之後，戰爭也將結束，二師弟也可以回鄉找他的媳婦了。

他身為大哥，以及一位成過親的男人，知道一個男人一旦把女人放在心裡，那就是一輩子的事。與自己師傅一樣，他們都是那種曾經滄海難為水，除卻巫山不是雲的男人。

就是不知道那位姑娘是個怎麼樣的女子，竟然能引得自己的二師弟如此慎重，為了能獲得自由之身，要在戰場上以命搶功。

希望她值得他如此……

「報元帥，第二縱隊也已出發，第三縱隊是否立即跟上？」

二師弟與五師弟已到達了指定地點？

坐在大帳中沈思的慕容楓站了起來，拿起手中的劍，沈聲發令。「出發。」

客巒山地處岑山寨的西端，山體連綿幾百里，森林茂密，既是藏兵之所，又是埋伏之地。肖正軒在岑山寨這麼多年，早已把客巒山的地形摸得熟透，只是他從來沒想到，自己的營寨裡竟然有對方的人馬，並讓他們潛伏在山中幾個月還找不到蹤跡。

這一點，讓肖正軒太過憤怒。身為山寨總管安全的將軍，竟然讓敵人在自己眼皮子底下藏了三個月，就算自己外出征戰也是不應該。

客巒山西山腳下的山谷中，一支隊伍埋伏在山的兩邊。先鋒隊已經去誘敵，埋伏人員正緊張地準備著。

張志明有點不安。「老六，二哥應該與對方的人馬對上了吧？」

唐瑞看看天色。「應該對上了，二哥吩咐他撤退時，信號會從東邊起……快看，信號發出來了！」

一刻鐘後。「殺啊！」

「殺……」

「衝……」

霎時間，山谷中鬼哭狼嚎，哭爹喊娘之聲不絕於耳。

唐瑞作為隨行最高醫官，今天這一戰，他的主要任務是保障受傷將士的安全。其實他明白大哥把自己派出來，就是為了讓他保護好二哥，以防他受傷。既然他不能像五哥那樣衝下去幫二哥，就只能準備好自己的東西，隨時為那些受傷的兄弟搶回性命。

這兩年，二師兄是如何拚命的情景，時時都在唐瑞的腦海裡。他真不明白，心裡也很不平，那個小村姑哪來的魅力，讓從來沒對女人有興趣的二師兄如此捨得拚功？

想起自己幾個兄弟經歷的生死，唐瑞手中的刀握得更緊了，藥箱被緊緊護在身後，那裡有兄弟們保命需要的東西。

「唐將軍，快！肖將軍受傷了——」

唐瑞手中的劍「砰」的一聲掉在地上。

肖正軒手抓著胸前的箭羽，聽到親兵發抖的聲音卻笑了。「老六，我沒事……」

他真的覺得自己應該沒事。箭中胸膛的一剎那，他聽到了胸前那枚銅錢的聲音。

那是他從林語手中偷偷拿來的一枚銅錢。

今天他親手擒了對手，可是首功一件，就算中了一箭，肖正軒也覺得值得。

看著渾身是血的二師兄手撫箭尾，竟然還笑得那麼開心，唐瑞心中突然生出了對林語的厭惡。這支箭……

「二師兄，你忍著點，我馬上給你取箭。」

就算此時胸膛疼得要撕裂一般，可肖正軒沒覺得疼。「老六，不要怕我疼，把麻藥留給別的兄弟用，我挺得住。」

唐瑞看著二師兄額頭上的汗珠，真想敲開他的腦袋看看，裡面到底是什麼做的。為了一個女人，他真的不要命了？

始終不忍心，唐瑞從藥箱裡翻出一顆藥，強行塞入了肖正軒的嘴裡。

肖正軒在清醒的最後一刻，吃力地從胸前摸出一包東西，交給一邊的張志明。「老五，一定要記住……如果我醒不過來了，你去幫我找她，把這個給她，山莊裡該我的東西，以後就由她來接掌……」

這傷有多厲害，沒人不知，正中胸口的箭矢已半根沒入，張志明這個大漢子此時也禁不住哭了。「二哥，她要的不是我，而是你！你一定要挺住，你要知道她肯定嫁不出去了……」

肖正軒已經聽不清張志明說什麼了。朦朧中，他突然看到，他的女人躺在一張床上，臉色蒼白，滿頭大汗。兩個上了年紀的女人，站在她身前拚命在叫。「哭出來，哭出來！」

可她硬是咬緊牙關強撐著，額上的汗珠越來越大、臉色越來越白……

肖正軒沒空聽兄弟說什麼了，張口急叫。「語兒，哭出來……快哭出來……我在這裡，快哭出來……」

「不……我不哭……肖壞蛋，我討厭你！你這個自以為是的壞蛋，你願意帶走然兒卻不願意帶我去，以後我的兒子也不會認你……」

兒子？

她是說她為他生了兒子嗎？

「不是的，語兒，不是的……我帶走然兒，是要把她還給她自己的爹娘。我不是不要妳，我是沒辦法要妳……原諒我……我來找妳了，妳原諒我……我會陪妳一輩子……」

雖然只成親半年，可肖正軒作夢都想與她生一個屬於自己的孩子。每一回看到然兒喊她娘親的樣子，她那恬然的笑臉，揪得他的心好緊。如果他們有一個自己的孩子，像他或像她，那該多好？

就算他不在了，她也有人陪著。

只是在他離開的時候，她並沒有懷上。

床上的人在掙扎，肖正軒發現自己只能飄浮在空中，看著她痛、看著她咬牙，就是無法下去握著她的手，給她力量，他覺得自己的心比中了箭還疼。

「林娘子……不可以睡，林娘子，別睡！孩子快出來了……」

看著穩婆焦急地拍打床上奄奄一息的人，肖正軒急了，心底發出一聲聲的呼喚。「語兒別睡，語兒乖，妳一會兒再睡……語兒……語兒……我們的兒子在等妳把他生下來……不可以睡，快醒來，不可以睡……求求妳……」

聽到肖正軒喃喃的聲音，就算什麼也聽不清，可滿臉鬍渣的張志明激動地喚醒了唐瑞。

「老六，老六，二師兄醒了！」

三天三夜，唐瑞一直守在肖正軒身邊，大師兄從大營趕來後也一直沒有離開，直到二哥的體溫降下去，大夥兒才輪流去休息。

唐瑞一個翻身，立即從一邊的行軍床上跳下來，伸手把著肖正軒的脈象，終於放下了心。「雖然還很弱，可總算保住了這條命。五哥，讓大成帶人進來侍候，你也可以去休息了。」

張志明淚流滿面地跪在地上，朝著營帳外的老天磕頭。「感謝老天，二師兄，我終於不用替你回鄉了……」

天知道，那本該是要射在自己身上的箭，如果不是二哥把他撞開，如今自己還是不是睡在這裡，就只有老天知道了。

戰場上，刀劍無眼，唐瑞知道這是一支冷箭，如果不是二師兄反應敏捷，它對著的就是五師兄的心窩。

聽到五師弟的祈求，肖正軒欣慰地笑了。終於不用師弟替他回鄉了，自己的女人自己疼。

只是回去以後，他要讓她給自己生幾個孩子呢？生孩子的女人太辛苦，他捨不得她痛，那就生兩個，一個像自己的兒子，一個像她的女兒。

嗯，就這樣。這輩子他再也不離開她了，不管功名也好，銀財也罷，自己的心總缺了一角。回去之後，找到她，把自己的一切都告訴她，讓她知道自己沒有她，心太空。他要一輩子把她摟在懷裡，疼她到老。

肖正軒含著微笑再次睡去……

睡夢中，一個長相與他一模一樣的小男孩迎面跑來。「爹爹，你打到大雁了嗎？」

番外之二

張志明想死的心都有了。

明明知道這廂房裡還住著女子，他怎麼就這麼粗心呢？

他已把一個姑娘的清白毀了，他願意負責，為什麼她不願意？

「老五，到底怎麼回事？剛才如琴那樣子嚇著你二嫂了，你不說清楚，你二嫂肯定不會放過你。」

張志明知道自己兩個師嫂的性子，都是愛恨分明、光明磊落的奇女子，有時他們這群漢子面對她們的時候，也會汗顏。而這如琴姑娘，二嫂最是看重。

只是這事讓他怎麼啟齒？

說他看了如琴的身子，說他不是故意的，只是碰巧？

一個男人看了女人的身子，還能推卸責任嗎？他願意負責，只是她不願意啊！

張志明也說不清自己是什麼心情。他覺得如琴竟然不要他負責，讓他自己很委屈。「二哥……剛才我去方便的時候，撞到如琴在那兒擦身子……」

「什麼？你把一個姑娘的身子都看了？那你準備怎麼辦？」一個姑娘的清白沒有了，她以後怎麼嫁人？肖正軒這下為兄弟急了。

「我……我說了，我會納了她……可是、可是她生氣了。」張志明滿心苦澀。他是真心喜歡她，也是真心想娶她，可是他身不由己……

納了她？媳婦聽到這事，會不會揍老五一頓，然後老死不相往來？

這事真大條了。

看著眼前無奈的兄弟，肖正軒拍拍他的肩膀。「其實你那親事過去這麼多年都沒人尋來，而你也盡力去尋，已經盡心了。況且你們不過是娃娃親，表妹也只比你小一歲，女子到了這個年紀，我想她怕是早已是孩子的娘了。但師兄知道你是個守信之人，在沒找到人、不知道結果前，你的難過我理解。一會兒我親自去與你二嫂解釋，如果如琴姑娘願意，你以娶正妻的條件納了她吧。」

張志明一聽，驚喜地說：「謝謝二師兄。」

活了二十四年，從他懂事起就知道自己有個小一歲的未婚妻，可是後來天災人禍不斷，表舅舅一家人也不知流落何方，只是娘去世前讓他發誓，讓他一定要找到表舅舅一家，娶表妹為妻。

對，他不能娶她為妻，但是他能以娶正妻的規格納了她。

不管她願意不願意，他都要盡力一試。

他不是個不忠不孝的人，知道憑自己現在的條件，就是娶個大戶人家的閨女也有資格，可他是有親事在身的人，不能做個失信之人，所以他從未動心過。

看到師兄們過得幸福美滿，他心中也是羨慕，只是身不由己，只能壓抑自己想要尋找一個如意美眷、過幸福日子的心，一心要找到結果。可是……張志明發現，他的心如今再也壓抑不住了，他的腦子裡時時都是如琴那溫柔恬靜的笑臉、玲瓏嬌小的腰身……

也就是在看到她的一剎那，他打從心底想對她負責。他真的想對她負責，像大哥疼大嫂、二哥疼二嫂一樣地疼她，可是她為什麼要拒絕？

難道她不喜歡自己嗎？

看到二師兄走了，張志明巴巴地看著遠處那窈窕的身影，走了神……

突然一陣怒喝。「老五，你給我過來！竟然敢有這種想法，可別把兄弟們都帶壞了。」

只想到二嫂是個眼裡容不下沙子的女子，張志明忘記大師嫂更是一個讓大師兄頭痛了十來年，卻捨不得說句重話的女子。

聽到陳戀意的喝叫，張志明知道，自己今天慘了。

「大嫂……」

「什麼大嫂二嫂？死憨子，我道你是幾兄弟裡最老實、最忠心的一個，原來你深藏不露啊，看了人家如琴的身子，說願意納了她？還真看不出來，他們這六兄弟，看著最老實的原來是個心思最大的，你是想來個左擁右抱是不？」

張志明一臉屎色。左擁右抱？他什麼時候有這種念頭了？就看大哥二哥兩個人，連一個媳婦都哄不過來，他還有本事能左擁右抱？二嫂，真的太看得起人了……

「我……我……我沒有……二嫂，我真的沒有！」二嫂明明平時很溫柔很體貼很賢慧，今天為什麼發這麼大的火？

他毀了如琴姑娘的清白，他願意納了她，他哪做錯了？怎麼就成了一個想左擁右抱、心思最大的人？

「你沒有？你不是說納了如琴嗎？納，你知道什麼意思吧，那是抬妾進門呢！你納了妾，難道不娶正妻？還是你腦子有病？」

看著二嫂咄咄逼人的話，張志明張口結舌。

肖正軒知道自己媳婦最恨的就是男人花心，今天五師弟這話說得太含糊，讓她動怒了。伸手把那氣恨不已的人拉進懷裡，肖正軒安撫她。「語兒，妳別急，讓老五把話說完。」

陳戀意鄙夷地看了肖正軒一眼。「二弟，你要敢替老五掩飾，小心我帶著弟妹離家出走。」

肖正軒傻了。離家出走？大嫂以為自己還是個青春年少的孩子嗎？

「不，我不會替五弟掩護，媳婦相信我。老五是有苦處的，妳們仔細聽我說，大嫂、媳婦，五弟真的不是妳們想的那種人。」

自己的媳婦雖然不像大嫂那般性子火爆，可她要是跟著出走了……想起這幾年，他找她的辛苦與艱難，肖正軒急了。

兩人異口同聲。「那他是哪種人？」

老五是哪種人？他……

傻了眼的肖正軒就知道，兩個女人是不會就此甘休的。

今天的事太大，老五那笨拙的嘴肯定應付不了兩個女人的。

肖正軒想著，張志明怕真的作不了主，這也不是小事，他想想還得問過師傅，畢竟他們六兄弟是師傅的弟子，也像是師傅的養子。

為了穩住兩人，肖正軒以商量的口吻說：「對於老五是哪種人，其實大嫂也瞭解。老五要納如琴姑娘，也是沒有辦法。只是這事真的說來話長，一時半會兒也說不清。現在老五與我有事要出去，關於如琴姑娘的事，晚上等師傅回來了，我們再仔細說。妳們看怎麼樣？」

肖正軒的幾個兄弟之中，林語認為張志明是最憨厚的一位。比起肖正軒這種老虎扮豬的樣子，她覺得也許張志明真的有難處，於是拉著陳戀意說：「大嫂，反正他們的事肯定得問過大叔，晚上再說，也能讓大家彼此多想想，妳覺得如何？」

就算她再恨什麼小妾通房之類的東西，陳戀意也知道確實是這道理。她狠狠瞪了張志明一眼。「老五，你要敢耍花招，大嫂揍扁你！」

好不容易出了門，張志明擦了擦冷汗。「剛才的事謝謝二哥。」

肖正軒樂呵呵地拍了拍張志明的肩膀。「我們是兄弟，不幫你幫哪個？不過老五，二哥想問問你，你心裡是怎麼想的？是不是還是只喜歡你的表妹，只是因為如琴姑娘沒了清白，你才想負責？」

喜歡表妹？

他們只在十歲前見過兩面，只是彼此知道以後會成親，至於喜歡？張志明傻了。「二哥，兩個人只有相互喜歡了才能娶嗎？我有十幾年沒見過表妹了，從前也只見過兩次，喜歡不喜歡她，我真的不知道。」

十幾年沒見了，從前也只見過兩次面，還是娃娃的時候，那這喜歡……對於是不是要相互歡喜才能成親，這個他可有發言權。

肖正軒好一會兒之後才真心地說：「以前，我也認定兒女親事是奉父母之命、媒妁之言，可現在我以過來人的身分與你說，男人當然要有擔當，但是能娶一個自己喜歡的女人過一輩子，這個男人才會真正幸福。只是你的事，我也理解，晚上你好好與大家說一說。你那表妹，我覺得她一定早嫁了，只是你擔著個名聲，無法找人退親罷了。你也與如琴姑娘好好說說，娶她當平妻也是迫不得已，可男人總要言而有信。」

張志明鬆了口氣。雖然有婚約在身，正妻的位置不能給如琴，可是他願意把平妻位置及自己的疼愛都給她。

「平妻？說來說去平妻算是個妻，可哪一天正妻歸來，她還不是正妻的奴僕？」

張志明很怕陳戀意反對這事，因為他知道自己大師嫂的父親有一大堆妾室，成天與她娘親鬥得個水火不容，所以她最厭惡一個男人有太多的女人。當年，她可是失身給了大師兄也不願大師兄負責的人。

「我覺得大嫂說的有道理。男人只有一顆心，如果他心裡裝了兩個女人，就不是真愛這個女人。五弟的為難，我們也瞭解，可我們都不能替如琴作主，我想為了將來不出怨偶，還是問問如琴的意見吧。」

聽了林語的話，張志明的冷汗如雨。如果二嫂用那什麼愛來勸如琴姑娘，他這輩子的幸福肯定沒了。

「二嫂……」

林語看著張志明那張哀求的臉，摸不清這個男子是真心想負責，還是對如琴真的喜歡。看多了怨偶，林語有點怕了，決定不偏袒任何一方。「老五，我不會幫任何一個，只要如琴願意，我舉雙手贊成。」

可是如琴姑娘會願意嗎？

她這段時間與二嫂天天在一起，整個人與初來時完全不一樣，雖然依舊溫柔恬靜、賢淑善良，可是她對二嫂的崇拜，他能不看在眼裡？

張志明彷彿看到如琴再次堅決拒絕的神情。明知如此，但是他依然祈望如琴會喜歡自己一點點……

「我不同意。今天的事大家就當作沒聽到吧，剛才是我做得不好，太大驚小怪了，你們別笑話我就行了。就這樣吧，不為難張五爺了。小時候，我爹與娘成親並不滿意，所以他們過得很不開心……」

張志明只聽到如琴前面幾句話：我不同意、我不同意……她果真不同意。

宛如被判了死刑一般，張志明覺得自己的心被抽得遠遠的、空空的，再也沒有地方安放……

「我沒有想過納多少個女子進門，從來也沒有想過要成親。如果妳願意嫁進來，只要我表妹已成親，我這輩子就只有妳一個……」

「你是說如果你表妹回來了，碰巧她又未成親，或者和離，如琴就只得讓位，讓她作大？」

張志明傻傻看著陳戀意連番的質問。表妹有沒有成親呢？他問誰？

如果他一直找不到表妹，而表妹也不來找他，他得不到一個結果，是不是如琴就真的不會嫁給自己了？

張志明失魂落魄地出了門。他突然感覺，原來自己是這麼孤單。

突然，身後傳來二師兄的聲音。「怎麼？就這樣認命了？」

張志明一臉苦澀。「二哥，人家不願意，我不認命又如何？」

肖正軒吁了口氣，鄭重地問：「老五，你喜歡人家不？」

以前，他也許不知道什麼叫做喜歡，可是僅僅一個下午，他就知道，喜歡就是把那個人的身影時時掛在心上。

張志明誠實地點點頭。「我喜歡。」

看來這兄弟開竅了。

肖正軒笑了。「既然喜歡，那就去追。當年我回家之後，為了不惹事上身，特意裝成一個呆子，從來也沒有想過成親的事。可就有那麼一個不怕我，還敢當著我面叫我呆子、指著我鼻子罵我不配當爹的女子，就這麼上了我的心，讓我拚了命要立功，只想陪她一輩子。

「二哥別的也不大懂，只知道拿出你的真心與誠懇，告訴你所喜歡的人，以後不管是貧窮還是富貴，她是平妻或是正妻，你都只會愛她一個，我想你也能跟二哥一樣幸福。」

張志明的臉上頓時發亮，他抑制自己內心的激動，朝肖正軒真誠地說：「謝謝二哥。」

自己的女人自己去想辦法求來，如果她真的不喜歡自己，那麼他就放了她。如果她有一點點喜歡，那麼他一定要讓她多多喜歡上自己，像大嫂喜歡大哥、二嫂依戀二哥一樣，把自己塞進她的心裡。

朱老爺子已年過六十，雖然不是行伍出身，可是這幾年在家種種菜、下下地，身子也硬朗起來。看著門前濃眉目秀的後生，見多識廣的老人立即認出了張志明。「張五爺？可真是稀客，今兒個怎麼到老夫這小院子裡來了？」

張志明知道眼前的老爺子雖然是技流出身，可也是熟讀詩文、張口能唱、提琴能彈的老人，與他這種農家子弟、從未上過一天學堂，靠師兄教了才認得幾個字，天生笨拙只有一身蠻力的人不可相比。

老爺子一開口，張志明直接說明來意。「老爺子，今日志明特地前來有事相求。」人家可是有四品官身的年輕人，朱老爺子見他說得如此客氣，立即把他請進門，並朝屋內喊了聲。「琴兒，今晚來了客人，多加兩個菜，先送杯茶來。」

如琴剛從樓裡回來。今天妹妹要上晚班，她特意買了菜回來給爺爺燒著吃。此時她正在擇菜，聽到老爺子的高叫，從廚房裡清脆地應了聲。「好嘞。」

也不知是什麼人來了，爺爺竟然留他吃飯。如琴低頭看了一下地上的幾樣菜，起身倒杯茶出了門。

「你……你怎麼來了？」看到張志明坐在樹下與爺爺閒話，如琴手中的茶杯差點飛了出去。

看到孫女兒這表情，朱老爺子非常驚訝。「琴兒，妳這麼奇怪做什麼？張五爺妳又不是不認識。」

如琴扯扯嘴角。認識，哪能不認識？只是一想起他心裡還想著他的表妹，如琴情願不認識眼前的男人。

「爺爺，我只是一時沒想到張五爺會來家裡。」

畢竟是大姑娘，就算一般百姓沒有嚴格的男女大防，朱老爺子還是說：「妳把茶放下，晚上加兩個菜，我與張五爺喝一杯。」

如琴乖巧地放下茶，轉身進了廚房。只是她不知道，爺爺與這個男人什麼時候這麼親熱了？不僅要留人家吃飯，還得多加兩個菜？

張志明看著如琴進了屋，其實很想追進去，可是在朱老爺子面前，他不敢。

靜下心思與老爺子聊天，張志明這才知道，老爺子真是個見多識廣、爽朗直接的老人。

「你真的願意娶我大孫女當平妻？」朱老爺子聊著聊著，終於明白今天張志明的來意，聽完之後心中特歡喜，似乎不相信張志明說的是真話。

張志明點點頭。「老爺子，今天志明來此是真心誠意，願意對如琴姑娘擔起責任，而且也保證，這一輩子如果我表妹已經嫁了人，如琴姑娘就是我唯一的媳婦。」

朱老爺子本想點頭答應，可他也是個愛護孫女的老人。中年喪子喪妻的他，既當娘又當爹把一對孫女養大，都說隔代寵，這一點老爺子心有感觸。「那丫頭拒絕你了？」

張志明老實地點點頭。「是的。」

朱老爺子沒說話，吐出一口煙，正想換煙絲，張志明立即接過他的煙筒，拿過煙筒的底端，在一邊的樹墩上磕了幾下，然後給他裝上新的煙絲。

朱老爺子暗自點了點頭。是個有眼力的孩子。

只是自己的孫女雖然是個普通的姑娘，可是性子相貌詩文才學，沒有一項比大家閨秀差。

作為她們唯一的親人，朱老爺子沈思了許久才緩緩說：「兩個孩子都是我一手帶大，我希望在有生之年看到她們嫁個好男人。可是我也知道，好男人沒有什麼標準，最重要的是讓孩子嫁一個自己喜歡，而對方又會看重她的男人。

「張五爺的條件自不必說，你就算納琴兒為平妻，其實也是她高攀了。可是老爺子我活了這麼多年，經歷過生死分離，現在我看重的不是身分，而是孩子的幸福。什麼身分、什麼富貴，都是過眼雲煙，只有真心疼惜才是幸福。所以，在這件事上，只要琴兒願意跟了你，我不反對。」

這番話，張志明沒有覺得老爺子說得不對，而且他從心底認為，老爺子確實疼愛孫女。自己從小失父少年又失母，頂著原本是三叔的兵役，十三歲就進了兵營。要不是他命好，碰上了這麼好的師傅與師兄弟們，現在還不就是一個務農耕田、靠力氣吃飯的農村漢子？

長年遠離親人的人，內心都有一種對親情的渴望。

張志明站起來，一躬身，真誠地行了個禮。「謝老爺子成全。老爺子只管放心，不徵得如琴姑娘的答應，志明絕不強求。」

如琴炒好了四個菜，正準備叫人吃飯，哪知一個人卻撞了進來。

「琴兒，要不要我幫妳端菜進堂屋？」

如琴一愣。什麼時候他改口叫她琴兒了？

張志明知道她發愣的原因，可剛剛得到老爺子的應允，他心情極是愉悅。「是先端菜還是先拿碗？」

一個大男人，還是個官老爺跑進廚房來幹活？如琴疑惑地看了張志明一眼，心道：莫非這就是林語姊所說的，這人人格分裂了？

張志明目光灼灼地看著發愣的女子，那張小臉因熱氣而紅潤的模樣，讓他真想咬一口。不過他知道，眼前的姑娘是要陪他一輩子的女子，沒得到她的應允之前，他絕不會冒犯她一絲半毫。

孤男寡女這樣你看我、我看你的處境實在尷尬，如琴發現自己的心跳得如同懷裡揣了隻小兔子一般。不行，她不能這樣與他相處，否則自己的決定就成了廢話。

如琴知道自己有點喜歡這個男人，可她也是個硬氣的女子，人家心裡既然有了表妹，她就不做替代品。

她不想過娘那種苦日子，她要過林語姊那種快樂簡單的日子，就算以後她嫁個普通的男人，只要他能做到只會愛她一個、娶她一個到老，就算跟著他喝水吃糠過日子，她也願意。

「張五爺不必如此客氣，廚房之地本是女子勞作之所，五爺請到堂廳稍等，小女子立即上飯菜。」

「沒關係，舉手之勞。」

看到他真要動手，如琴急了。「張五爺！」

張志明就算此時快控制不住想抱眼前的女子，可也知道他不能魯莽，否則嚇退了她，誰來陪他這輩子？

深深看了如琴一眼，張志明轉身出了廚房。

琴兒，總有一天我會讓妳嬌嬌地叫我相公，而不是張五爺——

——全篇完

風 文創

不變的堅持＋品質的要求＝租書店長最愛書系

2015
熱浪來襲！
夏日線上書展

莫問前程凶吉，但求落幕無悔／**麥大悟**

文創風 314-318 # 《相公換人做》 全套五冊

上一世，她嫁予三皇子李奕，隨著他登基後被封為妃，極受聖寵，
然而，數年的恩愛，最後換來的竟是抄家滅族的下場，
而她這個萬千寵愛的一品貴妃，則是加恩賜令自盡！
如今能再活一遭，她定不會聽天由命，再向著前世不得善終的結局走去，
雖然前世最後那幾年到底發生了什麼事，她一概不知，
但有一點她很明白——此生她不想再和三皇子有交集，她的相公絕不能是他！
她看得出娘親有意讓她嫁給舅家表哥，她也想趁此斷了三皇子對她的念想，
豈料兩家正在議親之際，表哥竟突然被賜婚成了駙馬，
更沒料到的是，與三皇子兄弟情深的五皇子竟向聖上請旨賜婚，欲娶她為妃！
她此生最不想的便是與三皇子有交集，無奈防來防去卻沒防到五皇子，
而另一方面，三皇子對她竟是異常執著，不甘放手，
她向來知曉三皇子表面看似無害，實則城府極深，
卻不想仍是著了他的道，一腳踩入他設下的陷阱中……

【書展限定】 7／21 陸續出版
原價250元/本，**新書優惠75折**，買整套再送精緻書套X5！

作伙來尋寶

★頭獎 ASUS MeMO 7吋多核心平板................共2名
極致輕盈，窄邊框設計不只時尚有型，還讓顯示螢幕變大了！

★二獎 美國Nostalgia electrics棉花糖機.............共2名
時髦復古的外型，直接放入糖果就能製作出個人口味的棉花糖，讓你邊玩邊吃！

★三獎 CHIMEI 9吋馬達雙向渦流DC循環扇.........共2名
沙發馬鈴薯必備款！附有無線多功能遙控器，循環+風扇2合1，還內設DC節能靜音馬達唷！

★四獎 狗屋紅利金200元 共20名
狗屋紅利金最貼心！超實用的省錢術，下次購書可抵結帳金額喔～

【買1送1】→ 買參展新書1本，即贈送精緻書套1個。
【滿千免運】→總額滿一千元，幫你免費送到家！
【好物加購】→購買指定新書+25元，時髦小物讓你帶著走！
【FB樂趣多】→書展期間記得鎖定 f 狗屋/果樹天地 ，參加活動還能贏好禮～
【狗屋大樂透】→ 不管您買大本小本，只要上網訂購且付款完成後，系統會發E-Mail給您，附上抽獎專用之流水編號，一本就送一組，買愈多中獎機率愈大！**2015/8/17**在狗屋官網公布得獎名單，公布完即開始寄送，祝您幸運中大獎！

★小叮嚀

(1) 購書滿千元免郵資，未滿千元郵資另計。請於訂購後兩天內完成付款，未於2015/8/8前完成付款者，皆視為無效訂單。
(2) 如果訂單上有尚未出版之預購書籍，會等到書出版後一併寄送。
(3) 活動期間，親自至本社購買亦享有相同折扣，但請先電話聯絡確認欲購書籍，以方便備書。
(4) 5折、50元、5本100元的書籍，皆會另蓋小狗章。
(5) 特賣書籍因出書時間較久，雖經擦拭、整理，仍有褪色或整飾痕跡，故難免不如新書亮麗。除缺頁、倒裝外無法換書，因實在無書可換，但一定會優先提供書況較良好的書給大家。若有個人原因需要換書，需自付來回郵資。
(6) 各書籍庫存不一，若遇缺書情形可選擇換書。
(7) 歡迎海外讀者參與(郵資另計)，請上網訂購，或mail至love小姐信箱(love@doghouse.com.tw)詢問相關訊息。

狗屋．果樹有權修改優惠活動的實施權益及辦法。

2015年5月出版

藥引小娘子

文創風 291～295

前世她白手起家，賺錢就跟喝水一樣簡單，
這世即便成了古代人，這點小事也是難不倒她的，
何況她有兩個父不詳的孩子要養，
不多賺一點如何栽培他們啊？

輕鬆有趣　實在喜人／席天天

她是IQ極高的商業霸主，一手創立了全球知名的集團，
無奈，她的愛情分數卻奇低，活活被信賴的男人推下樓害死，
待她再睜開眼時，竟成了年方十八的古代小女人君婼，還有一對三歲的龍鳳胎……
等等，這也就是說，這個身體在十五歲的時候就生了孩子！
嘖，十四歲啊，古人太缺德了，對一個未成年少女也下得了手？
而且，君婼是被打昏帶走的，連對方是誰都不知道！這……是在坑她吧？
雖然兩個小包子可愛得緊卻瘦不啦嘰的，因此改善生活絕對是第一要務，
憑藉著她的手腕，分鋪遍全國的福運酒樓兩成的股份很快便手到擒來，
然而，這只是她事業版圖裡的一小步罷了，
話說，原來酒樓幕後的大老闆寧月謹來頭這麼大，竟是皇帝唯一的親弟弟，
但，這位俊美無儔的寧二爺，那雙眼睛跟兒子的簡直是一模模、一樣樣耶，
難不成這位寧二爺便是當年殘害幼苗、在她肚子裡播種的男人？
據說他對女人挑剔得要命，當年是命在旦夕才不得不找個女人來解毒的，
偏偏他們一行人剛好經過她住的村莊，她又剛好路過，
結果天時地利人和之下，她就這麼被湊合著當藥引，壯烈「犧牲」了……

2015年4月出版

掌上明珠

文創風 283～286

前生被母親所誤，她仇恨父親，錯愛他人，
最終落得一切盡毀，如今她既然有機會再活一次，
她不但要當父親的乖女兒，更要那些人償還欠她的人生！

大氣磅礡、情意纏綿，千百滋味盡在筆下／月半彎

母親的恨意毀了她的前生，令她性格乖僻、痛恨父親，最終落得家破人亡，
但曾為相國的父親即便被她害得流落街頭，也不離不棄；
父女相依至死，她終於徹底醒悟——原來她的一生便是母親的報復！
萬幸上天憐惜，讓她重生回到母親臨終前，
曾讓她癡心一片的丈夫、被她視為親人的舅家、被她當作恩人的母親好友，
都將她玩弄於股掌，都是害她容霽雲與父親一生盡毀的奸人們，
這一生，她定要一個個討回來！
第一步便是搶先收服那個莫名恨她，而後又置她於死地的神祕黑衣男子，
但這一步才踏出，怎麼發展卻大大超出她預料？
莫非該發生已被她改變，一切便脫離掌握？她又該怎麼重新開始？

巧妻戲呆夫 3 完

國家圖書館出版品預行編目資料

巧妻戲呆夫 / 半生閑著. --
初版. -- 臺北市 : 狗屋, 2015.06
冊 ; 公分. --（文創風）
ISBN 978-986-328-467-3（第3冊：平裝）. --

857.7　　104007547

著作者	半生閑
編輯	張蕙芸
校對	黃薇霓　馮佳美
發行所	狗屋出版社有限公司
地址	台北市104中山區龍江路71巷15號1樓
電話	02-2776-5889～0
發行字號	局版台業字845號
法律顧問	蕭雄淋律師
總經銷	知遠文化事業有限公司
電話	02-2664-8800
初版	2015年6月
國際書碼	ISBN-13　978-986-328-467-3
原著書名	《村姑戏“呆”夫》，由北京晉江原創網絡科技有限公司授權出版

定價250元
狗屋劃撥帳號：19001626
網址：love.doghouse.com.tw　E-mail：love@doghouse.com.tw